Harry Potter
15

Harry Potter and the Half-Blood Prince

ハリー・ポッターと謎のプリンス

J.K.ローリング

松岡佑子＝訳

静山社

To Mackenzie,
my beautiful daughter,
I dedicate
her ink and paper twin

Original Title: HARRY POTTER AND THE HALF-BLOOD PRINCE

First published in Great Britain in 2005
by Bloomsbury Publishing Plc, 50 Bedford Square, London WC1B 3DP

Japanese edition first published in 2006

This book is published in Japan by arrangement with
the author through The Blair Partnership

ハリー・ポッターと謎のプリンス 6-2 目次

ハリー・ポッターと謎のプリンス　6-1

ハリー・ポッターと謎のプリンス　6-3

第10章　ゴーントの家

それからの一週間、魔法薬学の授業で、教科書の著者リバチウス・ボラージとちがう指示があれば、ハリーは必ず「半純血のプリンス」を選んだ。その結果、四度目の授業ではスラグホーンから、こんなに才能ある生徒はめったに教えたことがないとまでハリーは誉めそやされた。しかし、ロンもハーマイオニーも喜ばない。ハリーは教科書を一緒に使おうと二人に申し出たが、ロンはハリー以上に手書き文字の判読に苦労し、怪しまれると困るので、そうそうハリーが読み上げるわけにもいかなかった。一方ハーマイオニーは、頑として「公式」指示なるものに従ってあくせく苦労していたけれど、いつもプリンスの指示に劣る結果になるので、次第に機嫌が悪くなる。

「半純血のプリンス」とはだれなのだろうと、ハリーはなんとなく考えることがある。宿題の量が量なので、『上級魔法薬』の本を全部読むことはできなかったが、ざっと目を通しただけでも、プリンスが書き込みをしていないページはほとんど見つからない。全部が全部、魔法薬のこととはかぎらず、プリンスが彼自身で創作したらしい呪文の使い方もあちこちに書いてある。

「彼女自身かもね」ハーマイオニーが不機嫌さを前面に出して言う。

土曜日の夜、談話室でハリーがその種の書き込みをロンに見せているときのこと。

「女性だったかもしれない。その筆跡は男子より女子のものみたいだと思うわ」

「『プリンス』って呼ばれてたんだ」

ハリーが呆れたように言う。

「女の子のプリンスなんて、何人いた？」

ハーマイオニーは、この質問には答えられないようだ。ただ顔をしかめ、ロンの手から自分の書いた「再物質化の原理」のレポートを引ったくる。ロンはそれを、上下逆さまに読んでいた。

ハリーは腕時計を見て、急いで『上級魔法薬』の古本を鞄にしまう。

「八時五分前だ。もう行かないと、ダンブルドアとの約束に遅れる」

「わぁーっ！」

ハーマイオニーは、はっとしたように顔を上げた。

「がんばって！　私たち、待ってるわ。ダンブルドアがなにを教えるのか、聞きたいもの！」

「うまくいくといいな」ロンも声援を送る。

二人は、ハリーが肖像画の穴を抜けていくのを見送った。

ハリーは、だれもいない廊下を歩いた。ところが、曲り角からトレローニー先生が現れたので、急いで銅像の陰に隠れなければならなかった。先生は汚らしいトランプの束を切り、歩きながらそれを読んではブツブツひとり言を言っている。

「スペードの2、対立」

ハリーがうずくまって隠れているそばを通りながら、先生がつぶやく。

「スペードの7、凶。スペードの10、暴力。スペードのジャック、黒髪の若者。おそらく悩める若者で、この占い者を嫌っている——」

トレローニー先生は、ハリーの隠れている銅像の前でぴたりと足を止めた。

「まさか、そんなことはありえないですわ」いらだたしげな口調だ。

ふたたび歩き出しながら乱暴にトランプを切りなおす音が耳に入る。立ち去ったあとには、安物のシェリー酒の匂いだけがかすかに残っていた。ハリーはトレローニーがまちがいなく行ってしまったことを確認してから飛び出し、八階の廊下へと急いだ。そこにはガーゴイルが一体、壁を背に立っている。

「ペロペロ酸飴（さんあめ）」

ハリーが唱えると、ガーゴイルが飛び退（の）いて背後の壁が二つに割れる。ハリーは、そこに現れた動く螺旋階段に乗り、滑らかな円を描きながら上に運ばれて、真鍮のドア・ノッカーがついたダンブルドアの校長室の扉の前に出た。

ハリーはドアをノックする。

「お入り」ダンブルドアの声がした。

「先生、こんばんは」ハリーは挨拶をしながら校長室に入る。

「ああ、こんばんは、ハリー。お座り」ダンブルドアがほほえむ。

「新学期の一週目は楽しかったかの?」

「はい、先生、ありがとうございます」ハリーが答える。

「たいそう忙しかったようじゃのう。もう罰則を引っさげておる!」

「あー……」

ハリーはばつの悪い思いで言いかけたが、ダンブルドアは、あまり厳しい表情をしていない。

「スネイプ先生とは、代わりに次の土曜日にきみが罰則を受けるよう決めてある」

「はい」

ハリーは、スネイプの罰則より差し迫ったいまのほうが気になっていた。ダンブルドアが今夜行おうとしていることを示すなにかがないかと、気づかれないようにあたりを見回す。円形の校長室は、いつもと変わりないように見える。繊細な銀の道具類が、細い脚のテーブルの上で、ポッポと煙を上げたり、くるくる渦巻いたりしている。歴代校長の魔女や魔法使いの肖像画が、額の中で居眠りしている。ダンブルドアの豪華な不死鳥フォークスは、ドアの内側の止まり木からキラキラと興味深げにハリーを見ていた。ダンブルドアは、決闘訓練の準備に場所を広くあけることさえしていない。

「では、ハリー」

ダンブルドアは事務的な声で言う。

「きみはきっと、わしがこの――ほかに適切な言葉がないのでそう呼ぶが――授業で、なにをしようとしておるのかと、いろいろ考えたじゃろうの？」

「はい、先生」

「さて、わしは、その時が来たと判断したのじゃ。ヴォルデモート卿が十五年前、何故きみを殺そうとしたかを、きみが知ってしまった以上、なんらかの情報をきみに与える時がきたとな」

一瞬、間があく。

「先学年の終わりに、僕にすべてを話すって言ったのに――」

ハリーは非難めいた口調を隠し切れない。

「そうおっしゃいました」ハリーは言いなおした。

「そして、話したとも」ダンブルドアは穏やかに返す。「わしが知っていることはすべて話した。これから先は、事実という確固とした土地を離れ、我々はともに、記憶という濁った沼地を通り、推測というもつれた茂みへの当てどない旅に出るのじゃ。ここからは、ハリー、わしは、チーズ製の大鍋(おおなべ)を作る時期が熟したと判断した、かのハンフリー・ベルチャーと同じくらい、嘆かわしいまちがいを犯しておるかも知れぬ」

「でも、先生は自分がまちがっていないとお考えなのですね？」

「当然じゃ。しかし、すでにきみに証(あか)したとおり、わしとてほかの者と同じように過ちを犯すことがある。事実、わしは大多数の者より——不遜な言い方じゃが——かなり賢いので、過ちもまた、より大きなものになりがちじゃ」

「先生」

ハリーは遠慮がちに口を開く。

「これからお話しくださるのは、予言となにか関係があるのですか？　その話は僕に役に立つのでしょうか……生き残るのに？」

「大いに予言に関係することじゃ」

ダンブルドアは、ハリーが明日の天気を質問したかのように、気軽に答えた。

「そして、きみが生き残るのに役立つものであることを、わしはもちろん望んでおる」

ダンブルドアは立ち上がって机を離れ、ハリーのそばを通り過ぎる。ハリーは座ったまま、逸（はや）る気持ちでダンブルドアが扉の脇のキャビネット棚にかがみ込むのを見ていた。身を起こしたとき、ダンブルドアの手には例の平たい石の水盆（すいぼん）があった。縁に不思議な彫り物が施してある「憂（うれ）いの篩（ふるい）」だ。ダンブルドアはそれをハリーの目の前の机に置く。

「心配そうじゃな」

たしかにハリーは、「憂いの篩」を不安そうに見つめていた。この奇妙な道具は、さまざまな想いや記憶を蓄え、現す。この道具には、これまで教えられることも多かったけれど、同時に当惑させられる経験もした。前回水盆の中身をかき乱したとき、ハリーは見たくないものまでたくさん見てしまった。しかしダンブルドアは微笑している。

「今度は、わしと一緒にこれに入る……さらに、いつもとちがって、許可を得て入るのじゃ」

「先生、どこに行くのですか？」

「ボブ・オグデンの記憶の小道をたどる旅じゃ」

ダンブルドアは、ポケットからクリスタルの瓶（びん）を取り出す。銀白色の物質が中で渦を巻いている。

「ボブ・オグデンて、だれですか？」

「魔法執行部に勤めていた者じゃ」ダンブルドアが答える。

「先ごろ亡くなったのだが、その前にわしはオグデンを探し出し、記憶をわしに打ち明けるよう説得するだけの間があった。これから、オグデンが仕事上訪問した場所について行く。――ハリー、さあ立ちなさい……」

しかしダンブルドアは、クリスタルの瓶のふたを取るのに苦労していた。けがをした手が強張（こわば）り、痛みがあるようだ。

「先生、やりましょうか――僕が？」

「ハリー、それには及ばぬ――」

ダンブルドアが杖（つえ）で瓶を指すと、コルクが飛んだ。

「先生――どうして手をけがなさったんですか？」

黒くなった指を、おぞましくもあり、痛々しくも思いながら、ハリーはまた同じ質問をした。

「ハリーよ、いまはその話をするときではない。まだじゃ。ボブ・オグデンとの約束の時間があるのでな」

ダンブルドアが銀色の中身をあけると、「憂（うれ）いの篩（ふるい）」の中で、液体でも気体でもないものがかすかに光りながら渦巻く。

「先に行くがよい」ダンブルドアは、水盆へとハリーを促す。

ハリーは前屈みになり、息を深く吸って、銀色の物質の中に顔を突っ込んだ。両足が校長室の床を離れるのを感じる。渦巻く闇の中を、ハリーは下へ下へと落ちていく。そして、突然のまぶしい陽の光に、ハリーは目を瞬いた。目が慣れないうちに、ダンブルドアがハリーの傍らに降り立った。

二人は、田舎の小道に立っていた。道の両側はからみ合った高い生け垣に縁取られ、頭上には忘れな草のようにあざやかなブルーの夏空が広がっている。二人の二、三メートル先に、背の低い小太りの男が立っている。牛乳瓶の底のような分厚いメガネのせいで、その奥の目がモグラの眼のように小さな点になって見える。男は、道の左側のキイチゴの茂みから突き出ている木の案内板を読んでいた。これがオグデンにちがいない。ほかに人影はない。それに、不慣れな魔法使いがマグルらしく見せるために選びがちな、ちぐはぐな服装をしている。ワンピース型の縞の水着の上から燕尾服を羽織り、下にはスパッツを履いている。しかし、ハリーが奇妙きてれつな服装を十分観察する間もなく、オグデンはきびきびと小道を歩き出した。

ダンブルドアとハリーはそのあとを追う。案内板を通り過ぎるときにハリーが見上げると、木片の一方はいまきた道を指して、「グレート・ハングルトン　8キロ」とあり、もう一方はオグデンの向かう方向を指し、「リトル・ハングルトン　1・6キロ」と標してある。

短い道程だったが、その間は、生け垣と頭上に広がる青空、そして燕尾服の裾を左右に振りながら前を歩いていく姿しか見えない。やがて小道は左に曲がり、急斜面の下り坂になる。突然目の前に、思いがけなく谷間全体の風景が広がった。リトル・ハングルトンにちがいないと思われる村が見える。二つの小高い丘の谷間に埋もれているその村の教会も墓地も、ハリーにははっきり見えた。谷を越えた反対側の丘の斜面に、ビロードのような広い芝生に囲まれた瀟洒な館が建っている。

オグデンは、急な下り坂でやむなく小走りになっている。ダンブルドアも歩幅を広げ、ハリーは急いでそれについて行った。ハリーは、リトル・ハングルトンが最終目的地だろうと思った。スラグホーンを見つけたあの夜もそうだったが、なぜ、こんな遠くから近づいていかなければならないのかが不思議だ。しかしすぐに、その村に行くとの予想がまちがいだったことを知る。小道は右に折れ、二人がそこを曲がると、オグデンの燕尾服の端が生け垣の隙間から消えようとしているところだった。

ダンブルドアとハリーは、オグデンを追って、舗装もされていない細道に入る。その道も下り坂だが、両側の生け垣はこれまでより高くぼうぼうとして、道は曲りくねり、岩だらけ、穴だらけだった。細道は、少し下に見える暗い木々の塊まで続いているようだ。思ったとおり、まもなく両側の生け垣が切れ、細道は前方の木の茂みの中へと消えていく。オグデンが立ち止まり、杖を取り出す。ダンブルドアとハリーは、オグデンの背後で立ち止まった。

雲ひとつない空なのに、前方の古木の茂みが黒々と深く涼しげな影を落としていたので、ハリーの目が、からまり合った木々の間に半分隠れた建物を見分けるまで数秒かかった。家を建てるにしては、とてもおかしな場所を選んだように思える。家の周囲の木々を伸び放題にして、光という光を遮るばかりか、下の谷間の景色までも遮っているのは不思議なやり方だ。

人が住んでいるのかどうか、ハリーは訝る。壁は苔むし、屋根瓦がごっそりはがれ落ちて、垂木がところどころむき出しになっている。イラクサがそこら中にはびこり、先端が窓まで達している。窓は小さく、汚れがべっとりとこびりついている。こんなところにはだれも住めるはずがないとハリーがそう結論を出したとたん、窓の一つがガタガタと音を立てて開き、だれかが料理をしているかのように、湯気や煙が細々と流れ出してきた。

オグデンはそっと、ハリーにはそう見えたのだけれど、かなり慎重に前進する。周囲の木々が、オグデンの上を滑るように暗い影を落としたとき、オグデンはふたたび立ち止まって玄関の戸を見つめた。だれの仕業か、そこには蛇の死骸が釘で打ちつけられている。

そのとき、木の葉がこすれ合う音がして、バリッという鋭い音とともに、すぐそばの木からボロをまとった男が降ってきた。男はオグデンの真ん前に立ちはだかる。オグデンはすばやく飛び退いたが、あまり急に跳んだので、燕尾服の尻尾を踏みつけて転びかける。

「おまえは歓迎されない」

目の前の男は、髪がぼうぼうで、何色なのかわからないほど泥にまみれ、歯が何本か欠けている。小さい目は暗く、それぞれ逆の方向を見ている。おどけて見えそうな姿が、この男の場合には、見るからに恐ろしい。オグデンがさらに数歩下がってから話し出したのも、むりはないとハリーは思う。

「あー――おはよう。魔法省からきた者だが――」

「おまえは歓迎されない」

「あー――すみません――よくわかりませんが」オグデンが落ち着かない様子で問いかける。

オグデンは極端にとろい。ハリーに言わせれば、この得体の知れない人物は、はっきり物を言っている。片手で杖を振り回し、もう一方の手に血に塗れた小刀を持っているとなればなおさらだ。

「きみにはきっとわかるのじゃろう、ハリー？」ダンブルドアが静かに言う。

「ええ、もちろんです」ハリーはきょとんとした。

「オグデンはどうして――？」

しかし、戸に打ちつけられた蛇の死骸が目に入ったとき、はっと気づく。

「あの男が話しているのは蛇語？」

「そうじゃよ」ダンブルドアはほほえみながらうなずく。

ボロの男はいまや、片手に小刀、もう一方に杖を持ってオグデンに迫っている。

「まあ、まあ――」

オグデンが言いはじめたときはすでに遅かった。バーンという大きな音とともに、オグデンは鼻を押さえて地面に倒れる。指の間から気持ちの悪いねっとりした黄色いものが噴き出している。

「モーフィン！」大きな声がした。

年老いた男が小屋から飛び出してきた。勢いよく戸を閉めたので、蛇の死骸が情けない姿で揺れている。この男は最初の男より小さく、体の釣り合いが奇妙だった。広い肩幅、長すぎる腕、さらに褐色に光る目やちりちりの短い髪としわくちゃな顔が、年老いた強健な猿のような風貌(ふうぼう)に見せている。その男は、地べたに這(は)いつくばるオグデンを、小刀を手にクワックワッと高笑いしながら眺めている男の傍(かたわ)らで、立ち止まる。

「魔法省だと？」オグデンを見下ろして、年老いた男が言った。

「そのとおり！」

オグデンは顔を拭(ぬぐ)いながら怒ったように返す。

「それで、あなたは、察するにゴーントさんですね？」

「そうだ」ゴーントが答える。「こいつに顔をやられたか？」

「ええ、そうです！」オグデンが噛(か)みつくように言う。

「前触れなしにくるからだ。そうだろうが？」

ゴーントはけんか腰だ。

「ここは個人の家だ。ずかずか入ってくれば、息子が自己防衛するのは当然だ」

「なにに対する防衛だと言うんです？　え？」

ぶざまな格好で立ち上がりながら、オグデンが言い返す。

「お節介、侵入者、マグル、穢(けが)れたやつら」

オグデンは杖(つえ)を自分の鼻に向けた。大量に流れ出ていた黄色い膿(うみ)のようなものが、即座に止まる。ゴーントはほとんど唇を動かさずに、口の端でモーフィンに話しかける。

「家の中に入れ。口答えするな」

今度は注意して聞いていたので、ハリーは蛇語を聞き取った。言葉の意味が理解できただけでなく、オグデンの耳に聞こえたであろうシューシューという気味の悪い音も聞き分ける。モーフィンは口答えしかけたが、父親の脅すような目つきに会うと、思いなおしたように、奇妙に横揺れする歩き方でドシンドシンと小屋の中に入っていく。玄関の戸をバタンと閉めたので、蛇がまたしても哀れに揺れた。

「ゴーントさん、わたしはあなたの息子さんに会いにきたんです」

燕尾服(えんびふく)の前にまだ残っていた膿を拭(ふ)き取りながら、オグデンが言う。

「あれがモーフィンですね？」

「ふん、あれがモーフィンだ」

年老いた男が素気なく答えた。

「おまえは純血か？」突然食ってかかるように、男が聞く。

「どっちでもいいことです」オグデンが冷たく返す。

ハリーは、オグデンへの尊敬の気持ちが高まった。

ゴーントのほうは明らかにちがう気持ちになったらしい。目を細めてオグデンの顔を見ながら、嫌味たっぷりの挑発口調でつぶやく。

「そう言えば、おまえみたいな鼻を村でよく見かけたな」

「そうでしょうとも。息子さんが、連中にしたい放題をしていたのでしたら」

オグデンが応じる。

「よろしければ、この話は中で続けませんか？」

「中で？」

「そうです。ゴーントさん。もう申し上げましたが、わたしはモーフィンのことで伺ったのです。ふくろうをお送り――」

「おれにはふくろうなど役に立たん」ゴーントが吐き棄てる。「手紙は開けない」

「それでは、訪問の前触れなしだったなどと、文句は言えないですな」

オグデンがぴしゃりと釘を刺す。

「わたしが伺ったのは、今早朝、ここで魔法法の重大な違反が起こったためで――」

「わかった、わかった、わかった」ゴーントがわめいた。

「さあ、家に入りやがれ。どうせクソの役にも立たんぞ！」

家には小さい部屋が三つあるようだ。台所と居間を兼ねた部屋が中心で、そこに出入りするドアが二つある。モーフィンは燻っている暖炉のそばの汚らしい肘掛椅子に座り、生きたクサリヘビを太い指にからませて、それに向かって蛇語で小さく口ずさんでいた。

シュー、シューとかわいい蛇よ
クーネ、クーネと床に這(は)え
モーフィンさまの機嫌取れ
戸口に釘づけされぬよう

開いた窓のそばの、部屋の隅のほうからあたふたと動く音がして、ハリーはこの部屋にもうひとり人がいることに気づく。若い女性だ。身にまとったボロボロの灰色の服は、背後の汚らしい石壁の色とまったく同じ色。煤(すす)で汚れた真っ黒な竈(かまど)で湯気を立てている深鍋(ふかなべ)のそばに立ち、上の棚の汚らしい鍋釜(なべかま)をいじり回している。艶(つや)のない髪はだらりと垂れ、器量よしとは言いにくい。蒼白(あおじろ)くかなりぼってりした顔立ちをしている。兄と同じに、両眼が逆の方向を見ている。二人の男よりは小ざっぱりしているが、ハリーは、こんなに打ちひしがれた顔を見たことがない。

「娘だ。メローピー」

オグデンが物問いたげに女性を見ていたので、ゴーントがしぶしぶ応(こた)える。

「おはようございます」オグデンが挨拶をする。

女性は答えず、おどおどしたまなざしで父親をちらりと見るなり部屋に背を向け、棚の鍋釜をあちこちに動かし続けている。

「さて、ゴーントさん」オグデンが話しはじめる。「単刀直入に申し上げますが、息子さんのモーフィンが、昨夜半すぎ、マグルの面前で魔法をかけたと信じるに足る根拠があります」

ガシャーンと耳を聾する音がした。メローピーが深鍋を一つ落としたのだ。

「拾え！」ゴーントがどなる。「そうだとも。穢らわしいマグルのように、そうやって床に這いつくばって拾うがいい。なんのための杖だ？ 役立たずのくそったれ！」

「ゴーントさん、そんな！」オグデンはショックを受けたように声を上げた。メローピーは顔をまだらに赤らめ、拾い上げようとした鍋をつかみそこねてまた取り落とす。そして、震えながらポケットから取り出した杖を鍋に向け、あわただしくなにか聞き取れない呪文をブツブツ唱えたが、鍋は床から反対方向に吹き飛び、向かい側の壁にぶつかってまっ二つに割れてしまった。

モーフィンは狂ったように高笑いし、ゴーントは絶叫する。

「なおせ、このウスノロのでくのぼう、なおせ！」

よろめきながら鍋のほうに歩いていくメローピーが杖を上げる前に、オグデンが杖を構えて「レパロ！ なおれ！」としっかり唱えると、鍋はたちまち元どおりになる。

ゴーントは、一瞬オグデンをどなりつけそうに見えたが、思いなおしたように、代わりに娘を嘲った。

「魔法省からのすてきなお方がいて、幸運だったな？　もしかするとこのお方がおれの手からおまえを取り上げてくださるかもしれんぞ。もしかするとこのお方は、汚らしいスクイブでも気になさらないかもしれん……」

だれの顔も見ず、オグデンに礼も言わず、メローピーは拾い上げた鍋を、震える手で元の棚にもどす。それから、汚らしい窓と竈の間の壁に背中をつけて、できることなら石壁の中に沈み込んで消えてしまいたいというように、じっと動かずに立ち尽くした。

「ゴーントさん」

オグデンはあらためて話しはじめる。

「すでに申し上げましたように、わたしが参りましたのは――」

「一回聞けばたくさんだ！」ゴーントがぴしゃりと斬り捨てる。「それがどうした？　モーフィンは、マグルにふさわしいものをくれてやっただけだ――それがどうだって言うんだ？」

「モーフィンは、魔法法を破ったのです」オグデンは厳しく言い渡す。

「モーフィンは魔法法を破ったのです」ゴーントがオグデンの声をまね、大げさに節をつけて繰り返す。モーフィンがまた高笑いした。

「息子は、穢らわしいマグルに焼きを入れてやったまでだ。それが違法だと？」

「そうです」オグデンが答える。「残念ながら、そうです」

オグデンは、内ポケットから小さな羊皮紙の巻紙を取り出し、広げた。

「今度はなんだ？　息子の判決か？」ゴーントは怒ったように声を荒らげた。

「これは魔法省への召喚状で、尋問は――」

「召喚状！　召喚状？　何様だと思ってるんだ？　おれの息子をどっかに呼びつけるとは！」

「わたしは、魔法警察部隊の部隊長です」オグデンが言い募る。

「それで、おれたちのことはクズだと思っているんだろう。え？」

ゴーントはいまやオグデンに詰め寄り、黄色い爪でオグデンの胸を指しながらわめきたてた。

「魔法省がこいと言えば恐れ入ってすっ飛んでいくクズだとでも？　いったいだれに向かって物を言ってるのか、わかってるのか？　この小汚ねえ、ちんちくりんの穢れた血め！」

「ゴーントさんに向かって話しているつもりでおりましたが」

オグデンは、用心しながらもたじろがない。

「そのとおりだ！」ゴーントが吠える。

一瞬、ハリーは、ゴーントが指を突き立てて卑猥な手つきをするのかと思った。しかしそうではなく、中指にはめている黒い石つきの醜悪な指輪を、オグデンの目の前で振って見せただけだった。

「これが見えるか？　えっ、見えるか？　なんだか知っているか？　これがどこからきたものか知っているか？　何世紀もおれの家族の物だった。それほど昔に遡る家系だ。しかもずっと純血だ！　どれだけの値段をつけられたことがあるかわかるか？　石にペベレル家の紋章が刻まれたこの指輪にだ！」

「まったくわかりませんな」

オグデンは、鼻先にずいと指輪を突きつけられて目を瞬かせる。

「それに、ゴーントさん、それはこの話には関係がない。あなたの息子さんは、違法な――」

怒りに吠え哮り、ゴーントは娘に飛びついた。ゴーントの手がメローピーの首にかかったので、一瞬ハリーは、ゴーントが娘の首を絞めるのかとあわてた。だが今回も、そうではないことがすぐにわかる。ゴーントは娘の首にかかっていた金鎖をつかんで、メローピーをオグデンのほうに引きずってきたのだ。

「これが見えるか？」

オグデンに向かって重そうな金のロケットを振り、メローピーが息を詰まらせて咳（せ）き込む中、ゴーントが大声を上げる。

「見えます。見えますとも！」オグデンがあわてて答える。

「スリザリンのだ！」ゴーントがわめく。

「サラザール・スリザリンだ！　我々はスリザリンの最後の末裔（まつえい）だ。なんとか言ってみろ、え？」

「ゴーントさん、娘さんが！」

オグデンが危険を感じて口走ったが、ゴーントはすでにメローピーを放していた。メローピーは、よろよろとゴーントから離れて部屋の隅にもどり、喘（あえ）ぎながら首をさすっている。

「どうだ！」

もつれた争点もこれで問答無用とばかり、ゴーントは勝ち誇って言い放つ。

「我々に向かって、きさまの靴の泥に物を言うような口のきき方をするな！　何世紀にもわたって純血だ。全員魔法使いだ――きさまなんかよりずっと純血だってことは、まちがいないんだ！」

そしてゴーントはオグデンの足元に唾を吐いた。モーフィンがまた高笑いする。メローピーは窓の横にうずくまって首を垂れ、だらんとした髪で顔を隠してなにも言わない。

「ゴーントさん」オグデンは粘り強く言う。

「残念ながら、あなたの先祖も私の先祖も、この件にはなんのかかわりもありません。わたしはモーフィンのことでここにいるのです。それに、昨夜半すぎにモーフィンが声をかけたマグルのことです。我々の情報によれば――」

オグデンは羊皮紙に目を走らせた。

「モーフィンは、当該マグルに対し呪いもしくは呪詛をかけ、この男に非常な痛みを伴う蕁麻疹を発疹せしめた」

モーフィンがヒャッヒャッと笑う。

「黙っとれ」ゴーントが蛇語でうなり、モーフィンはまた静かになった。

「それで、息子がそうしたとしたら、どうだと？」

ゴーントが、オグデンに挑むように言う。

「おまえたちがそのマグルの小汚い顔を、きれいに拭き取ってやったのだろうが。ついでに記憶までな――」

「ゴーントさん、要はそういう話ではないでしょう？」オグデンが言う。

「この件は、なにもしないのに丸腰の者に攻撃を――」

「ふん、最初におまえを見たときからマグル好きなやつだと睨んでいたわ」

ゴーントはせせら笑ってまた床に唾を吐く。

「話し合っても埒が明きませんな」オグデンはきっぱりと言い切った。

「息子さんの態度からして、自らの行為になんら反省も後悔もしていないことは明らかです」

オグデンは、もう一度羊皮紙の巻紙に目を通す。

「モーフィンは九月十四日、口頭尋問に出頭し、マグルの面前で魔法を使ったこと、さらに当該マグルに傷害を与え、精神的苦痛を加えたことにつき尋問を受――」

オグデンは急に言葉を切った。蹄の音、鈴の音、そして声高に笑う声が、開け放した窓から流れ込んでくる。村に続く曲りくねった小道が、どうやらこの家の木立ちのすぐそばを通っているらしい。ゴーントはその場に凍りついたように、目を見開いて音を聞いている。モーフィンはシュッシュッと舌を鳴らしながら、意地汚い表情で、音のするほうに顔を向けた。メローピーも顔を上げる。ハリーの目に、真っ青なメローピーの顔が見えた。

「おやまあ、なんて目障りなんでしょう！」

開けた窓から若い女性の声が、まるで同じ部屋の中のすぐそばでしゃべっているかのようにはっきりと響いてくる。

「ねえ、トム、あなたのお父さま、あんな掘っ建て小屋、片付けてくださらないかしら？」

「僕たちのじゃないんだよ」若い男の声が言う。

「谷の反対側は全部僕たちの物だけど、この小屋は、ゴーントというろくでなしのじいさんとその子供たちの物なんだ。息子は相当おかしくてね、村でどんな噂があるか聞いてごらんよ――」

若い女性が笑う。パカパカという蹄の音、シャンシャンという鈴の音が次第に大きくなる。モーフィンが肘掛椅子から立ち上がりかけた。

「座ってろ」父親が蛇語で、警告するように言う。

「ねえ、トム」また若い女性の声だ。

これだけ間近に聞こえるのは、二人が家のすぐ横を通っているにちがいない。

「あたくしの勘違いかもしれないけど――あのドアに蛇が釘づけになっていない？」

「なんてことだ！　君の言うとおりだ！」男の声が応じる。

「息子の仕業だな。頭がおかしいって、言っただろう？　セシリア、ねえダーリン、見ちゃだめだよ」

蹄の音も鈴の音も、今度は徐々に弱くなっていく。

「ダーリン」モーフィンが妹を見ながら蛇語でささやいた。「『ダーリン』、あいつはそう呼んだ。だからあいつは、どうせ、おまえをもらっちゃくれない」

メローピーがあまりに真っ青なので、ハリーは気絶するのではないかと心配になった。

「なんのことだ？」

ゴーントは息子と娘を交互に見ながら、やはり蛇語で鋭く聞く。

「なんて言った、モーフィン？」

「こいつは、あのマグルを見るのが好きだ」

いまや怯え切っている妹を、残酷な表情で見つめながら、モーフィンが言う。

「あいつが通るときは、いつも庭にいて、生け垣の間から覗いている。そうだろう？それに昨日の夜は――」

メローピーはすがるように、頭を強く横に振る。しかしモーフィンは情け容赦なく続ける。

「窓から身を乗り出して、あいつが馬で家に帰るのを待っていた。そうだろう？」

「マグルを見るのに、窓から身を乗り出していただと？」ゴーントが低い声でなぞる。

ゴーント家の三人は、オグデンのことなど忘れたかのようだ。オグデンは、またしても起こったシューシュー、ガラガラという音のやり取りを前に、わけがわからず当惑し、いらいらしている。

「本当か？」

ゴーントは恐ろしい声でそう言うと、怯えている娘に一、二歩詰め寄った。

「おれの娘が――サラザール・スリザリンの純血の末裔（まつえい）が――穢（けが）れた泥の血のマグルに焦（こ）がれているのか？」

メローピーは壁に体を押しつけ、激しく首を振る。口もきけない様子だ。

「だけど、父さん、おれがやっつけた！」モーフィンが高笑いする。

「あいつがそばを通ったとき、おれがやった。蕁麻疹（じんましん）だらけじゃ、色男も形無しだ。メローピー、そうだろう？」

「このいやらしいスクイブめ！　血を裏切る汚（けが）らわしいやつめ！」

ゴーントは吠（ほ）え哮（たけ）り、抑制がきかなくなって娘の首を両手で絞める。

「やめろ！」

ハリーとオグデンが同時にさけぶ。オグデンは杖（つえ）を上げ、「レラシオ！　放せ！」と唱えた。ゴーントはのけぞるように吹き飛ばされて娘から離れ、椅子にぶつかって仰向けに倒れた。怒り狂ったモーフィンが、わめきながら椅子から飛び出し、血なまぐさいナイフを振り回し、杖からめちゃくちゃに呪いを発射しながら、オグデンに襲いかかる。

オグデンは命からがら逃げ出した。ダンブルドアが、跡を追わなければならないと告げ、ハリーはそれに従う。メローピーの悲鳴がハリーの耳にこだましている。

オグデンは両腕で頭を抱え、矢のように路地を抜けて元の小道に飛び出す。そこでオグデンは艶やかな栗毛の馬に衝突した。馬にはとてもハンサムな黒髪の青年が乗っている。青年も、その隣で葦毛の馬に乗っていたきれいな若い女性も、オグデンの姿を見て大笑いしている。オグデンは馬の脇腹にぶつかって撥ね飛ばされながらも立ちなおり、燕尾服の裾をはためかせ、頭のてっぺんから爪先まで埃だらけになりながら、ほうほうの体で小道を走っていく。

「ハリー、もうよいじゃろう」

ダンブルドアはハリーの肘をつかんで、ぐいと引いた。次の瞬間、二人は無重力の暗闇の中を舞い上がり、やがて、すでに夕暮の迫ったダンブルドアの部屋に、正確に着地した。

「あの小屋の娘はどうなったんですか？」

ダンブルドアが杖を一振りして、さらにいくつかのランプに灯を点したとき、ハリーは真っ先に聞いた。

「メローピーとか、そんな名前でしたけど？」

「おう、あの娘は生き延びた」

ダンブルドアは机にもどり、ハリーにも座るように促す。

「オグデンは『姿現わし』で魔法省にもどり、十五分後には援軍を連れてふたたびゴーントの家にやってくる。モーフィンと父親は抵抗したが、二人とも取り押さえられてあの小屋から連れ出され、その後ウィゼンガモット法廷で有罪の判決を受けた。モーフィンはすでにマグル襲撃の前科を持っていたため、三年間のアズカバン送りとなった。マールヴォロはオグデンのほか数人の魔法省の役人を傷つけたため、六か月の収監になったのじゃ」

「マールヴォロ？」ハリーは怪訝そうに聞き返した。

「そうじゃ」ダンブルドアは満足げにほほえむ。

「きみが、ちゃんと話についてきてくれるのはうれしい」

「あの年寄りが――？」

「ヴォルデモートの祖父。そうじゃ」ダンブルドアが応じる。

「マールヴォロ、息子のモーフィンそして娘のメローピーは、ゴーント家の最後の三人じゃ。非常に古くから続く魔法界の家柄じゃが、いとこ同士が結婚をする習慣から、何世紀にもわたって情緒不安定と暴力の血筋で知られていた。常識の欠如に加えて壮大なことを好む傾向が代々受け継がれて、マールヴォロが生まれる数世代前には、先祖の財産をすでに浪費し尽くしていた。きみも見たように、マールヴォロは惨めさと貧困の中に暮らし、非常に怒りっぽい上、異常な傲慢さと誇りを持ち、また先祖代々の家宝を二つ、息子と同じぐらい、そして娘よりはずっと大切にして持っていたのじゃ」

「それじゃ、メローピーは」

ハリーは座ったまま身を乗り出し、ダンブルドアを見つめた。

「メローピーは……先生、ということは、あの人は……ヴォルデモートの母親？」

「そういうことじゃ」ダンブルドアがうなずく。「それに、偶然にも我々は、ヴォルデモートの父親の姿も垣間見た。果たして気がついたかの？」

「モーフィンが襲ったマグルですか？　あの馬に乗っていた？」

「よくできた」ダンブルドアがにっこりする。

「そうじゃ。ゴーントの小屋を、よく馬で通り過ぎていたハンサムなマグル、あれがトム・リドル・シニアじゃ。メローピー・ゴーントが密かに胸を焦がしていた相手じゃよ」

「それで、二人は結婚したんですか？」

ハリーは信じられない思いで聞いた。あれほど恋に落ちそうにない組み合わせは、他に想像もつかない。

「忘れているようじゃの」ダンブルドアが言う。「メローピーは魔女じゃ。父親に怯えているときには、その魔力が十分生かされていたとは思えぬ。マールヴォロとモーフィンがアズカバンに入って安心し、生まれてはじめて一人となり自由になったとき、メローピーはきっと自分の能力を完全に解き放ち、十八年間の絶望的な生活から逃れる手はずを整えることができたのじゃ」

「トム・リドルにマグルの女性を忘れさせ、代わりに自分と恋に落ちるようにするため、メローピーがどんな手段を講じたか、考えられるかの？」

『服従の呪文』？」ハリーは、とっさに浮かんだ考えを述べた。「それとも『愛の妙薬』？」

「よろしい。わし自身は、『愛の妙薬』を使用したと考えたいところじゃ。そのほうがメローピーにとってはロマンチックに感じられたことじゃろうし、そして、暑い日にリドルが一人で乗馬をしているときに、水を一杯飲むように勧めるのは、さほど難しいことではなかったじゃろう。いずれにせよ、我々がいま目撃した場面から数か月のうちに、リトル・ハングルトンの村はとんでもない醜聞で沸き返ったのじゃ。大地主の息子がろくでなしの娘のメローピーと駆け落ちしたとなれば、どんなゴシップになるかは想像がつくじゃろう」

「しかし、村人の驚きは、マールヴォロの受けた衝撃に比べれば取るに足らんものじゃった。アズカバンから出所したマールヴォロは、娘が暖かい食事をテーブルに用意して、父親の帰りを忠実に待っているものと期待しておった。ところが、マールヴォロを待ち受けていたのは、分厚い埃と、娘がなにをしたかを説明した別れの手紙じゃった」

「わしが探りえたことからすると、マールヴォロはそれから一度も、娘の名前はおろか、その存在さえも口にしなかった。娘の出奔の衝撃が、マールヴォロの命を縮めたのかもしれぬ——それとも、自分では食事を準備することすらできなかったのかもしれぬ。アズカバンがあの者を相当衰弱させていた。マールヴォロは、モーフィンが小屋にもどる姿を見ることはなかった」

「それで、メローピーは？　あの女は……死んだのですね？　ヴォルデモートは孤児院で育ったのではなかったですか？」

「そのとおりじゃ」ダンブルドアが続ける。

「ここからはずいぶんと推量を余儀なくされるが、なにが起こったかを論理的に推理するのは難しいことではあるまい。よいか、駆け落ち結婚から数か月後に、トム・リドルはリトル・ハングルトンの屋敷に、妻を伴わずにもどってきた。リドルが『たぶらかされた』とか『だまされた』とか話していると、近所で噂(うわさ)が飛び交った。リドルが言おうとしたのは、魔法をかけられていたがそれが解けたということだったのじゃろうと、わしはそう確信しておる。ただし、あえて言うならば、リドルは頭がおかしいと思われるのを恐れ、とうていそういう言葉を使うことができなかったのであろう。しかし、リドルの言うことを聞いた村人たちは、メローピーがトム・リドルに妊娠していると嘘をついたためにリドルは結婚せざるをえなかったのであろうと推量したのじゃ」

「でもあの人は本当に赤ちゃんを産みました」

「そうじゃ。しかしそれは、結婚してから一年後のことじゃ。トム・リドルは、まだ妊娠中のメローピーを捨てたのじゃ」

「なにがおかしくなったのですか？」ハリーが聞く。

「どうして『愛の妙薬』が効かなくなったのですか？」

「またしても推量にすぎんが」ダンブルドアが答える。「しかし、わしはこうであったろうと思うのじゃが、メローピーは夫を深く愛しておったので、魔法で夫を隷従(れいじゅう)させ続けることに耐えられなかったのであろう。思うに、メローピーは薬を飲ませるのをやめるという選択をした。自分が夢中だったものじゃから、夫のほうもそのころまでには、自分の愛に応(こた)えてくれるようになっていると、おそらく、そう信じたのじゃろう。赤ん坊のために一緒にいてくれるだろうと、あるいはそう考えたのかもしれぬ。そうだとしたら、メローピーの考えは、そのどちらも誤りであった。リドルは妻を捨て、二度とふたたび会うこともなかった。そして、自分の息子がどうなっているかを、一度たりとも調べようとはせなんだ」

空は墨を流したように真っ暗だった。ダンブルドアの部屋のランプが、前よりいっそう明るくなったような気がする。

「ハリー、今夜はこのくらいでよいじゃろう」ややあって、ダンブルドアが切り出した。

「はい、先生」ハリーが従う。

ハリーは立ち上がったが、立ち去らない。

「先生……こんなふうにヴォルデモートの過去を知ることは、大切なことですか？」

「非常に大切なことじゃと思う」ダンブルドアが言う。

「そして、それは……それは予言となにか関係があるのですか？」

「大いに関係しておる」

「そうですか」ハリーは少し混乱したが、安心したことに変わりはない。

ハリーは帰りかけたが、もう一つ疑問が起こって、振り返る。

「先生、ロンとハーマイオニーに、先生からお聞きしたことを全部話してもいいでしょうか？」

ダンブルドアは一瞬、ハリーを観察するようにじっと見つめ、それから口を開いた。

「よろしい。ミスター・ウィーズリーとミス・グレンジャーは、信頼できる者たちであることを証明してきた。しかし、ハリー、きみに頼んでおこう。この二人には、ほかの者にいっさい口外せぬようにと、伝えておくれ。わしがヴォルデモート卿の秘密をどれほど知っておるか、または推量しておるかという話が広まるのは、よいことではない」

「はい、先生。ロンとハーマイオニーだけにとどめるよう、僕が気をつけます。おやすみなさい」

ハリーは、もう一度踵を返した。そしてドアのところまできたときに、ある物がハリーの目に入った。壊れやすそうな銀の器具がたくさん載った細い脚のテーブルの一つに、醜い大きな金の指輪がある。指輪にはまった黒い大きな石がぱっくりと割れている。

「先生」ハリーは目をみはる。「あの指輪は――」

「なんじゃね？」ダンブルドアが問う。

「スラグホーン先生を訪ねたあの夜、先生はこの指輪をはめていらっしゃいました」

「そのとおりじゃ」ダンブルドアが認めた。

「でも、あれは……先生、あれは、マールヴォロ・ゴーントがオグデンに見せたのと、同じ指輪ではありませんか？」

「まったく同一じゃ」ダンブルドアが一礼する。

「でも、どうして……？　ずっと先生がお持ちだったのですか？」

「いや、ごく最近手に入れたのじゃ」ダンブルドアが言う。

「実は、きみのおじ上、おば上のところにきみを迎えにいく数日前にのう」

「それじゃ、先生が手にけがをなさったころですね？」

「そのころじゃ。そうじゃよ、ハリー」

ハリーは躊躇（ちゅうちょ）した。ダンブルドアはほほえんでいる。

「先生、いったいどうやって――？」

「ハリー、もう遅い時間じゃ！　別の機会に話して聞かせよう。おやすみ」

「はい。おやすみなさい、先生」

第11章 ハーマイオニーの配慮

ハーマイオニーの予測どおり、六年生の自由時間はロンが期待したような至福の休息時間とはならず、山のように出される宿題を必死にこなすための時間となった。試験間近のような勉強を毎日続けなければならないだけでなく、授業の内容もずっと厳しいものになっていた。このごろハリーは、マクゴナガル先生の言うことの半分もわからない。ハーマイオニーでさえ、一度か二度、マクゴナガル先生に説明の繰り返しを頼むことがあったほどだ。ハーマイオニーにとっては憤懣(ふんまん)の種だが、「半純血(はんじゅんけつ)のプリンス」のおかげで、信じがたいことに、「魔法薬学」が突然ハリーの得意科目になった。

いまや無言呪文は、「闇の魔術に対する防衛術」ばかりでなく、「呪文学」や「変身術」でも要求されている。談話室や食事の場でまわりを見回すと、クラスメートが顔を紫色にして、まるで「ウンのない人」を飲みすぎたかのように息張っているのを、よく見かける。実は、声を出さずに呪文を唱えようともがいているところだと、ハリーにもわかっていた。

戸外に出て、温室に行くのがせめてもの息抜きとなる。「薬草学」ではこれまでよりずっと危険な植物を扱っているが、授業中、「有毒食虫蔓」に背後から突然捕まったときに、少なくとも大声を出して悪態をつくことができる。

膨大な量の宿題と、がむしゃらに無言呪文を練習するためとに時間を取られ、結果として、ハリー、ロン、ハーマイオニーには、とてもハグリッドを訪ねる時間などない。ハグリッドは、食事の教職員テーブルに姿を見せなくなった。不吉な兆候だ。それに、廊下や校庭でときどきすれちがっても、ハグリッドは不思議にも三人に気づかず、挨拶しても聞こえないようなのだ。

「訪ねていって説明すべきよ」

二週目の土曜日の朝食で、教職員テーブルのハグリッド用の巨大な椅子が空っぽなのを見ながら、ハーマイオニーが断言した。

「午前中はクィディッチの選抜だ！」ロンが抗弁する。

「なんとその上、フリットウィックの『アグアメンティ　水増し』呪文を練習しなくちゃ！　どっちにしろ、なにを説明するって言うんだ？　ハグリッドに、あんなばかくさい学科はほんとは大嫌いだったなんて言えるか？」

「大嫌いなんかじゃないわ！」ハーマイオニーが反論する。

「君と一緒にするなよ。僕は『尻尾爆発スクリュート』を忘れちゃいないからな」

ロンが暗い顔で言う。

「君は、ハグリッドがあのまぬけな弟のことをくだくだ自慢するのを聞いてないからなあ。はっきり言うけど、僕たち実は危ういところを逃れたんだぞ——あのままハグリッドの授業を取り続けてたら、僕たちきっと、グロウプに靴紐の結び方を教えていたぜ」

「ハグリッドと口もきかないなんて、私、いやだわ」

ハーマイオニーは落ち着かないようだ。

「クィディッチのあとで行こう」

ハリーがハーマイオニーを安心させた。ハリーもハグリッドと離れているのは寂しい。もっともロンの言うとおり、グロウプがいないほうが、自分たちの人生は安らかだろうとも思う。

「だけど、選抜は午前中一杯かかるかもしれない。応募者が多いから」

キャプテンになってからの最初の試練を迎えるので、ハリーは少し神経質になっている。

「どうして急に、こんなに人気のあるチームになったのか、わかんないよ」

「まあ、ハリーったら、しょうがないわね」

今度はハーマイオニーが突然いらだつ。

「クィディッチが人気者なんじゃないわ。あなたよ！　あなたがこんなに興味をそそることはないし、率直に言って、こんなにセクシーだったこともないわ」

ロンは燻製鰊の大きな一切れで咽せた。ハーマイオニーはロンに軽蔑したような一瞥を投げ、それからハリーに向きなおる。

「あなたの言っていたことが真実だったって、いまではだれもが知っている。ヴォルデモートがもどってきたと言ったことも正しかったし、この二年間にあなたが二度もあの人と戦って、二度とも逃れたことも本当だと、魔法界全体が認めざるをえなかったのよ。そしていまはみんなが、あなたのことを、『選ばれし者』と呼んでいる

――さあ、しっかりしてよ。みんながあなたに魅力を感じる理由がわからない？」

大広間の天井は冷たい雨模様だったにもかかわらず、ハリーはその場が急に暑くなったような気がする。

「その上、あなたを情緒不安定の嘘つきに仕立て上げようと、魔法省がさんざん迫害したのに、それにも耐え抜いた。あの邪悪な女が、あなた自身の血で刻ませた痕がまだ見えるわ。でもあなたは、とにかく節を折らなかった……」

「魔法省で脳ミソが僕を捕まえたときの痕、まだ見えるよ。ほら」

ロンが腕を振って袖をまくる。

「それに、夏の間にあなたの背が三十センチも伸びたことだって、悪くないわ」

ハーマイオニーはロンを無視したまま、話し終えた。

「僕も背が高い」些細なことのようにロンが言い足す。

郵便ふくろうが到着し、雨粒だらけの窓からスィーッと入ってきて、みなに水滴をばら撒いた。大多数の生徒がいつもよりたくさんの郵便を受け取っている。親は心配して子供の様子を知りたがり、また逆に、家族は無事だと子供に知らせて安心させようとしている。

ハリーは学期が始まってから一度も手紙を受け取っていない。定期的に手紙をくれたただ一人の人はもうこの世にいない。ルーピンがときどき手紙をくれるのではと期待していたが、いままでずっと失望続きだ。

ところが、茶色や灰色のふくろうに交じって、雪のように白いヘドウィグが円を描いてくるので、ハリーは驚いた。大きな四角い包みを抱いて、ヘドウィグがハリーの前に着地する。その直後、まったく同じ包みがロンの前に着地し、疲労困憊した豆ふくろうのピッグウィジョンが、その下敷きになっている。

「おっ！」

ハリーが声を上げた。包みを開けると、フローリシュ・アンド・ブロッツ書店からの真新しい『上級魔法薬』の教科書が現れた。

「よかったわ」

ハーマイオニーがうれしそうに言う。

「これであの落書き入りの教科書を返せるじゃない」

「気は確かか？」ハリーが言い返す。

「僕はあれを放さない！　ほら、もうちゃんと考えてある――」

ハリーは鞄から古本の『上級魔法薬』を取り出し、「ディフィンド！　裂けよ！」と唱えながら杖で表紙を軽くたたく。表紙が外れた。新しい教科書にも同じことをする（ハーマイオニーは、なんて破廉恥なという顔をした）。次にハリーは表紙を交換し、それぞれをたたいて「レパロ！　なおれ！」と唱えた。

プリンスの本は、新しい教科書のような顔をして、一方、フローリシュ・アンド・ブロッツの本は、どこから見ても中古本のような顔をしている。

「スラグホーンには新しいのを返すよ。文句はないはずだ。九ガリオンもしたんだから」

ハーマイオニーは怒ったような、承服できないという顔で唇を固く結ぶ。しかし、三羽目のふくろうが、目の前に運んできたその日の「日刊予言者新聞」を見て気が逸れ、急いで新聞を広げ、一面に目を通す。

「だれか知ってる人が死んでるか?」

ロンはわざと気軽な声で聞いた。ハーマイオニーが新聞を広げるたびに、ロンは同じ質問をしている。

「いいえ。でも吸魂鬼の襲撃が増えてるわ」ハーマイオニーが言う。

「それに逮捕が一件」

「よかった。だれ？」

ハリーはベラトリックス・レストレンジを思い浮かべながら聞いた。

「スタン・シャンパイク」ハーマイオニーが答える。

「えっ？」ハリーはびっくりした。

『魔法使いに人気の、夜の騎士（ナイト）バスの車掌、スタンリー・シャンパイクは、死喰い人の活動をした疑いで逮捕された。シャンパイク容疑者（21）は、昨夜遅く、クラッパムの自宅の強制捜査で身柄を拘束された……』

「スタン・シャンパイクが死喰い人？」

三年前にはじめて会った、ニキビ面の青年を思い出しながらハリーが言う。

「ばかな！」

「『服従（ふくじゅう）の呪文』をかけられてたかもしれないぞ」ロンがもっともなことを言った。

「なんでもありだもんな」

「そうじゃないみたい」ハーマイオニーが読みながら言う。

「この記事では、容疑者がパブで死喰い人の秘密の計画を話しているのを、だれかが漏れ聞いて、そのあとで逮捕されたって」

ハーマイオニーは困惑した顔で新聞から目を上げた。

「もし『服従の呪文』にかかっていたのなら、死喰い人の計画をそのあたりで吹聴したりしないんじゃない？」

「あいつ、知らないことまで知ってるように見せかけようとしたんだろうな」

ロンがわけ知り顔で言う。

「ヴィーラをナンパしようとして、自分は魔法大臣になるって息巻いてたやつじゃなかったか？」

「うん、そうだよ」ハリーがうんざり気味に言う。「あいつら、いったいなにを考えてるんだか。スタンの言うことを真に受けるなんて」

「たぶん、なにかしら手を打っているように見せたいんじゃないかしら」

ハーマイオニーが顔をしかめる。

「みんな戦々恐々だし――パチル姉妹のご両親が、二人を家にもどしたがっているのを知ってる？　それに、エロイーズ・ミジョンはもう引き取られたわ。お父さんが、昨晩連れて帰ったの」

「ええっ？」

ロンが目をぐりぐりさせてハーマイオニーを見た。

「だけど、ホグワーツはあいつらの家より安全だぜ。そうじゃないか。闇祓いはいるし、安全対策の呪文がいろいろ追加されたし、なにしろ、ダンブルドアがいる！」

「ダンブルドアがいつもいらっしゃるとは思えないわ」

「日刊予言者新聞」の上から教職員テーブルをちらと覗いて、ハーマイオニーが小声で言う。

「気がつかない？　ここ一週間、校長席はハグリッドのと同じぐらい、ずっと空だったわ」

ハリーとロンは教職員テーブルを見る。校長席は、なるほど空だ。考えてみれば、ハリーは一週間前の個人教授以来、ダンブルドアを見ていない。

「騎士団に関するなにかで、学校を離れていらっしゃるのだと思うわ」

ハーマイオニーが低い声でつけ足した。

「つまり……かなり深刻だってことじゃない？」

ハリーもロンも答えなかった。しかしハリーには、三人とも同じことを考えているのがわかっている。昨日の恐ろしい事件のことだ。ハンナ・アボットが「薬草学」の時間に呼び出され、母親が死んでいるのが見つかったと知らされた。ハンナの姿はそれ以来見ていない。

五分後、グリフィンドールのテーブルを離れてクィディッチ競技場に向かうときに、ラベンダー・ブラウンとパーバティ・パチルのそばを通った。二人の仲良しは気落ちした様子でひそひそ話しているが、パチルの親が、双子姉妹をホグワーツから連れ出したがっているというハーマイオニーの話があったので、ハリーは驚きはしなかった。しかし、ロンが二人のそばを通ったとき、突然パーバティに小突かれたラベンダーが、振り向いてロンににっこり笑いかけたのには驚いた。ロンは目をパチパチさせ、曖昧に笑い返していた。とたんにロンの歩き方が、肩をそびやかした感じになる。ハリーは笑い出したいのをこらえた。マルフォイに鼻をへし折られたとき、ロンが笑いをこらえてくれたことを思い出す。しかしハーマイオニーは、肌寒い霧雨の中を競技場に歩いていく間ずっと冷たくてよそよそしく、二人と別れてスタンドに席を探しにいくときも、ロンに激励の言葉ひとつかけなかった。

ハリーの予想どおり、選抜はほとんど午前中一杯かかった。グリフィンドール生の半数が、選抜にきたのではないかと思うほどの人数だった。恐ろしく古い学校の箒を神経質ににぎりしめた一年生から、他に抜きん出た背の高さで冷静沈着に睥睨する七年生までが揃う。七年生の一人は、毛髪バリバリの大柄な青年で、ハリーがホグワーツ特急で出会った青年だ。

「汽車で会ったな。スラッギーじいさんのコンパートメントで」

青年は自信たっぷりにそう言うと、みなから一歩進み出てハリーと握手する。

「コーマック・マクラーゲン。キーパー」

「君、去年は選抜を受けなかっただろう？」

ハリーはマクラーゲンの横幅の広さに目をみはった。このキーパーならまったく動かなくとも、ゴールポスト三本全部をブロックできるだろう。

「選抜のときは病棟にいたんだ」

マクラーゲンは、少しふんぞり返るような雰囲気で答える。

「賭けでドクシーの卵を五百グラム食った」

「そうか」ハリーが言う。「じゃ……あっちで待っててくれ……」

ハリーは、ちょうどハーマイオニーが座っているあたりの、競技場の端を指さす。マクラーゲンの顔にちらりといらだちがよぎったような気がする。「スラッギーじいさん」のお気に入り同士だからと、マクラーゲンは特別扱いを期待したのかもしれない。

ハリーは基本的なテストから始めることに決め、候補者を十人一組に分け、競技場を一周、飛ぶように指示した。これはいいやり方だった。最初の十人は一年生で、それまで、ろくに飛んだこともないのが明白だ。たった一人だけ、なんとか二、三秒以上空中に浮いていられる少年がいたが、そのことに自分でも驚いて、たちまちゴールポストに衝突した。

二番目のグループの女子生徒は、これまでハリーが出会った中でも一番愚かしい連中で、ハリーがホイッスルを吹くと、互いにしがみついてキャーキャー笑い転げるばかりだった。ロミルダ・ベインもその一人。ハリーが競技場から退出するように言うと、みな嬉々としてそれに従い、スタンドに座ってほかの候補者を野次る役割に回った。

第三のグループは、半周したところで玉突き事故を起こした。四組目はほとんどが箒さえ持ってこず、五組目はハッフルパフ生だった。

「ほかにグリフィンドール以外の生徒がいるんだったら――」

ハリーが吠える。いいかげんうんざりだ。

「いますぐ出ていってくれ！」

するとまもなく、小さなレイブンクロー生が二、三人、プッと吹き出し、競技場から駆け出していった。

二時間後、苦情たらたら、癇癪いくつか、コメット２６０の衝突で歯を数本折る事故が一件のあと、ハリーは三人のチェイサーを見つけた。すばらしい結果でチームに返り咲いたケイティ・ベル、ブラッジャーを避けるのが特に上手かった新人のデメルザ・ロビンズ、それにジニー・ウィーズリーだ。ジニーは競争相手全員を飛び負かし、おまけに十七回もゴールを奪う大活躍。自分の選択に満足だったが、一方ハリーは、苦情たらたら組にさけび返して声がかれた上、もう一度ビーター選抜に落ちた連中との同じような戦いに耐えなければならなかった。

「これが最終決定だ。さあ、キーパーの選抜をするのにそこをどかないと、呪いをかけるぞ」ハリーが大声を出す。

選抜された二人のビーターは、どちらも、昔のフレッドとジョージほどの冴えはないが、ハリーはまずまず満足だった。ジミー・ピークスは小柄だが胸のがっしりした三年生で、ブラッジャーに強烈な一撃を加え、ハリーの後頭部に卵大のコブをふくらませてくれた。リッチー・クートはひ弱そうに見えるが、狙いが的確だ。二人は観客スタンドに座り、チーム最後のメンバーの選抜を見物する。

ハリーはキーパーの選抜を意図的に最後に回した。競技場に人が少なくなって、志願者へのプレッシャーが軽くなるように意図したものだ。しかし、不幸なことに、落ちた候補者やら、ゆっくり朝食をすませてから見物に加わった大勢の生徒やらで、見物人はかえって増えている。キーパー候補が順番にゴールポストに飛んでいくたびに、観衆は応援半分、野次り半分でさけぶ。ハリーはロンをちらりと見る。ロンはこれまで、上がってしまうのが問題だった。先学期最後の試合に勝ったことで、その癖が治っていればと願っていたのだけれど、どうやら望み薄のようだ。ロンの顔は微妙に蒼(あお)くなっている。

最初の五人の中で、ゴールを三回守った者は一人としていなかった。コーマック・マクラーゲンは、五回のペナルティ・スロー中四回までゴールを守ったので、ハリーはがっかりした。しかし最後の一回は、とんでもない方向に飛びつき、観衆に笑われたり野次られたりで、歯軋(はぎし)りして地上にもどっていった。

ロンはクリーンスイープ11号にまたがりながら、いまにも失神しそうな顔でいる。

「がんばって!」

スタンドからさけぶ声が聞こえる。ハーマイオニーだろうとハリーが振り向くと、なんとラベンダー・ブラウンだった。ラベンダーは次の瞬間、両手で顔を覆う。ハリーも正直そうしたい気分だ。しかし、キャプテンとして少しは骨のあるところを見せなければならないと、ロンのトライアルを直視する。

ところが、心配無用だった。ロンはペナルティ・スローに対して、一回、二回、三回、四回、五回と続けてゴールを守った。うれしくて、観衆と一緒に歓声を上げたいところをやっとこらえ、ハリーは、まことに残念だがロンの勝ちだとマクラーゲンに告げようと振り向く。そのとたん、マクラーゲンの真っ赤な顔が、ハリーの目と鼻の先にぬっと現れた。ハリーはあわてて一歩下がる。

「ロンの妹のやつが、手加減したんだ」

マクラーゲンが脅すように突っかかってくる。バーノンおじさんの額でハリーがよく拝ませてもらった青筋が、マクラーゲンのこめかみでひくひくしている。

「守りやすいスローだった」

「くだらない」ハリーは冷たく言い放つ。

「あの一球は、ロンが危うくミスするところだった」

マクラーゲンがもう一歩ハリーに詰め寄るが、ハリーは今度は動かない。

「もう一回やらせてくれ」

「だめだ」ハリーが宣言する。

「君はもうトライアルが終わっている。四回守った。ロンは五回守った。ロンがキーパーだ。正々堂々勝ったんだ。そこをどいてくれ」

一瞬、拳が飛んでくるのではないかと思ったが、マクラーゲンは醜いしかめ面をしただけで矛を収め、見えないだれかを脅すようにうなりながら、荒々しくその場を去った。

ハリーが振り返ると、新しいチームがハリーに向かってにっこりしていた。

「よくやった」ハリーが選抜された全員にかすれ声で声をかける。「いい飛びっぷりだった――」

「ロン、すばらしかったわ！」

今度は正真正銘ハーマイオニーが、スタンドからこちらに向かって走ってくる。一方、ラベンダーはパーバティと腕を組み、かなりブスッとした顔で競技場から出ていく。ロンはすっかり気をよくして、チーム全員とハーマイオニーに笑顔を向けている。いつもよりさらに背が高くなったように見える。

第一回の本格的な練習日を次の木曜日と決めた後、ハリー、ロン、ハーマイオニーはチームに別れを告げ、ハグリッドの小屋に向かう。霧雨はようやく上がり、濡れた太陽がいましも雲を割って顔を見せようとしている。ハリーは極端に空腹を感じ、ハグリッドのところになにか食べる物があればいいと思った。

「僕、四回目のペナルティ・スローはミスするかもしれないと思ったなあ」ロンはうれしそうに言う。「デメルザのやっかいなシュートだけど、見たかな、ちょっとスピンがかかってた――」

「ええ、ええ、あなたすごかったわ」ハーマイオニーは、ロンの有頂天をおもしろがっているようだ。

「僕、とにかくあのマクラーゲンよりはよかったな」

ロンはいたく満足げな声で続ける。

「あいつ、五回目で変な方向にドサッと動いたのを見たか？　まるで『錯乱呪文』をかけられたみたいに……」

ハーマイオニーの顔が、この一言で深いピンク色に染まる。ハリーは驚いたが、ロンはなにも気づいていない。ほかのペナルティ・スローの一つひとつを味わうように、こと細かに説明するのに夢中だ。

大きな灰色のヒッポグリフ、バックビークがハグリッドの小屋の前に繋がれている。三人が近づくと、鋭い嘴を鳴らして巨大な頭をこちらに向けた。

「どうしましょう」ハーマイオニーがおどおどしながら言う。「やっぱりちょっと恐くない？」

「いいかげんにしろよ。あいつに乗っただろう？」ロンが言う。

ハリーが進み出て、ヒッポグリフから目を離さず、瞬きもせずにお辞儀をした。二、三秒後、バックビークも身体を低くしてお辞儀を返した。

「元気かい？」

ハリーはそっと挨拶しながら近づいて、頭の羽をなでる。

「あの人がいなくて寂しいか？　でも、ここではハグリッドと一緒だから大丈夫だろう？　ん？」

「おい！」大きな声がした。

花柄の巨大なエプロンをかけたハグリッドが、ジャガイモの袋を提げて小屋の後ろからのっしのっしと現れる。すぐ後ろに従っていた飼い犬の超大型ボアハウンド犬のファングが、吠え声を轟かせて飛び出してくる。

「離れろ！　指を食われるぞ――おっ、おめぇたちか」

ファングはハーマイオニーとロンにじゃれかかり、耳をなめようとしている。ハグリッドは立ったまま一瞬三人を見たが、すぐ踵を返して大股で小屋に入り、戸をバタンと閉める。

「ああ、どうしましょう！」ハーマイオニーが打ちのめされたように言う。

「心配しないで」

ハリーは意を決したようにそう言うなり、戸口まで行って強くたたいた。

「ハグリッド！　開けてくれ。話がしたいんだ！」

中からはなんの物音もしない。

「開けないなら戸を吹っ飛ばすぞ！」ハリーは杖を取り出す。

「ハリー！」

ハーマイオニーはショックを受けたように大きな声を出す。

「そんなことは絶対――」

「ああ、やってやる！」ハリーが言う。「下がって――」

しかし、あとの言葉を言わないうちに、ハリーが思ったとおり、またパッと戸が開いた。ハグリッドが仁王立ちで、ハリーを睨（にら）みつけている。花模様のエプロン姿なのに、実に恐ろしげだ。

「おれは先生だ！」

ハグリッドがハリーをどなりつける。

「先生だぞ、ポッター！　おれの家の戸を壊すなんて脅すたぁ、よくも！」

「ごめんなさい。先生」

杖をローブにしまいながら、ハリーは最後の言葉をことさら強く言った。ハグリッドは雷に撃たれたような顔をする。

「おまえがおれを、『先生』って呼ぶようになったのはいつからだ？」

「ハグリッドが僕を、『ポッター』って呼ぶようになったのはいつからだい？」

「ほー、利口なこった」ハグリッドがうなる。「おもしれえ。おれが一本取られたっちゅうわけか？　ようし、入れ。この恩知らずの小童（こわっぱ）の……」

険悪な声でボソボソ言いながら、ハグリッドは脇に避けて三人を通す。ハーマイオニーはびくびくしながら、ハリーの後ろについて急いで入った。

「そんで？」

ハリー、ロン、ハーマイオニーが巨大な木のテーブルに着くと、ハグリッドがむすっとして口火を切る。ファングはたちまちハリーの膝に頭を載せ、ローブを涎でべとべとにする。

「なんのつもりだ？　おれを可哀そうだと思ったのか？　おれが寂しいだろうとか思ったのか？」

「ちがう」ハリーが即座に否定する。

「僕たち、会いたかったんだ」

「ハグリッドがいなくて寂しかったわ！」ハーマイオニーがおどおどと言う。

「寂しかったって？」ハグリッドがフンと鼻を鳴らす。

「ああ、そうだろうよ」

ハグリッドはドスドスと歩き回り、ひっきりなしにブツブツ言いながら、巨大な銅のヤカンで紅茶を沸かす。やがてハグリッドは、マホガニー色に煮つまった紅茶が入ったバケツ大のマグと、手製のロックケーキを一皿、三人の前にたたきつけた。ハグリッドの手製だろうがなんだろうが、空きっ腹のハリーは、すぐに一つ摘まむ。

「ハグリッド」ハーマイオニーがおずおずと言い出す。

ハグリッドもテーブルに着き、ジャガイモの皮をむきはじめたが、一つひとつに個人的な恨みでもあるかのような、乱暴なむき方だ。

「私たち、ほんとに『魔法生物飼育学』を続けたかったのよ」

ハグリッドは、またしても大きくフンと返す。ハリーは鼻クソがたしかにじゃがいもに着地したような気がして、夕食をご馳走になる約束をしなかったことに、内心ほっとする。

「ほんとよ！」ハーマイオニーが言い募る。「でも、三人とも、どうしても時間割にはまらなかったの！」

「ああ、そうだろうよ」ハグリッドが同じことを繰り返す。

ガボガボと変な音がして、三人はあたりを見回す。ハーマイオニーが小さく悲鳴を上げる。部屋の隅に大きな樽が置いてあることに、三人はたったいま気づいた。ロンは椅子から飛び上がり、急いで席を移動して樽から離れる。樽の中には、三十センチはあろうかという蛆虫がいっぱい、ぬめぬめと白い身体をくねらせている。

「ハグリッド、あれはなに？」

ハリーはむかつきを隠して、興味があるような聞き方をしようと努力したが、ロックケーキはやはり皿にもどした。

「幼虫のおっきいやつだ」ハグリッドが答えた。

「それで、育つとなんになるの……？」ロンは心配そうに聞く。

「こいつらは育たねえ」ハグリッドが言う。「アラゴグに食わせるために捕ったんだ」

そしてハグリッドは、出し抜けに泣き出す。

「ハグリッド！」

ハーマイオニーが驚いて飛び上がり、蛆虫の樽を避けるのにテーブルを大回りしながらも急いでハグリッドのそばに寄り、震える肩に腕を回した。

「どうしたの？」

「あいつの……ことだ……」

コガネムシのように黒い目から涙をあふれさせ、エプロンで顔をごしごし拭きながら、ハグリッドはぐっと涙をこらえる。

「アラゴグ……あいつよ……死にかけちょる……この夏、具合が悪くなって、よくならねえ……あいつに、もしものことが……おれはどうしたらいいんだか……おれたちはなげーこと一緒だった……」

ハーマイオニーはハグリッドの肩をたたきながら、どう声をかけていいやら途方に暮れた顔をしている。ハリーにはその気持ちがよくわかる。たしかにいろいろあった……ハグリッドが凶暴な赤ちゃんドラゴンにテディベアをプレゼントしたり、針や吸い口を持った大サソリに小声で唄を歌ってやったり、異父弟の野蛮な巨人を躾けようとしたり。しかし、そうしたハグリッドの怪物幻想の中でも、たぶん今度のが一番不可解だ。あの口をきく大蜘蛛(ぐも)、アラゴグ——禁じられた森の奥深くに棲(す)み、四年前ハリーとロンが辛(から)くもその手を逃れた、あの大蜘蛛。

「なんか——なんか私たちにできることがあるかしら？」

ロンがとんでもないとばかり、しかめ面でめちゃめちゃ首を横に振るのを無視して、ハーマイオニーがたずねた。

「なにもねえだろうよ、ハーマイオニー」

滝のように流れる涙を止めようとして、ハグリッドが声を詰まらせる。

「あのな、眷属(けんぞく)のやつらがな……アラゴグの家族だ……あいつが病気だもんで、ちいとおかしくなっちょる……落ち着きがねえ……」

「ああ、僕たち、あいつらのそういうところを、ちょっと見たよな」ロンが小声で言った。

「……いまんとこ、おれ以外のもんが、あのコロニーに近づくのは安全とは言えねえ」

ハグリッドは、エプロンでチーンと鼻をかみ、顔を上げた。

「そんでも、ありがとよ、ハーマイオニー……そう言ってくれるだけで……」

その後はだいぶ雰囲気が軽くなった。ハリーもロンも、あのガルガンチュアのような危険きわまりない肉食大蜘蛛に、大幼虫を持っていって食べさせてあげたいなどという素振りは見せなかったのだが、ハグリッドは、当然二人にそういう気持ちがあるものと思い込んだらしく、いつものハグリッドにもどったからだ。

「うん、おまえさんたちの時間割におれの授業を突っ込むのは難しかろうと、はじめっからわかっちょった」

三人に紅茶を注ぎ足しながら、ハグリッドがぶっきらぼうに言う。

「たとえ『逆転時計』を申し込んでもだ——」

「それはできなかったはずだわ」ハーマイオニーが言い訳をする。「この夏、私たちが魔法省に行ったとき、『逆転時計』の在庫を全部壊してしまったらしいの。『日刊予言者新聞』に書いてあったわ」

「んむ、そんなら」ハグリッドが納得が行ったというように言う。「どうやったって、できるはずはなかった……悪かったな。おれは……ほれ——おれはただ、アラゴグのことが心配で……そんで、もしグラブリー-プランク先生が教えとったらどうだったか、なんて考えっちまって——」

三人は、ハグリッドの代わりに数回教えたことのあるグラブリー-プランク先生がどんなにひどい先生だったかと、口をそろえてきっぱり嘘をつく。結果的に、夕暮時、三人に手を振って送り出すハグリッドは、少し機嫌がよさそうだった。

「腹へって死にそう」

戸が閉まったとたん、ハリーが言った。三人はだれもいない暗い校庭を急ぐ。奥歯の一本がバリッと不吉な音を立てたときに、ハリーはロックケーキを放棄していた。

「しかも、今夜はスネイプの罰則がある。ゆっくり夕食を食べていられないな……」

城に入るとコーマック・マクラーゲンが大広間に入るところが見えた。入口の扉を入るのに二回やりなおしている。一回目は扉の枠にぶつかって撥ね返った。ロンはご満悦でゲラゲラ笑い、そのあとから肩をそびやかして入っていったが、ハリーはハーマイオニーの腕をつかんで引きもどす。

「どうしたっていうの？」ハーマイオニーは予防線を張る。

「じゃあ、言うけど」ハリーが小声で疑問をぶつける。「マクラーゲンは、ほんとに『錯乱呪文』をかけられたみたいに見える。それに、あいつは君が座っていた場所のすぐ前に立っていた」

ハーマイオニーが赤くなる。

「ええ、しかたがないわ。私がやりました」

ハーマイオニーがささやく。

「でも、あなたは聞いていないけど、あの人がロンやジニーのことをなんと言ってけなしてたか！　とにかく、あの人は性格が悪いわ。キーパーになれなかったときのあの人の反応、見たでしょ――あんな人はチームにいて欲しくないはずよ」

「ああ、そうだと思う。でも、ハーマイオニー、それってずるくないか？　だって、君は監督生（かんとくせい）、だろ？」

ハリーはにやりと笑う。

「まあ、やめてよ」ハーマイオニーがぴしゃりと言った。

「二人とも、なにやってんだ？」

ロンが怪訝（けげん）な顔をして、大広間への扉からまた顔を出す。

「なんでもない」

ハリーとハーマイオニーは同時にそう答え、急いでロンのあとに続いた。ローストビーフの匂いが、ハリーの空きっ腹を締めつける。しかし、グリフィンドールのテーブルに向かって三歩と歩かないうちに、スラグホーン先生が現れて行く手を塞いだ。

「ハリー、ハリー、まさに会いたい人のお出ましだ！」

セイウチひげの先端をひねりながら、巨大な腹を突き出して、スラグホーンは機嫌よく大声で言う。

「夕食前に君を捕まえたかったんだ！　今夜はここでなく、わたしの部屋で軽く一口どうかね？　ちょっとしたパーティをやる。希望の星が数人だ。マクラーゲンもくるし、ザビニも、チャーミングなメリンダ・ボビンもくる――メリンダはもうお知り合いかね？　家族が大きな薬問屋チェーン店を所有しているんだが――それに、もちろん、ぜひミス・グレンジャーにもお越しいただければ、大変うれしい」

スラグホーンは、ハーマイオニーに軽く会釈して言葉を切った。ロンには、まるで存在しないかのように、目もくれない。

「先生、伺えません」ハリーが即座に答える。

「スネイプ先生の罰則を受けるんです」

「おやおや！」

スラグホーンのがっかりした顔が滑稽だった。

「それはそれは。君がくるのを当てにしていたんだよ、ハリー！　あ、それではセブルスに会って、事情を説明するほかないようだ。きっと罰則を延期するよう説得できると思うね。よし、二人とも、それでは、あとで！」

スラグホーンはあたふたと大広間を出ていった。

「スネイプを説得するチャンスはゼロだ」

スラグホーンが声の届かないほど離れたとたん、ハリーが言う。

「一度は延期されてるんだ。相手がダンブルドアだからスネイプは延期したけど、ほかの人ならしないよ」

「ああ、あなたがきてくれたらいいのに。ひとりじゃ行きたくないわ！」

ハーマイオニーが心配そうに言う。マクラーゲンのことが引っかかっているなと、ハリーには察しがつく。

「ひとりじゃないと思うな。ジニーがたぶん呼ばれる」

スラグホーンに無視されたのがお気に召さない様子のロンが、言い捨てた。

夕食の後、三人はグリフィンドール塔にもどる。大半の生徒が夕食を終えていたので、談話室は混んでいたが、三人は空いているテーブルを見つけて腰を下ろす。スラグホーンと出会ってからずっと機嫌の悪いロンは、腕組みをして天井を睨んでいる。ハーマイオニーは、だれかが椅子に置いていった「夕刊予言者新聞」に手を伸ばした。

「なにか変わったこと、ある？」ハリーが聞く。

「とくには……」ハーマイオニーは新聞を開き、中のページを流し読みしている。

「あ、ねえ、ロン、あなたのお父さんがここに——ご無事だから大丈夫！」

ロンがぎょっとして振り向いたので、ハーマイオニーがあわててつけ加える。

「お父さんがマルフォイの家に行ったって、そう書いてあるだけ。『死喰い人の家での、この二度目の家宅捜索は、なんらの成果も上げなかった模様である。〝偽の防衛呪文ならびに保護器具の発見ならびに没収局〟のアーサー・ウィーズリー氏は、自分のチームの行動は、ある秘密の通報に基づいて行われたものであると語った』」

「そうだ。僕の通報だ！」ハリーが言った。

「キングズ・クロスで、マルフォイのことを話したんだ。ボージンになにかを修理させたがっていたこと！　うーん、もしあいつの家にないなら、そのなんだかわからない物を、ホグワーツに持ってきたにちがいない――」

「だけど、ハリー、どうやったらそんなことができる？」

ハーマイオニーが驚いたような顔で新聞を下に置く。

「ここに着いたとき、私たち全員検査されたでしょ？」

「そうなの？」

ハリーはびっくりした。

「僕はされなかった！」

「ああ、そうね、たしかにあなたはちがうわ。遅れたことを忘れてた……あのね、フィルチが、私たちが玄関ホールに入るときに、全員を『詮索センサー』で触ったの。闇の品物なら見つかっていたはずよ。事実、クラッブがミイラ首を没収されたのを知ってるわ。だからね、マルフォイは危険な物を持ち込めるはずがないの！」

一瞬詰まったハリーは、ジニー・ウィーズリーがピグミー・パフのアーノルドと戯れているのを眺めながら、この反論をどうかわすかを考えた。

「じゃあ、だれかがふくろうであいつに送ってきたんだ」ハリーが抵抗を試みる。

「ふくろうも全部チェックされてます」ハーマイオニーが言う。「フィルチが、手当たり次第あちこち『詮索センサー』を突っ込みながら、そう言ってたわ」

「母親かだれか――」

今度こそ本当に手詰まりで、ハリーはなにも言えなかった。マルフォイが危険物や闇の物品を学校に持ち込む手段はまったくないように見える。ハリーは望みを託してロンを見たが、ロンは腕組みをしてラベンダー・ブラウンをじっと見ている。

「マルフォイが使った方法を、なにか思いつか――？」

「ハリー、もうよせ」ロンが言った。

「いいか、スラグホーンがばからしいパーティに僕とハーマイオニーを招待したのは、なにも僕のせいじゃない。僕たちが行きたいわけじゃないんだ！」ハリーはかっとなる。

「さぁて、僕はどこのパーティにも呼ばれてないし――」ロンが立ち上がった。「寝室に行くよ」

ロンは男子寮に向かって、床を踏み鳴らしながら去っていく。ハリーとハーマイオニーは、まじまじとその後ろ姿を見送った。

「ハリー？」

新しいチェイサーのデメルザ・ロビンズが、突然ハリーのすぐ後ろに現れた。

「あなたに伝言があるわ」

「スラグホーン先生から？」ハリーは期待して座りなおす。

「いいえ……スネイプ先生から」

デメルザの答えでハリーは落胆(らくたん)した。

「今晩八時半に先生の部屋に罰則を受けにきなさいって――あの――パーティへの招待がいくつあっても、ですって。それから、腐った『レタス食い虫』と、そうでない虫をより分ける仕事だとあなたに知らせるように言われたわ。魔法薬に使うためですって。それから――それから、先生がおっしゃるには、保護用手袋は持ってくる必要がないって」

「そう」

ハリーは腹を決めた。

「ありがとう、デメルザ」

第12章　シルバーとオパール

ダンブルドアはどこにいて、なにをしているのだろう？　それから二、三週間、ハリーは校長の姿を二度しか見かけなかった。食事に顔を見せることさえほとんどなくなっている。ダンブルドアが何日も続けて学校を留守にしている、というハーマイオニーの考えは当たっていた。ダンブルドアは、ハリーの個人教授を忘れてしまったのだろうか？　予言に関するなにかと結びつく授業だというダンブルドアの言葉に、ハリーは力づけられ慰められたのだが、いまはちょっと見捨てられたような気がしている。

十月の半ばに、学期最初のホグズミード行きがやってきた。ますます厳しくなる学校周辺の警戒措置を考えると、そういう外出がまだ許可されるだろうかとハリーは危ぶんでいたのだけれど、実施されると知ってうれしかった。数時間でも学校を離れられるのは、いつもいい気分だ。

外出日の朝は荒れ模様だったが、早く目が覚めたハリーは、朝食までの時間を『上級魔法薬』の教科書を読んでゆっくり過ごした。ふだんは、ベッドに横になって教科書を読んだりはしない。ロンがいみじくも言ったように、ハーマイオニー以外の者がそういう行動を取るのは不道徳であり、ハーマイオニーはもともとそういう変人に属する。しかしハリーは、プリンスの『上級魔法薬』はとうてい教科書と呼べるものではないと感じていた。じっくりと読めば読むほど、どれほど多くのことが書き込まれているかを思い知らされる。スラグホーンからの輝かしい評価を勝ち取らせてくれた便利なヒントや、魔法薬を作る近道だけではないものが、そこにはある。余白に走り書きしてあるちょっとした呪いや呪詛は独創的で、バツ印で消してあったり書きなおしたりしているところを見ると、プリンス自身の考案にちがいない。

ハリーはすでに、プリンスが発明した呪文をいくつか試している。足の爪が驚くほど速く伸びる呪詛とか(廊下でクラッブに試したときは、とてもおもしろい見物だった)、舌を口蓋に貼りつけてしまう呪いとか(油断しているアーガス・フィルチに二度仕掛けて、やんやの喝采を浴びた)、それに一番役に立つと思われるのが「マフリアート 耳塞ぎ」の呪文で、近くにいる者の耳に正体不明の雑音を聞かせ、授業中に盗み聞きされることなく長時間私語ができるという優れものだ。

こういう呪文をおもしろく思わないただ一人の人物は、ハーマイオニーだ。ハリーが近くにいるだれかにこのマフリアート呪文を使うと、ハーマイオニーはその間中、頑(かたく)なに非難の表情を崩さず、口をきくことさえ拒絶した。

ベッドに背中をもたせかけながら、プリンスが苦労したらしい呪文の走り書きをさらによく確かめようと、本を斜めにして見てみる。何回もバツ印で消したり書きなおしたりして、最後にそのページの隅に詰め込むように書かれている呪文だ。

「レビコーパス、身体浮上（無）」

風と霙(みぞれ)が容赦なく窓をたたき、ネビルは大きないびきをかいている。ハリーは括弧(かっこ)書きを見つめた。無……無言呪文の意味にちがいない。ハリーは、まだ無言呪文そのものにてこずっている状態なので、この無言呪文だけがうまく使えるわけもない。「闇の魔術」の授業のたびに、スネイプはハリーの無言呪文がなっていないと、容赦なく指摘する。とは言え、これまでのところ、プリンスのほうがスネイプよりずっと効果的な先生であるのは明らかだ。

とくにどこを指す気もなく、ハリーは杖(つえ)を取り上げてちょっと上に振り、頭の中で「レビコーパス！」と唱えた。

「あぁぁぁぁぁぁぁっ！」

閃光(せんこう)が走り、部屋中が、声で一杯になった。ロンのさけび声で、全員が目を覚ましたのだ。ハリーはびっくり仰天して『上級魔法薬』の本を放り投げた。ロンはまるで見えない釣り鉤で足首を引っかけられたように、逆さまに宙吊りになっている。「ごめん！」ハリーがさけぶ。ディーンもシェーマスも大笑いで、ネビルはベッドから落ちて立ち上がるところだ。「待ってて――下ろしてやるから――」

魔法薬の本をあたふた拾い上げ、ハリーは大あわてでページをめくり、さっきのページを探す。やっとそのページを見つけると、呪文の下に読みにくい文字が詰め込んである。これが反対呪文でありますようにと祈りながら判読し、ハリーはその言葉に全神経を集中した。

「リベラコーパス！　身体自由！」

また閃光が走り、ロンは、ベッドの上に転落してぐしゃぐしゃになった。

「ごめん」

ハリーは弱々しく繰り返した。ディーンとシェーマスは、まだ大笑いしている。

「明日は――」ロンが布団に顔を押しつけたまま言う。「目覚まし時計をかけといてくれたほうがありがたいけどな」

二人が、ウィーズリーおばさんの手編みセーターを何枚も重ね着し、マントやマフラー、手袋を手に身支度をすませるころにはロンのショックも収まっていて、ハリーの新しい呪文は最高におもしろいという意見になっていた。事実、あまりおもしろいので、朝食の席でハーマイオニーを楽しませようと、すぐさまその話をした。

「……それでさ、また閃光が走って、僕はふたたびベッドに着地したのである！」

ソーセージを取りながら、ロンはにやりと笑う。

ハーマイオニーはにこりともせずにこの逸話を聞いていたが、そのあと冷ややかな非難のまなざしをハリーに向ける。

「その呪文は、もしかして、またあの魔法薬の本から出たのかしら？」

ハリーはハーマイオニーを睨む。

「君って、いつも最悪の結論に飛びつくね？」

「そうなの？」

「さあ……うん、そうだよ。それがどうした？」

「するとあなたは、手書きの未知の呪文をちょっと試してみよう、なにが起こるか見てみようと思ったわけ？」

「手書きのどこが悪いって言うんだ？」ハリーは、質問の一部にしか答えたくなかった。

「理由は、魔法省が許可していないかもしれないからです」ハーマイオニーが言う。

「それに――」ハリーとロンが「またかよ」とばかり目をぐりぐりさせたので、ハーマイオニーがつけ加える。

「私、プリンスがちょっと怪しげな人物だって思いはじめたからよ」

とたんにハリーとロンが、大声でハーマイオニーを黙らせた。

「笑える冗談さ！」

ソーセージの上にケチャップの容器を逆さまにかざしながら、ロンが言う。

「単なるお笑いだよ、ハーマイオニー、それだけさ！」

「足首をつかんで人を逆さ吊りすることが？」

ハーマイオニーが言い返す。

「そんな呪文を考えるために時間とエネルギーを費やすなんて、いったいどんな人？」

「フレッドとジョージ」ロンが肩をすくめた。「あいつらのやりそうなことさ。それに、えーと――」

「僕の父さん」ハリーが言う。ふと思い出したのだ。

「えっ？」ロンとハーマイオニーが、同時に反応した。

「僕の父さんがこの呪文を使った」ハリーが驚いている二人に言う。「僕――ルーピンがそう教えてくれた」

最後の部分は嘘だ。本当は、父親がスネイプにこの呪文を使うところを見たのだが、「憂(うれ)いの篩(ふるい)」へのあの旅のことは、ロンとハーマイオニーにも打ち明けていない。しかしハリーはいま、あるすばらしい可能性に思い当たった。「半純血(はんじゅんけつ)のプリンス」はもしかしたら――？

「あなたのお父さまも使ったかもしれないわ、ハリー」ハーマイオニーが言う。「でも、お父さまだけじゃない。何人もの人がこれを使っているところを、私たち見たわ。忘れたのかしら。人間を宙吊りにして。眠ったまま、なにもできない人たちを浮かべて移動させていた」

ハリーは、目をみはってハーマイオニーを見る。ハリーもそれを思い出して、気が重くなった。クィディッチ・ワールドカップでの死喰い人の行動だ。ロンが助け舟を出してくれる。

「あれはちがう」ロンは確信を持って言った。「あいつらは悪用していた。だけどハリーとかハリーの父さんは、ただ冗談でやったんだ。君は王子様が嫌いなんだよ、ハーマイオニー」

ロンはソーセージを厳めしくハーマイオニーに突きつけながら、つけ加える。

「王子が君より魔法薬が上手いから――」

「それとはまったく関係ないわ！」ハーマイオニーの頬が紅潮する。「私はただ、なんのための呪文かも知らないのに使ってみるなんて、とっても無責任だと思っただけ。それから、まるで称号みたいに『王子』って言うのはやめて。きっとばかばかしいニックネームにすぎないんだから。それに、私にはどうしてもあまりいい人だとは思えないわ」

「どうしてそういう結論になるのか、わからないな」ハリーが熱くなる。「もしプリンスが、死喰い人の走りだとしたら、得意になって『半純血（はんじゅんけつ）』を名乗ったりはしないんじゃないか？」

そう言いながら、ハリーは父親が純血だったことを思い出したが、その考えは頭から押し退（の）けた。それはあとで考えよう……。

「死喰い人の全部が純血とはかぎらない。純血の魔法使いなんて、あんまり残っていないのよ」

ハーマイオニーが頑固に言い張る。

「純血のふりをした、半純血が大多数だと思う。あの人たちは、マグル生まれだけを憎んでいるのよ。あなたとかロンなら、喜んで仲間に入れるでしょう」

「僕を死喰い人仲間に入れるなんて、ありえない！」

かっとしたロンが、今度はハーマイオニーに向かって手にしたフォークを振り回し、フォークから食べかけのソーセージが吹っ飛んで、アーニー・マクミランの頭にぶつかった。

「僕の家族は全員、血を裏切った！　死喰い人にとっては、マグル生まれと同じぐらい憎いんだ！」

「だけど、僕のことは喜んで迎えてくれるさ」

ハリーは皮肉な言い方をした。

「連中が躍起になって僕のことを殺そうとしなけりゃ、大の仲良しになれるだろう」

これにはロンが笑う。ハーマイオニーでさえ、しぶしぶ笑みを漏(も)らした。ちょうどそこへジニーが現れて、気分転換になった。

「こんちはっ、ハリー、これをあなたに渡すようにって」

羊皮紙(ようひし)の巻紙に、見覚えのある細長い字でハリーの名前が書いてある。

「ありがと、ジニー……ダンブルドアの次の授業だ！」

巻紙を勢いよく開き、中身を急いで読みながら、ハリーはロンとハーマイオニーに知らせた。

「月曜の夜！」

ハリーは急に気分が軽くなり、うれしくなった。

「ジニー、ホグズミードに一緒に行かないか？」ハリーが誘う。

「ディーンと行くわ――向こうで会うかもね」

ジニーは手を振って離れながら答えた。

いつものように、フィルチが正面の樫(かし)の木の扉のところに立って、ホグズミード行きの許可を得ている生徒の名前を照らし合わせて印をつけている。一人当たり三回も「詮索センサー」を突きつけて全員を検査するため、いつもよりずっと時間がかかった。

「闇の品物を外に持ち出したら、なにか問題あるのか？」

長細い「詮索センサー」を心配そうにじろじろ見ながら、ロンが問いただす。

「帰りに中に持ち込む物をチェックすべきなんじゃないか？」

生意気の報いに、ロンは「センサー」で二、三回よけいに突っつかれ、三人で風と霙の中に歩み出したときも、まだ痛そうに顔をしかめていた。

ホグズミードまでの道程も、楽しいとは言えない。ハリーは顔の下半分にマフラーを巻きつけたが、さらされている肌がひりひり痛み、すぐにかじかんだ。村までの道は、刺すような向かい風に体を折り曲げて進む生徒で一杯となる。暖かい談話室で過ごしたほうがよかったのではないかと、ハリーは一度ならず思ってしまった。

ようやくホグズミードに着いてみると、ゾンコの悪戯専門店に板が打ちつけてある。ハリーは、この遠足は楽しくないと、これで決まったように思った。ロンが手袋に分厚く包まれた手で、ハニーデュークスの店を指す。ありがたいことに開いている。ハリーとハーマイオニーは、ロンの進むあとをよろめきながらついて歩き、混んだ店に入る。

「助かったぁ」

ヌガーの香りのする暖かい空気に包まれ、ロンが身を震わせる。

「午後はずっとここにいようよ」

「やあ、ハリー！」三人の後ろで声が轟いた。

「しまった」

ハリーがつぶやく。三人が振り返ると、スラグホーン先生がいた。巨大な毛皮の帽子に、おそろいの毛皮襟のついたオーバーを着て、砂糖漬けパイナップルの大きな袋を抱え、少なくとも店の四分の一を占領している。

「ハリー、わたしのディナーをもう三回も逃したですぞ！」

ハリーの胸を機嫌よく小突いて、スラグホーンが言う。

「それじゃあいけないよ、君。絶対に君を呼ぶつもりだ！ミス・グレンジャーは気に入ってくれている。そうだね？」

「はい」ハーマイオニーはしかたなく答える。「本当に――」

「だから、ハリー、こないかね？」スラグホーンが詰め寄る。

「ええ、先生、僕、クィディッチの練習があったものですから」

スラグホーンから紫のリボンで飾った小さな招待状が送られてきたときは、たしかに、いつも練習の予定とかち合っていた。この戦略のおかげでロンは取り残されることなく、ジニーと二人で、ハーマイオニーがマクラーゲンやザビニと一緒に閉じ込められている様子を想像しては、笑っていた。

「そりゃあ、そんなに熱心に練習したのだから、むろん最初の試合に勝つことを期待してるよ！」スラグホーンが言う。

「しかし、ちょっとくらい息抜きをしても悪くはない。さあ、月曜日の夜はどうかね。こんな天気じゃあ、とても練習したいとは思わないだろう……」

「だめなんです、先生。僕――あの――その晩ダンブルドア先生との約束があって」

「いやっ、今度もついてない！」

スラグホーンが大げさに嘆く。

「ああ、まあ……永久にわたしを避け続けることはできないよ、ハリー！」

スラグホーンは堂々と手を振り、短い足でよちよちと店から出ていった。ロンのことはまるで「ゴキブリごそごそ豆板」の展示品であるかのように、ほとんど見向きもしなかった。

「今回も逃れおおせるなんて、信じられない」

ハーマイオニーが頭を振りながら言う。

「そんなに耐えられないほどひどいというわけでもないのよ……まあまあ楽しいときだってあるわ……」

しかしそのとき、ハーマイオニーはちらりとロンの表情をとらえた。

「あ、見て——『デラックス砂糖羽根ペン』がある——これって何時間も持つわよ！」

ハーマイオニーが話題を変えてくれたことでほっとして、ハリーは新商品の特大砂糖羽根ペンに、ふだんは絶対見せないような強い関心を示して見せた。しかしロンは塞ぎ込んだままで、ハーマイオニーが次はどこに行こうかと聞いても肩をすくめるだけだった。

「『三本の箒（ほうき）』に行こうよ」ハリーが提案する。「きっと暖かいよ」

三人は、マフラーを顔に巻きなおし、菓子店を出る。ハニーデュークスの甘い温もりのあとはなおさら冷たい風が、顔をナイフのように刺す。通りは人影もまばらで、立ち話をする人もなく、だれもが目的地に急いでいる。例外は少し先にいる二人の男で、ハリーたちの行く手の、「三本の箒」の前に立っていた。一人はとても背が高くやせている。雨に濡れたメガネを通して目を細めて見ると、ホグズミードにあるもう一軒のパブ、「ホッグズ・ヘッド」で働くバーテンだとわかった。ハリー、ロン、ハーマイオニーが近づくと、その男はマントの襟（えり）をきつく閉めなおして立ち去った。残された背の低い男は、腕に抱えたなにかをぎごちなく扱っている。すぐそばまで近づいてはじめて、ハリーはその男がだれかに気づく。

「マンダンガス！」

赤茶色のざんばら髪にガニ股のずんぐりした男は飛び上がって、くたびれたトランクを落とす。トランクがぱっくりと開いて、ガラクタ店のショーウィンドウをそっくり全部ぶちまけたようなありさまになった。

「ああ、よう、アリー」

マンダンガス・フレッチャーはなんでもない様子を見事に装いそこねている。

「いーや、かまわず行っちくれ」

そして這いつくばってトランクの中身をかき集めはじめたが、「早くずらかりたい」という雰囲気が丸出しだ。

「こういうのを売ってるの？」

マンダンガスが地面を引っかくようにして、汚らしい雑多な品物を拾い集めるのを見ながら、ハリーが聞く。

「ああ、ほれ、ちっとは稼がねえとな」マンダンガスが答える。

「そいつをよこせ！」

ロンがかがんでなにか銀色の物を拾い上げた。

「待てよ」

ロンがなにか思い当たるように言う。

「どっかで見たような——」

「あんがとよ！」

マンダンガスは、ロンの手からゴブレットを引ったくり、トランクに詰め込む。

「さて、そんじゃみんな、またな——いてっ！」

ハリーがマンダンガスの喉首（のどくび）を押さえ、パブの壁に押しつける。片手でしっかり押さえながら、ハリーは杖（つえ）を取り出す。

「ハリー！」ハーマイオニーが悲鳴を上げる。

「シリウスの屋敷からあれを盗んだな」

ハリーはマンダンガスに鼻がくっつくほど顔を近づける。湿気た煙草や酒のいやな臭いがする。

「あれにはブラック家の家紋がついている」

「おれは——うんにゃ——なんだって——？」

マンダンガスは泡を食ってブツブツ言いながら、次第に顔が紫色になってくる。

「なにをしたんだ？　シリウスが死んだ夜、あそこにもどって根こそぎ盗んできたのか？」

ハリーが歯をむいてうなる。

「おれは——うんにゃ——」

「それを渡せ！」

「ハリー、そんなことだめよ！」ハーマイオニーがけたたましい声を上げる。マンダンガスが青くなりはじめていた。

バーンと音がして、ハリーは自分の手がマンダンガスの喉からはじかれるのを感じた。喘ぎながら早口でブツブツ言い、落ちたトランクをつかんで――バチン――マンダンガスは「姿くらまし」した。

ハリーは、マンダンガスの行方を探してその場をぐるぐる回りながら、声をかぎりに悪態をついた。

「もどってこい！　この盗っ人――！」

「むだだよ、ハリー」

トンクスがどこからともなく現れた。くすんだ茶色の髪が霙に濡れている。

「マンダンガスは、いまごろたぶんロンドンにいる。わめいてもむだだよ」

「あいつはシリウスの物を盗んだ！　盗んだんだ！」

「そうだね。だけど――」

トンクスは、この情報にまったく動じないように見える。

「寒いところにいちゃだめだ」

トンクスは三人が「三本の箒」の扉を入るまで見張っていた。中に入るなり、ハリーはわめき出す。

「あいつはシリウスの物を盗んでいたんだ！」

「わかってるわよ、ハリー。だけどお願いだから大声出さないで。みんなが見てるわ」

ハーマイオニーが小声で言う。

「あそこに座って。飲み物を持ってきてあげる」

数分後、ハーマイオニーがバタービールを三本持ってテーブルにもどってきたときも、ハリーはまだいきり立っていた。

「騎士団はマンダンガスを抑え切れないのか？」

ハリーはかっかしながら小声で文句を言う。

「せめて、あいつが本部にいるときだけでも、盗むのをやめさせられないのか？固定されてない物ならなんでも、片っ端から盗んでるのに」

「しーっ！」ハーマイオニーがまわりを見回して、だれも聞いていないことを確かめながら、必死で制止した。魔法戦士が二人、近くに腰掛けて興味深そうにハリーを見つめている。それに、ザビニがそう遠くないところで柱にもたれかかっている。

「ハリー、私だって怒ると思うわ。あの人が盗んでいるのは、あなたの物だってこと知ってるし――」

ハリーはバタービールに咽せた。自分がグリモールド・プレイス十二番地の所有者であることを、一時的に忘れていた。

「そうだ、あれは僕の物だ！」ハリーが言う。「道理であいつ、僕を見てまずいと思ったわけだ！　うん、こういうことが起こっているって、ダンブルドアに言おう。マンダンガスが恐いのはダンブルドアだけだし」

「いい考えだわ」

ハーマイオニーが小声で賛同する。ハリーが静まってきたので、安堵したようだ。

「ロン、なにを見つめてるの？」

「なんでもない」

ロンはあわててバーから目を逸らしたが、ハリーにはわかっている。曲線美の魅力的な女主人、マダム・ロスメルタに、ロンは長いこと密かに思いを寄せている。いまもその視線をとらえようとしていたにちがいない。

「『なんでもない』さんは、裏のほうで、ファイア・ウィスキーを補充していらっしゃると思いますわ」ハーマイオニーが嫌味ったらしく茶化す。

ロンはこの突っ込みを無視して、バタービールをちびちび飲みながら、威厳ある沈黙、と自分ではそう思い込んでいるらしい態度を取っている。ハリーはシリウスのことを考えていた――いずれにせよシリウスは、あの銀のゴブレットをとても憎んでいた。ハーマイオニーは、ロンとバーとに交互に目を走らせながら、いらいらと机を指でたたいている。

ハリーが瓶の最後の一滴を飲み干したとたん、ハーマイオニーが切り出した。

「今日はもうこれでおしまいにして、学校に帰らない？」

二人はうなずいた。楽しい遠足とは言えなかったし、天気もここにいる間にどんどん悪くなっている。マントをきっちり体に巻きつけなおし、マフラーを調えて手袋をはめた三人は、友達と一緒にパブを出ていくケイティ・ベルのあとに続いて、ハイストリート通りをもどりはじめる。凍った霙の道をホグワーツに向かって一歩一歩踏みしめながら、ハリーはふとジニーのことを考える。ジニーには出会わなかった。当然だ、とハリーは思った。ディーンと二人、マダム・パディフットの喫茶店にとっぷり閉じこもっているにちがいない。あの幸せなカップルの溜まり場に。ハリーは顔をしかめ、前屈みになって渦巻く霙に突っ込むように歩き続けた。

ケイティ・ベルと友達の声が風に運ばれて、後ろを歩いていたハリーの耳に届いていた。しかししばらくすると、その声はわめくような大声に変わった。ハリーは目を細めて、二人のぼんやりした姿を見ようと試みる。ケイティが手に持っているなにかをめぐって、二人が口論している。

「リーアン、あなたには関係ないわ！」ケイティの声が聞こえた。

小道の角を曲がると、霙はますます激しく吹きつけ、ハリーのメガネを曇らせる。手袋をした手でメガネを拭こうとしたとたん、リーアンがケイティの持っている包みをぐいとつかんだ。ケイティが引っぱり返し、包みが地面に落ちる。

その瞬間、ケイティが宙に浮いた。ロンのように足首から吊り下がった滑稽な姿ではなく、飛び立つ瞬間のように優雅に両手を伸ばしている。しかし、なにかおかしい、なにか不気味だ……激しい風にあおられた髪が顔を打っているが、両目を閉じ、虚ろな表情をしている。ハリー、ロン、ハーマイオニーもリーアンも、その場に釘づけになって見つめた。

やがて、地上二メートルの空中で、ケイティが恐ろしい悲鳴を上げた。両目をかっと見開き、なにを見たのか、なにを感じたのか、ケイティはそのなにかのせいで、恐ろしい苦悶に苛まれている。ケイティはさけび続ける。リーアンも悲鳴を上げ、ケイティの足首をつかんで地上に引きもどそうとしている。ハリー、ロン、ハーマイオニーも駆け寄って助けようとした。しかし、みなで足をつかんだ瞬間、ケイティが四人の上に落下してきた。ハリーとロンがなんとかそれを受け止めはしたが、ケイティがあまりに激しく身をよじるので、とても抱き止めてはいられない。地面に下ろすと、ケイティはその場でのたうち回り、絶叫し続ける。だれの顔もわからないようだ。

ハリーは周囲を見回した。まったく人気がない。

「ここにいてくれ！」

吠え哮る風の中、ハリーは大声を張り上げる。

「助けを呼んでくる！」

ハリーは学校に向かって疾走した。いまのケイティのようなありさまは見たことがない。なにが原因かも思いつかない。小道のカーブを飛ぶように回り込んだところで、後足で立ち上がった巨大な熊のようなものに衝突して撥ね返された。

「ハグリッド！」

生け垣にはまり込んだ体を解き放ちながら、ハリーは息をはずませて言った。

「ハリー！」

眉毛にもひげにも霙を溜めたハグリッドは、いつものボサボサしたビーバー皮の大判のオーバーを着ている。

「グロウプに会いにいってきたとこだ。あいつはほんとに進歩してな、おまえさん、きっと――」

「ハグリッド、あっちにけが人がいる。呪いかなにかにやられた――」

「あー？」

風のうなりでハリーの言ったことが聞き取れず、ハグリッドは身をかがめる。

「呪いをかけられたんだ！」ハリーが大声を上げる。

「呪い？　だれがやられた――ロンやハーマイオニーじゃねえだろうな？」

「ちがう、二人じゃない。ケイティ・ベルだ――こっち……」

二人は小道を駆けもどる。ケイティを囲む小さな集団を見つけるのに、そう時間はかからなかった。ケイティはまだ地べたで身悶(みもだ)えし、さけび続けている。ロン、ハーマイオニー、リーアンが、ケイティを落ち着かせようとしている。

「下がっとれ！」ハグリッドがさけんだ。「見せてみろ！」

「ケイティがどうにかなっちゃったの！」リーアンがすすり泣く。

「なにが起こったのかわからない――」

ハグリッドは一瞬ケイティを見つめ、それから一言も言わずに身をかがめてケイティを抱き取り、城のほうに走り去る。数秒後には、耳をつんざくケイティの悲鳴も聞こえなくなり、ただ風のうなりだけが残った。

ハーマイオニーは、泣きじゃくっているケイティの友達のところへ駆け寄り、肩を抱く。

「リーアン、だったわね？」

友達がうなずく。

「突然起こったことなの？　それとも――？」

「包みが破れたときだったわ」

リーアンは、地面に落ちていまやぐしょ濡れになっている茶色の紙包みを指さしながら、すすり上げる。破れた包みの中に、緑色がかった光る物が見える。ロンは手を伸ばしてかがんだが、ハリーがその腕をつかんで引きもどした。

「触るな！」

ハリーがしゃがんだ。装飾的なオパールのネックレスが、紙包みからはみ出して覗いている。

「見たことがある」ハリーはネックレスをじっと見つめながら言う。「ずいぶん前になるけど、ボージン・アンド・バークスに飾ってあった。説明書きに、呪われているって書いてあった。ケイティはこれに触ったにちがいない」

ハリーは、激しく震え出したリーアンを見上げた。

「ケイティはどうやってこれを手に入れたの？」

「ええ、そのことで口論になったの。ケイティは『三本の箒（ほうき）』のトイレから出てきたとき、それを持っていて、ホグワーツのだれかを驚かす物だって、それを自分が届けなきゃならないって言ったわ。そのときの顔がとても変だった……あっ、あっ、きっと『服従（ふくじゅう）の呪文』にかかっていたんだわ。わたし、それに気がつかなかった！」

リーアンは体を震わせて、またすすり泣きはじめた。ハーマイオニーは優しくその肩をたたく。

「リーアン、ケイティはだれからもらったかを言ってなかった？」

「ううん……教えてくれなかったわ……それでわたし、あなたはばかなことをやっている、学校には持っていくなって言ったの。でも全然聞き入れなくて、そして……それでわたしが引ったくろうとして……それで――それで――」リーアンが絶望的な泣き声を上げた。

「みんな学校にもどったほうがいいわ」

ハーマイオニーが、リーアンの肩を抱いたまま言う。

「ケイティの様子がわかるでしょう。さあ……」

ハリーは一瞬迷ったが、マフラーを顔から外し、ロンが息を呑むのもかまわず、慎重にマフラーでネックレスを覆って拾い上げた。

「これをマダム・ポンフリーに見せる必要がある」ハリーが言う。

ハーマイオニーとリーアンを先に立てて歩きながら、ハリーは必死に考えをめぐらす。校庭に入ったとき、もはや自分の胸だけにとどめておけずに、ハリーは口に出した。

「マルフォイがこのネックレスのことを知っている。四年前、ボージン・アンド・

バークスのショーケースにあった物だ。僕がマルフォイや父親から隠れているとき、マルフォイはこれをしっかり見ていた。僕たちがあいつのあとをつけていった日に、あいつが買ったのはこれなんだ！　これを憶えていて、買いにもどったんだ！」

「さあ――どうかな、ハリー」ロンが遠慮がちに疑問を呈する。「ボージン・アンド・バークスに行くやつはたくさんいるし……それに、あのケイティの友達、ケイティが女子トイレであれを手に入れたって言わなかったか？」

「女子トイレから出てきたときにあれを持っていたって言った。トイレの中で手に入れたとはかぎらない――」

「マクゴナガルがくる！」ロンが警告するように言った。

ハリーは顔を上げた。たしかにマクゴナガル先生が、霙の渦巻く中を、みなを迎えに石段を駆け下りてくるところだった。

「ハグリッドの話では、ケイティ・ベルがあのようになったのを、あなたたち四人が目撃したと――さあ、いますぐ上の私の部屋に！　ポッター、なにを持っているのですか？」

「ケイティが触れた物です」ハリーが答える。

「なんとまあ」

マクゴナガル先生は警戒するような表情で、ハリーからネックレスを受け取る。

「いえ、いえ、フィルチ、この生徒たちは私と一緒です！」

マクゴナガル先生が急いで制した。フィルチが待ってましたとばかり「詮索（せんさく）センサー」を高々と掲げ、玄関ホールの向こうからドタドタやってくるところだった。

「このネックレスを、すぐにスネイプ先生のところへ持っていきなさい。ただし、決して触らないよう。マフラーに包んだままですよ！」

ハリーもほかの三人と一緒に、マクゴナガル先生に従って上階の先生の部屋に行った。霙の打ちつける窓ガラスが、窓枠の中でガタガタ揺れている。火格子（ひごうし）の上で火が爆（は）ぜているにもかかわらず、部屋は薄寒い。マクゴナガル先生はドアを閉め、さっと机の向こう側に回って、ハリー、ロン、ハーマイオニー、そしてまだすすり泣いているリーアンと向き合った。

「それで？」先生は鋭い口調で問うた。「なにがあったのですか？」

嗚咽（おえつ）を抑えるのに何度も言葉を切りながら、リーアンはたどたどしくマクゴナガル先生に話した。ケイティが「三本の箒（ほうき）」のトイレに入り、どこの店の物ともわからない包みを手にしてもどってきたこと、ケイティの表情が少し変だったこと、得体の知れない物を届けると約束することが適切かどうかで口論になったこと、口論の果てに包みの奪い合いになり、包みが破れて開いたこと。そこまで話すと、リーアンは感情が高ぶり、それ以上一言も聞き出せない状態になってしまった。

「結構です」マクゴナガル先生の口調は、冷たくはない。

「リーアン、医務室においでなさい。そして、マダム・ポンフリーからなにかショックに効く物をもらいなさい」

リーアンが部屋を出ていった後、マクゴナガル先生はハリー、ロン、ハーマイオニーに顔を向けた。

「ケイティがネックレスに触れたとき、なにが起こったのですか？」

「宙に浮きました」ロンやハーマイオニーよりも先に、ハリーが口を開く。「それから悲鳴を上げはじめて、そのあとに落下しました。先生、ダンブルドア校長にお目にかかれますか？」

「ポッター、校長先生は月曜日までお留守です」マクゴナガル先生が驚いた表情で応じる。

「留守？」ハリーは憤慨したように繰り返した。

「そうです、ポッター、お留守です！」マクゴナガル先生は断固として繰り返した。「しかし、今回の恐ろしい事件に関してのあなたの言い分でしたら、私に言ってもかまわないはずです！」

ハリーは一瞬迷った。マクゴナガル先生は、秘密を打ち明けやすい人ではない。ダンブルドアには、いろいろな意味でもっと畏縮させられるが、それでも、どんなに突拍子もない説でも嘲笑(ちょうしょう)される可能性が少ないように思われる。しかし、今度のことは生死にかかわる。笑い者になることなど心配している場合ではない。

「先生、僕は、ドラコ・マルフォイがケイティにネックレスを渡したのだと思います」

ハリーの横で、明らかに当惑したロンは鼻をこすり、一方ハーマイオニーは、ハリーとの間に少し距離を置きたくてしかたがないかのように、足をもじもじさせている。

「ポッター、それは由々しき告発です」

衝撃を受けたように間を置いたあと、マクゴナガル先生が問いただす。

「証拠がありますか?」

「いいえ」ハリーが言った。

「でも……」そしてハリーは、マルフォイを追跡してボージン・アンド・バークスに行ったこと、三人が盗み聞きしたマルフォイとボージンの会話のことを話した。

ハリーが話し終わったとき、マクゴナガル先生はやや混乱した表情になっていた。

「マルフォイは、ボージン・アンド・バークスになにか修理する物を持っていったのですか?」

「ちがいます、先生。ボージンからなにかを修理する方法を聞き出したかっただけです。物は持っていませんでした。でもそれが問題ではなくて、マルフォイは同時になにかを買ったんです。僕はそれがあのネックレスだと――」

「マルフォイが、似たような包みを持って店から出てくるのを見たのですか？」

「いいえ、先生。マルフォイはボージンに、それを店で保管しておくようにと言いました――」

「でも、ハリー」ハーマイオニーが口を挟む。

「ボージンがマルフォイに、品物を持っていってはどうかと言ったとき、マルフォイは『いいや』って――」

「それは、自分が触りたくなかったからだ。はっきりしてる！」ハリーがいきりたった。

「マルフォイは実はこう言ったわ。『そんな物を持って通りを歩いたら、どういう目で見られると思うんだ？』」ハーマイオニーが覆いかぶせるように言う。

「そりゃ、ネックレスを手に持ってたら、ちょっと間が抜けて見えるだろうな」ロンが口を挟んだ。

「ロンったら」ハーマイオニーがお手上げだという口調になる。「ちゃんと包んであるはずだから、触らなくてすむでしょうし、マントの中に簡単に隠せるから、だれにも見えないはずだわ！　マルフォイがボージン・アンド・バークスになにを保管しておいたにせよ、騒がしい物か嵩張る物よ。それを運んで道を歩いたら人目を引くことになるような、そういうなにかだわ――それに、いずれにせよ」

ハーマイオニーは、ハリーに反論される余地を与えずに、声を張り上げてぐいぐい話を進める。

「私がボージンにネックレスのことを聞いたのを、憶えている？　マルフォイがなにを取り置くように頼んだのか調べようとして店に入ったとき、ネックレスがあるのを見たわ。ところが、ボージンは簡単に値段を教えてくれた。もう売約済みだなんて言わなかった――」

「そりゃ、君がとてもわざとらしかったから、あいつは五秒も経たないうちに君の狙いを見破ったんだ。もちろん君には教えなかっただろうさ――どっちにしろ、マルフォイは、あとでだれかに引き取りに行かせることだって――」

「もう結構！」

ハーマイオニーが憤然と反論しようとして口を開きかけると、マクゴナガル先生が声を上げた。

「ポッター、話してくれたことはありがたく思います。しかし、あのネックレスが売られたと思われる店に行ったというただそれだけで、ミスター・マルフォイに嫌疑をかけることはできません。同じことが、ほかの何百人という人に対しても言えるでしょう――」

「――僕もそう言ったんだ――」ロンがブツブツつぶやく。

「――いずれにせよ、今年は厳重な警護対策を施してあります。あのネックレスが私たちの知らないうちに校内に入るということは、とても考えられません――」

「――でも――」

「――さらにです――」マクゴナガル先生は、威厳ある最後通告の雰囲気で言い渡した。「ミスター・マルフォイは今日、ホグズミードに行きませんでした」

ハリーは空気が抜けたように、ぽかんと先生を見つめた。

「どうしてご存知なんですか、先生？」

「なぜなら、私が罰則を与えたからです。変身術の宿題を、二度も続けてやってこなかったのです。そういうことですから、ポッター、あなたが私に疑念を話してくれたことには礼を言います」

マクゴナガルは、三人の前を決然と歩きながら言う。

「しかし私はもう、ケイティ・ベルの様子を見に病棟に行かなければなりません。三人とも、お帰りなさい」

マクゴナガル先生は、部屋のドアを開けた。三人とも、それ以上なにも言わずに並んで出ていくしかなかった。

ハリーは、二人がマクゴナガルの肩を持ったことに腹を立てていた。にもかかわらず、事件の話が始まると、どうしても話に加わりたくなる。

「それで、ケイティはだれにネックレスをやるはずだったと思う？」

階段を上って談話室に向かいながらロンが聞く。

「いったいだれかしら」ハーマイオニーが受ける。

「だれにせよ、九死に一生だわ。だれだってあの包みを開けたら、必ずネックレスに触れてしまったでしょうから」

「対象になる人は大勢いたはずだ」ハリーが言う。「ダンブルドア――死喰い人はきっと始末したいだろうな。狙う相手としては順位の高い一人にちがいない。それともスラグホーン――ダンブルドアは、ヴォルデモートが本気であの人を手に入れたがっていると考えている。だから、あの人がダンブルドアに与したとなれば、連中はうれしくないよ。それとも――」

「あなたかも」ハーマイオニーは心配そうだ。

「ありえない」ハリーが言う。

「それなら、ケイティは道でちょっと振り返って僕に渡せばよかったじゃないか。僕は、『三本の箒』からずっとケイティの後ろにいたんだ。ホグワーツの外で渡すほうが合理的だろ？ なにしろフィルチが、出入りする者全員を検査してる。城の中に持ち込めなんて、どうしてマルフォイはケイティにそう言いつけたんだろう?」

「ハリー、マルフォイはホグズミードにいなかったのよ!」

ハーマイオニーはいらだちのあまり地団駄を踏んでいる。

「なら、共犯者を使ったんだ」ハリーも譲らない。「クラッブかゴイル――それとも、考えてみれば、死喰い人だったかもしれない。マルフォイにはクラッブやゴイルより、もっとましな仲間がたくさんいるはずだ。マルフォイはもうその一員なんだから――」

ロンとハーマイオニーは顔を見合わせる。明らかに「この人とは議論してもむだ」という目つきだ。

「ディリグロウト」

「太った婦人(レディ)」のところまできて、ハーマイオニーがはっきり唱えた。

肖像画がパッと開き、三人を談話室に入れる。中はかなり混んでいて、湿った服の臭いがする。悪天候のせいで、ホグズミードから早めに帰ってきた生徒が多いようだ。しかし、恐怖や憶測でざわついてはいない。ケイティの悲運のニュースは、明らかにまだ広まっていないようだ。

「よく考えてみりゃ、あれはうまい襲い方じゃないよな、ほんと」

暖炉のそばのいい肘掛(ひじかけ)椅子の一つに座っていた一年生を、気楽に追い立てて自分が座りながら、ロンが言う。

「呪いは城までたどり着くことさえできなかった。成功まちがいなしってやつじゃないな」

「そのとおりよ」

ハーマイオニーは足でロンを突ついて立たせ、椅子を一年生に返してやる。

「熟慮の策とはとても言えないわね」

「だけど、マルフォイはいつから世界一の策士になったって言うんだい？」

ハリーが反論した。

ロンもハーマイオニーも答えなかった。

第13章　リドルの謎

次の日、ケイティは「聖マンゴ魔法疾患傷害病院」に移された。ケイティが呪いをかけられたというニュースは、すでに学校中に広まっている。しかし、ニュースの詳細は混乱していて、ハリー、ロン、ハーマイオニー、そしてリーアン以外は、狙われた標的がケイティ自身ではなかったことを、だれも知らないようだ。

「ああ、それにもちろん、マルフォイも知ってるよ」とハリー。しかし、ロンとハーマイオニーは、ハリーから「マルフォイ死喰い人説」が出るたびに聞こえないふりをする、という新方針を取り続けている。

どこにいるにせよ、ダンブルドアは月曜の個人教授に間に合うようにもどるのだろうかと、ハリーは気になっていた。だが、別段の知らせもなく、予定どおり八時にダンブルドアの校長室に行きドアをたたく。入るよう声がかかった。ダンブルドアはいつになく疲れた様子で座っている。手は相変わらず黒く焼け焦げていた。ハリーに腰掛けるように促しながら、ダンブルドアはほほえむ。「憂い（うれ）の篩（ふるい）」がまた机に置いてあり、天井に点々と銀色の光を投げかけている。

「わしの留守中、忙しかったようじゃのう」ダンブルドアが言う。「ケイティの事件を目撃したのじゃな」

「はい、先生。ケイティの様子は？」

「まだ思わしくない。しかし、比較的幸運じゃった。ネックレスは皮膚のごくわずかな部分をかすっただけらしく、手袋に小さな穴が空いておった。首にでもかけておったら、もしくは手袋なしでつかんでいたら、ケイティは死んでおったじゃろう。たぶん即死じゃ。幸いスネイプ先生の処置のおかげで、呪いが急速に広がるのを食い止められた――」

「どうして？」ハリーが即座に聞く。「どうしてマダム・ポンフリーじゃないんですか？」

「生意気な！」

壁の肖像画の一枚が低い声を出した。両腕に顔を伏せて眠っているように見えたフィニアス・ナイジェラス・ブラック、シリウスの曾曾祖父（そうそうそふ）が、顔を上げている。

「わしの時代だったら、ホグワーツのやり方に生徒が口を挟むなぞ許したりしないものを」

「そうじゃな、フィニアス、ありがとう」

ダンブルドアが鎮めるように応じる。

「スネイプ先生は、マダム・ポンフリーよりずっとよく闇の魔術を心得ておられるのじゃよ、ハリー。いずれにせよ、聖マンゴのスタッフが、一時間ごとにわしに報告を寄こしておる。ケイティはやがて完全に回復するじゃろうと、わしは希望を持っておる」

「この週末はどこにいらしたのですか、先生？」

図に乗りすぎかもしれないという気持ちは強かったが、ハリーはあえて質問した。

フィニアス・ナイジェラスも明らかにそう思ったらしく、低く非難の舌打ちをする。

「いまはむしろ言わずにおこうぞ」ダンブルドアが言う。

「しかしながら、時がきたればきみに話すことになるじゃろう」

「話してくださるんですか？」ハリーは驚く。

「いかにも、そうなるじゃろう」

そう言うと、ダンブルドアはローブの中から新たな銀色の想い出の瓶を取り出し、杖で軽くたたいてコルク栓を開けた。

「先生」ハリーが遠慮がちに言う。

「ホグズミードでマンダンガスに出会いました」

「おう、そうじゃ。マンダンガスがきみの遺産に、手癖の悪い侮辱を加えておるということは、すでに気づいておる」

ダンブルドアがわずかに顔をしかめる。

「あの者は、きみが『三本の箒』の外で声をかけて以来、地下に潜ってしもうた。おそらく、わしと顔を合わせるのを恐れてのことじゃろう。しかし、これ以上、シリウスの昔の持ち物を持ち逃げすることはできぬゆえ、安心するがよい」

「あの卑劣な穢れた老いぼれめが、ブラック家伝来の家宝を盗んでいるのか？」

フィニアス・ナイジェラスが激怒して、荒々しく額から出ていった。グリモールド・プレイス十二番地の自分の肖像画を訪ねていったにちがいない。

「先生」しばらくして、ハリーが聞いた。

「ケイティの事件のあとに、僕がドラコ・マルフォイについて言ったことを、マクゴナガル先生からお聞きになりましたか？」

「きみが疑っているということを、先生が話してくださった。いかにも」

ダンブルドアが冷静に答えた。

「それで、校長先生は――？」

「ケイティの事件にかかわったと思われる者はだれであれ、取り調べるようわしが適切な措置を取る」ダンブルドアが言う。「しかし、わしのいまの関心事は、ハリー、われわれの授業じゃ」

ハリーは少し恨めしく思った。この授業がそんなに重要なら、どうして一回目と二回目の間がこんなに開くのか？　しかしハリーはもう、ドラコ・マルフォイのことはなにも言わず、ダンブルドアを見つめる。ダンブルドアは新しい想い出を「憂いの篩」に注ぎ込み、今回もまた、すらりとした指の両手で石の水盆を挟んで、渦を巻かせはじめた。

「憶えておるじゃろうが、ヴォルデモート卿の生い立ちの物語は、ハンサムなマグルのトム・リドルが、妻である魔女のメローピーを捨て、リトル・ハングルトンの屋敷にもどったところまでで終わっていた。メローピーはひとりロンドンに取り残され、後にヴォルデモート卿となる赤ん坊が生まれるのを待っておった」

「ロンドンにいたことを、どうしてご存知なのですか、先生？」

「カラクタカス・バークという者の証言があるからじゃ」ダンブルドアが答える。「奇妙な偶然じゃが、この者が、われわれがたったいま話しておった、ネックレスの出所である店の設立に関与しておる」

ダンブルドアは、砂金取りが篩を濯いで金を見つけるように、「憂いの篩」の中身を揺すった。以前にもそうするのを、ハリーは見たことがある。渦の中から、銀色の物体が小さな老人の姿になって立ち上がり、石盆の中をゆっくりと回転する。ゴーストのように銀色だが、よりしっかりした実体があり、ぼさぼさの髪で両目が完全に覆われている。

「ええ、おもしろい状況でそれを手に入れましてね。クリスマスの少し前、若い魔女から買ったのですが、ああ、もうずいぶん前のことです。非常に金に困っていると言ってましたですが、まあ、それは一目瞭然で。ボロを着て、お腹が相当大きくて……赤ん坊が産まれる様子でね、ええ。スリザリンのロケットだと言っておりましたよ。まあ、その手の話は、わたしども、しょっちゅう聞かされていますからね。『ああ、これはマーリンのだ。これは、そのお気に入りのティーポットだ』とか。しかし、この品を見ると、スリザリンの印がちゃんとある。簡単な呪文を一つ二つかけただけで、真実を知るには十分でしたな。もちろん、そうなると、これは値がつけられないほどです。その女はどのくらい価値のあるものかまったく知らないようでした。十ガリオンで喜びましてね。こんなうまい商売は、またとなかったですな！」

ダンブルドアは、「憂いの篩」をことさら強く一回振る。するとカラクタカス・バークは、出てきたときと同じように、渦巻く記憶の物質の中に沈み込んだ。

「たった十ガリオンしかやらなかった？」ハリーは憤慨する。

「カラクタカス・バークは、気前のよさで有名なわけではない」

ダンブルドアがなだめる。

「これで、出産を間近にしたメロープが、たったひとりでロンドンにおり、金に窮する状態だったことがわかるわけじゃ。困窮のあまり、唯一の価値ある持ち物であった、ゴーント家の家宝の一つのロケットを、手放さねばならぬほどじゃ」

「でも、魔法を使えたはずだ！」ハリーは急き込んで言う。「魔法で、自分の食べ物やいろいろな物を、手に入れることができたはずでしょう？」

「ああ」ダンブルドアが言う。「できたかもしれぬ。しかし、わしの考えでは――これはまた推量じゃが、おそらく当たっているじゃろう――夫に捨てられたとき、メロープは魔法を使うのをやめてしもうたのじゃ。もう魔女でいることを望まなかったのじゃろう。もちろん、報われない恋とそれに伴う絶望とで、魔力が枯れてしまったとも考えられる。ありうることじゃ。いずれにせよ、これからきみが見ることじゃが、メロープは、自分の命を救うために杖を上げることさえ、拒んだのじゃ」

「子供のために生きようとさえしなかったのですか？」

ダンブルドアは眉を上げた。

「もしや、ヴォルデモート卿を哀れに思うのかね？」

「いいえ」ハリーは急いで答えた。「でも、メロープは選ぶことができたのではないですか？　僕の母とちがって――」

「きみの母上も、選ぶことができたのじゃ」ダンブルドアは優しく訂正する。「いかにも、メローピー・リドルは、自分を必要とする息子がいるのに、死を選んだ。しかし、ハリー、メローピーをあまり厳しく裁くではない。長い苦しみの果てに、弱り切っていた。そして、元来、きみの母上ほどの勇気を持ち合わせてはいなかったのじゃ。さあ、それでは、ここに立って……」

「どこへ行くのですか？」

ダンブルドアが机の前に並んで立つのに合わせて、ハリーが聞く。

「今回は」ダンブルドアが言う。「わしの記憶に入るのじゃ。細部にわたって緻密であり、しかも正確さにおいて満足できるものであることがわかるはずじゃ。ハリー、先に行くがよい……」

ハリーは「憂いの篩」にかがみ込んだ。記憶のひやりとする表面に顔を突っ込み、ふたたび暗闇の中を落ちていく……何秒か経ち、足が固い地面を打つ。目を開けると、ダンブルドアと二人、賑やかな古めかしいロンドンの街角に立っていた。

「わしじゃ」

ダンブルドアは朗らかに前方を指さす。背の高い姿が、牛乳を運ぶ馬車の前を横切ってやってくる。

若いアルバス・ダンブルドアの長い髪と顎ひげは鳶色だ。道を横切ってハリーたちの側にきたダンブルドアは、悠々と歩道を歩き出す。濃紫のビロードの、派手なカットの背広を着た姿が、大勢の物珍しげな人の目を集めている。

「先生、すてきな背広だ」

ハリーが思わず口走る。しかしダンブルドアは、若き日の自分のあとについて歩きながら、くすくす笑うのみ。三人は短い距離を歩いた後、鉄の門を通り、殺風景な中庭に入った。その奥に、高い鉄柵に囲まれたかなり陰気な四角い建物がある。若きダンブルドアは石段を上がり、正面のドアを一回ノックする。しばらくして、エプロン姿のだらしない身なりの若い女性がドアを開けた。

「こんにちは。ミセス・コールとお約束があります。こちらの院長でいらっしゃいますな?」

「ああ」

ダンブルドアの異様な格好をじろじろ観察しながら、当惑顔の女性が言う。

「あ……ちょっくら……ミセス・コール!」女性が後ろを振り向いて大声で呼ぶ。

遠くのほうから、なにか大声で答える声が聞こえた。女性はダンブルドアに向きなおる。

「入んな。すぐるで」

ダンブルドアは白と黒のタイルの貼ってある玄関ホールに入った。全体にみすぼらしいところだったが、染み一つなく清潔だ。ハリーと老ダンブルドアは、そのあとからついていく。背後の玄関ドアがまだ閉まり切らないうちに、やせた女性が、わずらわしいことが多すぎるという表情でせかせかと近づいてくる。とげとげしい顔つきは、不親切というより心配事が多いせいのようだ。ダンブルドアのほうに近づきながら、振り返って、エプロンをかけた別のヘルパーになにか話している。

「……それから上にいるマーサにヨードチンキを持っていっておあげ。ビリー・スタッブズはかさぶたをいじってるし、エリック・ホエイリーはシーツが膿だらけで——もう手一杯なのに、今度は水疱瘡だわ」

女性はだれに言うともなくしゃべりながら、ダンブルドアに目を止める。とたんに、たったいまキリンが玄関から入ってきたのを見たかのように、唖然として、女性はその場に釘づけになる。

「こんにちは」

ダンブルドアが手を差し出す。ミセス・コールはぽかんと口を開けたままそこに立っていた。

「アルバス・ダンブルドアと申します。お手紙で面会をお願いしましたところ、今日ここにお招きをいただきました」

ミセス・コールは目を瞬く。どうやらダンブルドアが幻覚ではないと結論を出したらしく、弱々しい声で答えた。

「ああ、そうでした。ええ――ええ、では――わたしの事務室にお越しいただきましょう。そうしましょう」

ミセス・コールはダンブルドアを小さな部屋に案内した。事務所兼居間のようなところだ。玄関ホールと同じくみすぼらしく、古ぼけた家具がてんでんバラバラに置いてある。客にぐらぐらした椅子に座るよう促し、自分は雑然とした机の向こう側に座って、落ち着かない様子でダンブルドアをじろじろと品定めしている。

「ここにお伺いしましたのは、お手紙にも書きましたように、トム・リドルについて、将来のことをご相談するためです」ダンブルドアが切り出した。

「ご家族の方で？」ミセス・コールが聞く。

「いいえ、私は教師です」ダンブルドアが答える。「私の学校にトムを入学させるお話で参りました」

「では、どんな学校ですの？」

「ホグワーツという名です」ダンブルドアが言う。

「それで、なぜトムにご関心を？」

「トムは、我々が求める能力を備えていると思います」

「奨学金を獲得した、ということですか？　どうしてそんなことが？　あの子は一度も試験を受けたことがありません」

「いや、トムの名前は、生まれたときから我々の学校に入るように記されていましてね――」

「だれが登録を？　ご両親が？」

ミセス・コールは、都合の悪いことに、まちがいなく鋭い女性だった。ダンブルドアも明らかにそう思ったらしい。というのも、ダンブルドアがビロードの背広のポケットから杖をするりと取り出し、同時にミセス・コールの机から、まっさらな紙を一枚取り上げたのが、ハリーに見えたからだ。

「どうぞ」

ダンブルドアはその紙をミセス・コールに渡しながら杖を一回振る。

「これですべてが明らかになると思いますよ」

ミセス・コールの目が一瞬ぼんやりして、それから元にもどり、白紙をしばらくじっと見つめる。

「すべて完璧に整っているようです」

紙を返しながら、ミセス・コールが落ち着いてうなずく。そしてふと、目の前に置いてあるジンの瓶一本と、二つのグラスに目を止めた。ついさっきまでは、なかったものだ。

「あー――ジンを一杯、いかがですか？」ミセス・コールはことさらに上品な声を出す。

「いただきます」ダンブルドアがにっこりする。

ミセス・コールが、ジンにかけては初でないことが、たちまち明らかになる。二つのグラスにたっぷりとジンを注ぎ、自分の分を一気に飲み干す。あけすけに唇をなめながら、ミセス・コールははじめてダンブルドアに笑顔を見せた。その機会を逃すダンブルドアではない。

「トム・リドルの生い立ちについて、なにかお話しいただけませんでしょうか？この孤児院で生まれたのだと思いますが？」

「そうですよ」

ミセス・コールは自分のグラスにまたジンをなみなみと注ぐ。

「あのことは、なによりはっきり憶えていますとも。なにしろわたしが、ここで仕事を始めたばかりでしたからね。大晦日の夜、そりゃ、あなた、身を切るような冷たい雪でしたよ。ひどい夜で。その女性は、当時のわたしとあまり変わらない年頃で、玄関の石段をよろめきながら上がってきました。まあ、なにも珍しいことじゃありませんけどね。中に入れてやり、一時間後に赤ん坊が産まれました。それで、それから一時間後に、その人は亡くなりました」

ミセス・コールは大仰（おおぎょう）にうなずくと、たっぷり注いだジンをふたたび飲み干した。

「亡くなる前に、その方はなにか言いましたか？」ダンブルドアが聞く。「たとえば、父親のことをなにか？」

「まさにそれなんですよ。言いましたとも」

ジンを片手に、熱心な聞き手を得て、ミセス・コールは、いまやかなり興に乗った様子だ。

「わたしにこう言いましたよ。『この子がパパに似ますように』。正直な話、その願いは正解でしたね。なにせ、その女性は美人とは言えませんでしてね――それから、その子の名前は、父親のトムと、自分の父親のマールヴォロを取ってつけてくれと言いました――ええ、わかってますとも、おかしな名前ですよね？　わたしたちは、その女性がサーカス出身ではないかと思ったくらいでしたよ――それから、その男の子の姓はリドルだと言いました。そして、それ以上は一言も言わずに、まもなく亡くなったのです」

「さて、わたしたちは言われたとおりの名前をつけました。あのかわいそうな女性にとっては、それがとても大切なことのようでしたからね。しかし、トムだろうが、マールヴォロだろうが、リドルの一族だろうが、だれもあの子を探しにきませんでした。一人の親戚もきやしません。それで、あの子はこの孤児院に残り、それからずっと、ここにいるんですよ」

ミセス・コールはほとんど無意識に、もう一杯たっぷりとジンを注ぐ。頬骨の高い位置にピンクの丸い点が二つ現れた。それから言葉を続ける。

「おかしな子ですよ」

「ええ」ダンブルドアが言った。「そうではないかと思いました」

「赤ん坊のときもふつうじゃなかったんですよ。そりゃ、あなた、ほとんど泣かないんですから。そして、少し大きくなると、あの子は……変でねえ」

「変というと、どんなふうに？」ダンブルドアが穏やかに聞く。

「そう、あの子は――」

しかし、ミセス・コールは言葉を切った。ジンのグラスの上から、ダンブルドアを詮索（せんさく）するようにちらりと見たまなざしには、曖昧にぼやけたところがまるでない。

「あの子はまちがいなく、あなたの学校に入学できると、そうおっしゃいました？」

「まちがいありません」ダンブルドアが保証する。

「わたしがなにを言おうと、それは変わりませんね？」

「なにをおっしゃろうとも」ダンブルドアが断言した。

「あの子を連れていきますね？　どんなことがあっても？」

「どんなことがあろうと」ダンブルドアが重々しく言い切る。

信用すべきかどうか考えているように、ミセス・コールは目を細めてダンブルドアを見る。どうやら信用すべきだと判断したらしく、一気にこう言った。

「あの子はほかの子供たちを怯えさせます」

「いじめっ子だと？」ダンブルドアが聞く。

「そうにちがいないでしょうね」

ミセス・コールはちょっと顔をしかめた。

「しかし、現場をとらえるのが非常に難しい。事件がいろいろあって……気味の悪いことがいろいろ……」

ダンブルドアは深追いしない。しかしハリーには、ダンブルドアが興味を持っていることがわかる。ミセス・コールはまたしてもぐいとジンを飲み、バラ色の頬がますます赤くなった。

「ビリー・スタッブズの兎……まあ、トムはやっていないと、口ではそう言いましたし、わたしも、あの子がどうやってあんなことができたのかはわかりません。でも、兎が自分で天井の垂木から首を吊りますか？」

「そうは思いませんね。ええ」ダンブルドアが静かに答える。

「でも、あの子がどうやってあそこに登ってそれをやったのかが、判じ物でしてね。わたしが知っているのは、その前の日に、あの子とビリーが口げんかしたことだけですよ。それから――」

ミセス・コールはまたジンをぐいと飲む。今度は顎にちょっぴり垂れこぼした。

「夏の遠足のとき――ええ、一年に一回、子供たちを連れていくんですよ。田舎とか海辺に――それで、エイミー・ベンソンとデニス・ビショップは、それ以来ずっと、どこかおかしくなりましてね。ところがその子たちから聞き出せたことといえば、トム・リドルと一緒に洞窟に入ったということだけでした。トムは探検に行っただけだと言い張りましたが、なにかがそこで起こったんですよ。まちがいありません。それに、まあ、いろいろありました。おかしなことが……」

ミセス・コールはもう一度ダンブルドアを見た。頬は紅潮していても、その視線はしっかりしている。

「あの子がいなくなっても、残念がる人は多くないでしょう」

「当然おわかりいただけると思いますが、トムを永久に学校に置いておくというわけには参りませんよ」ダンブルドアが念を押すように言う。「ここに帰ってくることになります。少なくとも毎年夏休みに」

「ああ、ええ、それだけでも、錆びた火掻き棒で鼻をぶんなぐられるよりはまし、というやってですよ」

ミセス・コールは小さくしゃっくりをしながら言う。ジンの瓶を三分の二ほども空にしているわりには、立ち上がったときにかなりシャンとしているので、ハリーは感心した。

「あの子にお会いになりたいのでしょうね？」

「ぜひ」ダンブルドアも立ち上がる。

ミセス・コールは事務所を出て石の階段へとダンブルドアを案内し、通りすがりにヘルパーや子供たちに指示を出したり、叱ったりする。孤児たちは、みな同じ灰色のチュニックを着ている。まあまあ世話が行き届いているように見えたが、子供たちが育つ場所としては、ここが暗いところであるのは否定できない。

「ここです」

ミセス・コールは、二番目の踊り場を曲がり、長い廊下の最初のドアの前で止まった。ドアを二度ノックして、彼女は部屋に入る。

「トム？　お客様ですよ。こちらはダンバートンさん――失礼、ダンダーボアさん。この方はあなたに――まあ、ご本人からお話ししていただきましょう」

ハリーと二人のダンブルドアが部屋に入ると、ミセス・コールがその背後でドアを閉める。殺風景な小さな部屋で、古い洋箪笥、木製の椅子一脚、鉄製の簡易ベッドしかない。灰色の毛布の上に、少年が本を手に、両足を伸ばして座っていた。

トム・リドルの顔には、ゴーント一家の片鱗さえない。メローピーの末期の願いは叶った。ハンサムな父親のミニチュア版だ。十一歳にしては背が高く、黒髪で蒼白い。少年はわずかに目を細めて、ダンブルドアの異様な格好をじっと見つめる。一瞬の沈黙が流れた。

「はじめまして、トム」

ダンブルドアが近づいて、手を差し出す。

少年は躊躇したが、その手を取って握手する。ダンブルドアは、固い木の椅子をリドルの傍らに引き寄せて座り、二人は病院の患者と見舞い客のような格好で相対した。

「私はダンブルドア教授だ」

「『教授』？」

リドルが繰り返した。警戒の色が走る。

「『ドクター』と同じようなものですか？　なにをしにきたんですか？　あの女が僕を看るように言ったんですか？」

リドルは、いましがたミセス・コールがいなくなったドアを指さしている。

「いや、いや」ダンブルドアがほほえむ。

「信じないぞ」リドルが言い張る。「あいつは僕を診察させたいんだろう？ 真実を言え！」

最後の言葉に込められた力の強さは、衝撃的でさえあった。まさに命令だ。これまで何度もそう言って命令してきたような響きがある。リドルは目を見開き、ダンブルドアを睨めつけている。ダンブルドアは、ただ心地よくほほえみ続けるだけで、なにも答えない。数秒後、リドルは睨むのをやめたが、その表情はむしろ、前よりもっと警戒しているように見えた。

「あなたはだれですか？」

「きみに言ったとおりだよ。私はダンブルドア教授で、ホグワーツという学校に勤めている。私の学校への入学を勧めにきたのだが――きみがきたいのなら、そこがきみの新しい学校になる」

この言葉に対するリドルの反応は、まったく驚くべきものだった。ふいにベッドから飛び降り、憤激した顔でダンブルドアから遠ざかる。

「だまされないぞ！ 精神病院だろう。そこからきたんだろう？『教授』、ああ、そうだろうさ――ふん、僕は行かないぞ、わかったか？ あの老いぼれ猫のほうが精神病院に入るべきなんだ。僕はエイミー・ベンソンとかデニス・ビショップのチビたちなんかになんにもしてない。聞いてみろよ。あいつらもそう言うから！」

「私は精神病院からきたのではない」ダンブルドアは辛抱強く説く。「私は教師だよ。おとなしく座ってくれれば、ホグワーツのことを話して聞かせよう。もちろん、きみが学校にきたくないというなら、だれも無理強いはしない――」

「やれるもんならやってみろ」リドルが鼻先で笑う。

「ホグワーツは」

ダンブルドアは、リドルの最後の言葉を聞かなかったかのように話を続ける。

「特別な能力を持った者のための学校で――」

「僕は狂っちゃいない！」

「きみが狂っていないことは知っておる。ホグワーツは狂った者の学校ではない。魔法学校なのだ」

沈黙が訪れた。リドルは凍りついている。無表情ではあるが、その目はすばやくダンブルドアの両目を交互に見据え、どちらかの目が嘘をついていないかを見極めようとしているようだった。

「魔法？」リドルがささやくように繰り返す。

「そのとおり」ダンブルドアが言う。

「じゃ……じゃ、僕ができるのは魔法？」

「きみは、どういうことができるのかね？」

「いろんなことさ」

リドルの首からやせこけた頬へと、たちまち興奮の色が上ってくる。熱があるかのように見えた。

「物を触らずに動かせる。訓練しなくとも、動物に僕の思いどおりのことをさせられる。僕を困らせるやつには、いやなことが起こるようにできる。そうしたければ、傷つけることだってできるんだ」

足が震えてリドルは前のめりに倒れ、またベッドの上に座った。頭を垂れ、祈りのときのような姿勢で、リドルは両手を見つめる。

「僕はほかの人とはちがうんだって、知っていた」

震える自分の指に向かって、リドルはささやく。

「僕は特別だって、わかっていた。なにかあるって、ずっと知っていたんだ」

「ああ、きみの言うとおり」

ダンブルドアはもはやほほえんではいない。リドルをじっと観察している。

「きみは魔法使いだ」

リドルは顔を上げる。表情がまるで変わっていた。激しい喜びが現れている。しかしなぜかその顔は、よりハンサムに見えるどころか、むしろ端正な顔立ちが粗野に流れ、ほとんど獣性をむき出しにした表情になっている。

「もしきみが魔法使いなのか？」

「いかにも」

「証明しろ」即座にリドルが言う。「真実を言え」と言ったときと同じ命令口調だ。

ダンブルドアは眉を上げた。

「きみに異存はないだろうと思うが、もし、ホグワーツへの入学を受け入れるつもりなら――」

「もちろんだ！」

「それなら、私を『教授』または『先生』と呼びなさい」

ほんの一瞬、リドルの表情が硬くなる。それから、がらりと人が変わったように丁寧な声で言いなおした。

「すみません、先生。あの――教授、どうぞ、僕に見せていただけませんか――？」

ダンブルドアは絶対に断るだろうと、ハリーは思った。ホグワーツに行けば実例を見せる時間が十分ある、いま二人がいる建物はマグルで一杯だから、慎重でなければならないと、リドルにそう言いきかせるだろうと予想した。ところが、驚いたことに、ダンブルドアは背広の内ポケットから杖を取り出し、隅にあるみすぼらしい洋箪笥に向けて、気軽にひょいと一振りした。

洋箪笥が炎上する。

リドルは飛び上がった。リドルがショックと怒りで吠え哮るのもむりはない。リドルの全財産がそこに入っていたにちがいない。しかし、リドルがダンブルドアに食ってかかったときにはもう炎は消え、洋簞笥はまったくの無傷でそこにあった。

リドルは、洋簞笥とダンブルドアを交互に見つめ、それから貪欲な表情で杖を指さした。

「そういう物はどこで手に入れられますか？」

「すべて時がきたれば――」ダンブルドアは途中で言葉を切った。「なにか、きみの洋簞笥から出たがっているようだが」

なるほど、中からかすかにカタカタという音が聞こえる。リドルははじめて怯えた顔をする。

「扉を開けなさい」ダンブルドアが命じる。

リドルは躊躇したが、部屋の隅まで歩いていき洋簞笥の扉を開ける。すり切れた洋服のかかったレールの上にある一番上の棚に置かれた小さな段ボールの箱が、まるでネズミが数匹捕らわれて中で暴れているかのように、カタカタ音を立てて揺れている。

「それを出しなさい」ダンブルドアが指示を出す。

リドルは震えている箱を下ろした。気が挫けた様子だ。

「その中に、きみが持っていてはいけない物がなにか入っているかね？」

リドルは、抜け目のない目でダンブルドアを長い間じっと見つめる。

「はい、そうだと思います、先生」リドルはやっと、感情のない声で答えた。

「開けなさい」ダンブルドアが言う。

リドルはふたを取り、中身を見もせずにベッドの上にあける。ハリーはもっとすごい物を期待していたが、あたりまえの小さなガラクタがごちゃごちゃ入っているだけだった。ヨーヨー、銀の指貫（ゆびぬき）、色の褪（あ）せたハーモニカなどだ。箱から出されると、ガラクタは震えるのをやめ、薄い毛布の上でじっとしていた。

「それぞれの持ち主に謝って、返しなさい」

ダンブルドアは、杖（つえ）を上着にもどしながら静かに言い聞かせる。

「きちんとそうしたかどうか、私にはわかるのだよ。注意しておくが、ホグワーツでは盗みは許されない」

リドルは恥じ入る様子をさらさら見せない。冷たい目で値踏みするようにダンブルドアを見つめ続け、やがて感情のない声で返事をした。

「はい、先生」

「ホグワーツでは――」

ダンブルドアは言葉を続ける。

「魔法を使うことを教えるだけでなく、それを制御することも教える。きみは――きっと意図せずしてだと思うが――われわれの学校では教えることも許すこともないやり方で、自分の力を使ってきた。魔法力に溺(おぼ)れてしまう者は、きみがはじめてでもなければ最後でもない。しかし、覚えておきなさい。ホグワーツでは生徒を退学させることができるし、魔法省は――そう、魔法省というものがあるのだが――法を破る者を最も厳しく罰する。新たに魔法使いとなる者は、魔法界に入るにあたって、われらの法律に従うことを受け入れねばならない」

「はい、先生」リドルがまた応じた。

リドルがなにを考えているかを知るのは不可能だった。盗品の宝物をダンボール箱にもどすリドルの顔は、まったく無表情だ。しまい終わると、リドルはダンブルドアを見て、素気なく言う。

「僕はお金を持っていません」

「それはたやすく解決できる」

ダンブルドアはポケットから革の巾着(きんちゃく)を取り出した。

「ホグワーツには、教科書や制服を買うのに援助を必要とする者のための資金がある。きみは呪文の本などいくつかを、古本で買わなければならないかもしれん。それでも――」

「呪文の本はどこで買いますか？」

ダンブルドアに礼も言わずにずしりとした巾着を受け取り、分厚いガリオン金貨を調べながら、リドルが口を挟む。

「ダイアゴン横丁で」ダンブルドアが言う。「ここにきみの教科書や教材のリストがある。どこになにがあるか探すのを、私が手伝おう――」

「一緒にくるんですか？」リドルが顔を上げて聞く。

「いかにも、きみがもし――」

「あなたは必要ない」リドルがぴしゃりと拒絶した。「自分ひとりでやるのに慣れている。いつでもひとりでロンドンを歩いてるんだ。そのダイアゴン横丁とかいう所にはどうやって行くんだ？――先生？」

ダンブルドアの目を見たとたん、リドルは最後の言葉をつけ加えた。

ハリーは、ダンブルドアがリドルに付き添うと主張するだろうと思った。しかし、ハリーはまた驚かされた。ダンブルドアは教材リストの入った封筒をリドルに渡し、孤児院から「漏れ鍋」への行き方をはっきり教えた後、こう言った。

「まわりのマグル――魔法族ではない者のことだが――その者たちには見えなくとも、きみには見えるはずだ。バーテンのトムを訪ねなさい――きみと同じ名前だから覚えやすいだろう――」

リドルはうるさいハエを追いはらうかのように、いらだたしげに顔を引きつらせた。

「『トム』という名前が嫌いなのかね？」

「トムっていう人はたくさんいる」

リドルがつぶやく。それから、抑え切れない疑問が思わず口を衝いて出たように、リドルが聞いた。

「僕の父さんは魔法使いだったの？　その人もトム・リドルだったって、みんなが教えてくれた」

「残念ながら、私は知らない」ダンブルドアは穏やかな声で答える。

「母さんは魔法が使えたはずがない。使えたら、死なかったはずだ」

ダンブルドアにというよりむしろ自分に向かって、リドルが言った。

「父さんのほうにちがいない。それで――僕の物を全部揃えたら――そのホグワーツとかに、いつ行くんですか？」

「細かいことは、封筒の中の羊皮紙の二枚目に書いてある」ダンブルドアが言う。「きみは、九月一日にキングズ・クロス駅から出発する。その中に汽車の切符も入っている」

リドルがうなずく。ダンブルドアは立ち上がって、また手を差し出した。その手をにぎりながらリドルが言う。

「僕は蛇と話ができる。遠足で田舎に行ったときにわかったんだ——向こうから僕を見つけて、僕にささやきかけてきたんだ。魔法使いにとってはあたりまえなの？」

一番不思議なこの力をこのときまで伏せておき、圧倒してやろうと考えていたことが、ハリーには読めた。

「稀ではある」一瞬迷った後、ダンブルドアが答える。「しかし、例がないわけではない」

気軽な口調ではあったが、ダンブルドアの目が興味深そうにリドルの顔を眺め回す。おとなと子供、その二人が、一瞬見つめ合って立っている。やがて握手が解かれ、ダンブルドアはドアのそばに立った。

「さようなら、トム。ホグワーツで会おう」

「もうよいじゃろう」

ハリーの脇にいる白髪のダンブルドアが言う。たちまち二人は、ふたたび無重力の暗闇を昇り、現在の校長室に正確に着地した。

「お座り」ハリーの傍らに着地したダンブルドアが言った。

ハリーは言われるとおりにした。いま見たばかりのことで、頭が一杯だ。

「あいつは、僕の場合よりずっと早く受け入れた——あの、先生があいつに、君は魔法使いだって知らせたときのことですけれど」ハリーが言う。「ハグリッドにそう言われたとき、僕は最初信じなかった」

「そうじゃ。リドルは完全に受け入れる準備ができておった。つまり自分が——あの者の言葉を借りるならば——『特別』だということを」

「先生はもうおわかりだったのですか——あのときに？」ハリーが聞く。

「わしがあのとき、開闢以来の危険な闇の魔法使いに出会ったということをわかっていたか、とな？」ダンブルドアが確認するように言う。

「いや、いま現在あるような者に成長しようとは、思わなんだ。しかし、リドルに非常に興味を持ったことは確かじゃ。わしは、あの者から目を離すまいと意を固めて、ホグワーツにもどった。リドルには身寄りもなく友人もなかったのじゃから、いずれにせよ、そうすべきではあったのじゃが。しかし、本人のためだけではなく、ほかの者のためにそうすべきであるということは、すでにそのときに感じておった」

「あの者の力は、きみも聞いたように、あの年端もゆかぬ魔法使いにしては、驚くほど高度に発達しておった。そして——最も興味深いことに、さらに不吉なことに——リドルはすでに、その力をなんらかの方法で操ることができるとわかっており、意識的にその力を行使しはじめておった。きみも見たように、若い魔法使いにありがちな、行き当たりばったりの試みではなく、あの者はすでに、魔法を使ってほかの者を恐がらせ、罰し、制御していた。首をくくった兎や、洞窟に誘い込まれた少年、少女のちょっとした逸話が、それを如実に示しておる……そうしたければ、傷つけることだってできるんだ……」

「それに、あいつは蛇語使いだった」ハリーが口を挟む。

「いかにも。稀有な能力であり、闇の魔術につながるものと考えられている能力じゃ。しかし、知ってのとおり、偉大にして善良な魔法使いの中にも蛇語使いはおる。事実、蛇と話せるというあの者の能力を、わしはそれほど懸念してはおらなかった。むしろ、残酷さ、秘密主義、支配欲という、あの者の明白な本能のほうがずっと心配じゃった」

「またしても知らぬうちに時間が過ぎてしもうた」

窓から見える真っ暗な空を示しながら、ダンブルドアが言う。

「しかしながら、別れる前に、我々が見た場面のいくつかの特徴について、注意を促しておきたい。将来の授業で話し合う事柄に、大いに関係するからじゃ」

「第一に、ほかにも『トム』という名を持つ者がおると、わしが言ったときの、リドルの反応に気づいたことじゃろうな？」

ハリーはうなずく。

「自分とほかの者を結びつけるものに対して、リドルは軽蔑を示した。自分を凡庸(ぼんよう)にするものに対してじゃ。あのときでさえあの者は、ちがうもの、別なもの、悪名高きものになりたがっていた。あの会話からほんの数年のうちに、知ってのとおり、あの者は自分の名前を棄(す)てて『ヴォルデモート卿(きょう)』の仮面を創り出し、いまにいたるまでの長い年月、その陰に隠れてきた」

「きみはまちがいなく気づいたと思うが、トム・リドルはすでに、非常に自己充足的で、秘密主義で、また友人を持っていないことが明らかじゃったの？　ダイアゴン横丁に行くのに、あの者は手助けも付き添いも欲しなかった。自分ひとりでやることを好んだ。成人したヴォルデモートも同じじゃ。死喰い人の多くが、自分はヴォルデモート卿の信用を得ているとか、自分だけが近しいとか、理解しているとまで主張する。その者たちは欺(あざむ)かれておる。ヴォルデモート卿は友人を持ったことがないし、また持ちたいと思ったこともないと、わしはそう思う」

「最後に——ハリー、眠いじゃろうが、このことにはしっかり注意して欲しい——若き日のトム・リドルは、戦利品を集めるのが好きじゃった。部屋に隠していた盗品の箱を見たじゃろう。いじめの犠牲者から取り上げた物じゃ。ことさらに不快な魔法を行使した、いわば記念品と言える。このカササギのごとき蒐集(しゅうしゅう)傾向を覚えておくがよい。これが、とくに後になって重要になるからじゃ」

「さて、今度こそ就寝の時間じゃ」

ハリーは立ち上がった。歩きながら、前回、マールヴォロ・ゴーントの指輪が置いてあった小さなテーブルに目を止めたが、もう指輪はなかった。

「ハリー、なんじゃ？」

ハリーが立ち止まったので、ダンブルドアが問うた。

「指輪がなくなっています」ハリーは振り向いて言う。「でも、ハーモニカとか、そういう物をお持ちなのではないかと思ったのですが」

ダンブルドアは半月メガネの上からハリーを覗いて、にっこりした。

「なかなか鋭いのう、ハリー。しかし、ハーモニカはあくまでもハーモニカじゃった」

この謎のような言葉とともに、ダンブルドアはハリーに手を振った。ハリーは、もう帰りなさいと言われたのだと理解した。

第14章　フェリックス・フェリシス

次の日、ハリーの最初の授業は薬草学だった。盗み聞きされる恐れがある朝食の席では、ロンとハーマイオニーにダンブルドアの授業のことは話せない。だから温室に向かう途中の野菜畑でハリーは、二人に詳しく話して聞かせた。週末の過酷な風はようやく治まってはいるものの、また不気味な霧が立ち込めているので、いくつかある中から目的の温室を探すのに、ふだんより少しよけいに時間がかかってしまった。

「うわぁ、ぞっとするな。少年の『例のあの人』か」

ロンが小声で言う。三人は今学期の課題である「スナーガラフ」の節くれだった株のまわりに陣取り、保護手袋を着けるところだった。

「だけど、ダンブルドアがどうしてそんなものを見せるのか、僕にはまだわかんないな。そりゃ、おもしろいけどさ、でも、なんのためだい？」

「さあね」

ハリーはマウスピースをはめながら答える。

「だけど、ダンブルドアは、それが全部重要で、僕が生き残るのに役に立つって言うんだ」

「すばらしいと思うわ」

ハーマイオニーが熱を込めて賛成する。

「できるだけヴォルデモートのことを知るのは、とても意味のあることよ。そうでなければ、あの人の弱点を見つけられないでしょう？」

「それで、この前のスラグホーン・パーティはどうだったの？」

マウスピースをはめたまま、ハリーがもごもごと聞く。

「ええ、まあまあおもしろかったわよ」

ハーマイオニーが今度は保護用のゴーグルをかけながら言う。

「そりゃ、先生は昔の生徒だった有名人のことをだらだら話すけど。それに、マクラーゲンをそれこそちーやほーやするけど。だってあの人はいろいろなコネがあるから。でも、本当においしい食べ物があったし、それにグウェノグ・ジョーンズに紹介してくれたわ」

「グウェノグ・ジョーンズ？」

ロンの目が、ゴーグルの下で丸くなった。

「あのグウェノグ・ジョーンズ？　ホリヘッド・ハーピーズの？」

「そうよ」

ハーマイオニーが答える。

「個人的には、あの女ちょっと自意識過剰だと思ったけど、でも――」

「そこ、おしゃべりが多すぎる！」

ぴりっとした声がして、スプラウト先生が恐い顔をして忙しげに三人のそばにやってくる。

「あなたたち、遅れてますよ。ほかの生徒は全員取りかかってますし、ネビルはもう最初の種を取り出しました」

三人が振り向くと、たしかに、ネビルは唇から血を流し、顔の横に何か所かひどい引っかき傷を作ってはいるものの、グレープフルーツ大の緑の種をつかんで座っている。種はぴくぴくと気持ち悪く脈打っている。

「オーケー、先生、僕たちいまから始めます！」

ロンが言ったが、先生が行ってしまうと、こっそりつけ加えた。

「耳塞ぎ呪文を使うべきだったな、ハリー」

「いいえ、使うべきじゃないわ！」

ハーマイオニーが即座に斬り捨てる。プリンスやその呪文のことが出るといつもそうなのだが、今度もたいそうご機嫌斜めだ。

「さあ、それじゃ……始めましょう……」

ハーマイオニーは不安そうに二人を見る。三人とも深く息を吸って、節くれだった株に飛びかかった。

植物はたちまち息を吹き返した。先端から長い棘だらけのイバラのような蔓が飛び出し、鞭のように空を切る。その一本がハーマイオニーの髪にからみつき、ロンが剪定鋏でそれをたたき返す。ハリーは、蔓を二本首尾よくつかまえて結び合わせた。触手のような枝と枝の真ん中に穴があく。ハーマイオニーが勇敢にも片腕を穴に突っ込む。すると穴が罠のように閉じて、ハーマイオニーの肘を捕らえた。ハリーとロンが蔓を引っぱったりねじったりして、その穴をまた開かせ、ハーマイオニーは腕を引っぱり出した。その指に、ネビルのと同じような種がにぎりしめられている。とたんにとげとげした蔓は株の中に引っ込み、節くれだった株は、何食わぬ顔で木材の塊のようにおとなしくなった。

「あのさ、自分の家を持ったら、僕の庭にはこんなの植える気がしないな」

ゴーグルを額に押し上げ、顔の汗を拭いながら、ロンが言う。

「ボウルを渡してちょうだい」

ぴくぴく脈打っている種を、腕を一杯に伸ばしてできるだけ離して持ちながら、ハーマイオニーが言う。ハリーが渡すと、ハーマイオニーは気持ち悪そうに種をその中に入れた。

「びくびくしていないで、種を搾りなさい。新鮮なうちが一番なんですから！」

スプラウト先生が遠くから声をかける。

「とにかく」

ハーマイオニーは、たったいま木の株が三人を襲撃したことなど忘れたかのように、中断した会話を続ける。

「スラグホーンはクリスマス・パーティをやるつもりよ、ハリー。これはどうあがいても逃げられないわね。だって、あなたがこられる夜にパーティを開こうとして、あなたがいつなら空いているかを調べるように、私に頼んだんですもの」

ハリーはうめいた。一方、種を押しつぶそうと、立ち上がって両手でボウルの中の種を力まかせに押さえ込んでいたロンが、怒ったように言う。

「それで、そのパーティは、またスラグホーンのお気に入りだけのためなのか？」

「スラグ・クラブだけ。そうね」ハーマイオニーがしぶしぶ答える。

種がロンの手の下から飛び出して温室のガラスにぶつかり、跳ね返ってスプラウト先生の後頭部を直撃し、先生の古い継ぎだらけの帽子を吹っ飛ばした。ハリーが種を取ってもどってくると、ハーマイオニーが言い返している。

「いいこと、私が名前をつけたわけじゃないわ。『スラグ・クラブ』なんて——」

『スラグ・ナメクジ・クラブ』」

ロンが、マルフォイ級の意地の悪い笑いを浮かべて繰り返す。

「ナメクジ集団じゃなあ。まあ、パーティを楽しんでくれ。いっそマクラーゲンとくっついたらどうだい。そしたらスラグホーンが、君たちをナメクジの王様と女王様にできるし——」

「クリスマスは、お客様を招待できるの」

ハーマイオニーは、なぜかゆで上がったように真っ赤になる。

「それで、私、あなたもどうかって誘おうと思っていたの。でも、そこまでばかばかしいって思うんだったら、どうでもいいわ！」

ハリーは突然、種がもっと遠くまで飛んでくれればよかったのに、と思った。そうすればこの二人のそばにいなくてすむ。二人ともハリーに気づいていなかったが、ハリーは種の入ったボウルを取り、考えられるかぎりやかましく激しい方法で、種を割りはじめた。残念なことに、それでも会話は細大漏らさず聞こえてくる。

「僕を誘うつもりだった？」ロンの声ががらりと変わった。

「そうよ」

ハーマイオニーが怒ったように言う。

「でも、どうやらあなたは、私がマクラーゲンとくっついたほうが……」

一瞬、間があく。ハリーは、しぶとく撥ね返す種を移植ごてでたたき続けた。

「いや、そんなことはない」ロンがとても小さな声を返した。

ハリーは種をたたきそこねてボウルをたたいてしまい、ボウルが割れた。

「レパロ、直せ」

ハリーが杖で破片を突ついてあわてて唱えると、破片は飛び上がって元どおりになる。しかし、割れた音でロンとハーマイオニーは、ハリーの存在に目覚めたようだ。ハーマイオニーは取り乱した様子で、スナーガラフの種から汁を搾る正しいやり方を見つけるのに、急いで『世界の肉食植物』の本を探しはじめた。ロンのほうは、ばつが悪そうな顔だったが、同時にかなり満足げだ。

「それ、よこして、ハリー」ハーマイオニーが急き立てる。「なにか鋭い物で穴をあけるようにって書いてあるわ……」

ハリーはボウルに入った種を渡し、ロンと二人でゴーグルをつけなおしてもう一度株に飛びかかる。

それほど驚いたわけではない……首を絞めにかかってくるトゲだらけの蔓と格闘しながら、ハリーは思った。遅かれ早かれこうなるという気はしていた。ただ、自分がそれをどう感じるかが、はっきりわからなかった……。

自分とチョウは、気まずくて互いに目を合わすことさえできなくなっているし、話をすることなどありえない。もしロンとハーマイオニーが付き合うようになって、それから別れたら……？　二人の友情はそれでも続くだろうか？　三年生のとき、二人が数週間、互いに口をきかなくなったときのことを、ハリーは思い出す。なんとか二人の距離を埋めようとするのにひと苦労だった。

逆に、もし二人が別れなかったらどうだろう？　ビルとフラーのようになったら、そして二人のそばにいるのが気まずくていたたまれないほどになったら、自分は永久に閉め出されてしまうのだろうか？

「やったあ！」

木の株から二つ目の種を引っぱり出して、ロンがさけぶ。ちょうどハーマイオニーが一個目をようやく割ったときだ。ボウルは、イモムシのようにうごめく薄緑色の塊茎で一杯になっている。

それからあとは、スラグホーンのパーティに触れることなく授業が終わった。その後の数日間、ハリーは二人の友人をより綿密に観察していたが、互いに対して、ロンもハーマイオニーもとくにこれまでとちがうようには見えない。ただし、少し礼儀正しくなったようだ。パーティの夜、スラグホーンの薄明かりの部屋で、バタービールに酔うとどうなるか、様子を見るほかないだろう。むしろいまは、もっと差し迫った問題がある。

聖マンゴ病院のケイティ・ベルは、まだ退院の見込みが立っていなかった。つまり、ハリーが九月以来、入念に訓練を重ねてきた有望なグリフィンドール・チームから、チェイサーを一人欠いてしまったことになる。ケイティがもどることを望んで、ハリーは代理の選手の選考を先延ばしにしてきた。しかし、対スリザリンの初戦が迫っている。ケイティは試合に間に合わないと、ついにハリーも観念せざるをえない。あらためて全寮生から選抜するのは、考えただけでもいやになる。クィディッチのプレイとは直接関係のない問題で気が滅入る。ある日の変身術の授業のあとで、ハリーはディーン・トーマスを捕まえた。大多数の生徒が出てしまったあとも、教室には黄色い小鳥がいくつかさえずりながら飛び回っている。全部ハーマイオニーが創り出したものだ。ほかにはだれも、空中から羽一枚創り出せはしなかった。

「君、まだチェイサーでプレイする気があるかい？」

「えっ――？　ああ、もちろんさ！」

ディーンが興奮した。ディーンの肩越しに、シェーマス・フィネガンがふて腐れて、教科書を鞄に突っ込んでいるのが見える。できればディーンには頼みたくなかった。その理由の一つが、シェーマスが気を悪くすることがわかっているからだ。しかしハリーは、チームのために最善のことをしなければならない。先の選抜では、ディーンはシェーマスより飛び方がうまかった。

「それじゃ、君が入ってくれ」ハリーが言う。「今晩練習だ。七時から」

「よし」ディーンが請け合った。「万歳、ハリー！　びっくりだ。ジニーに早く教えよう！」

ディーンは教室から駆け出していった。ハリーとシェーマスだけが残る。ただでさえ気まずいのに、ハーマイオニーのカナリアが二人の頭上を飛びながら、シェーマスの頭に落とし物をする。

ケイティの代理を選んだことで、ふて腐れたのはシェーマスだけではなかった。ハリーが自分の同級生を二人も選んだということで、談話室は不満の嵐だ。これまでの学生生活で、ハリーはもっとひどい陰口にも耐えてきたので、特別気にはならなかった。それでも、きたるべきスリザリン戦に勝たなければならないという、プレッシャーが増したことは確かだ。グリフィンドールが勝てば、寮生全員がハリーを批判したことは忘れ、はじめからすばらしいチームだと思っていたと言うだろう。ハリーにはよくわかっていた。もし負ければ……まあね、とハリーは心の中で苦笑いする……もっとひどい陰口に耐えたこともあるんだ……。

その晩、ディーンが飛ぶのを見たハリーは、自分の選択を後悔する理由がなくなった。ディーンはジニーやデメルザとも上手くいった。ビーターのピークスとクートは尻上がりに上手くなっている。問題はロンだ。

ハリーにははじめからわかっていたことだが、ロンは神経質になったり自信喪失したりで、プレイにむらがある。そういう昔からのロンの不安定さが、シーズン開幕戦が近づくに従って残念ながらぶり返していた。六回もゴールを抜かれて――その大部分がジニーの得点だったが――ロンのプレイは次第に荒れ、とうとう攻めてくるデメルザ・ロビンズの口にパンチを食らわせるところまできてしまった。

「ごめん、デメルザ、事故だ、事故、ごめんよ！」

デメルザがそこいら中に血をボタボタ垂らしながらじぐざぐと地上にもどる後ろから、ロンがさけぶ。

「僕、ちょっと――」

「――パニクったって？」ジニーが怒りをむき出しにする。「このへぼ。ロン、デメルザの顔見てよ！」

デメルザの隣に着地して腫れ上がった唇を調べながら、ジニーがどなり続ける。

「僕が治すよ」

ハリーは二人のそばに着地し、デメルザの口に杖を向けて唱える。

「『エピスキー、唇癒えよ』。それから、ジニー、ロンのことをへぼなんて呼ぶな。

君はチームのキャプテンじゃないんだし――」

「あら、あなたが忙しすぎて、ロンのことをへぼ呼ばわりできないみたいだから、だれかがそうしなくちゃって思って――」

ハリーは吹き出したいのをこらえた。

「みんな、空へ。さあ、行こう……」

全体的に、今学期最悪の練習の一つだった。しかしハリーは、これだけ試合が迫ったこの時期に、ばか正直は最善の策ではないと判断した。

「みんな、いいプレイだった。スリザリンをぺしゃんこにできるぞ」

ハリーは激励した。チェイサーとビーターは、自分のプレイにまあ満足した顔で更衣室を出る。

「僕のプレイ、ドラゴンの糞（くそ）、山盛りみたいだった」

ジニーが出ていってドアが閉まったとたん、ロンが虚ろな声で言う。

「そうじゃないさ」ハリーがきっぱりと言い切る。

「ロン、選抜した中で、君が一番いいキーパーなんだ。唯一の問題は君の精神面さ」

城に帰るまでずっと、ハリーは怒濤（どとう）のごとく激励し続けた。その甲斐あって城の三階までもどったころには、ロンもほんの少し元気が出たようだ。ところが、グリフィンドール塔にもどるいつもの近道を通ろうとハリーがタペストリーを押し開けたとき、二人は、ディーンとジニーが固く抱き合って糊づけされたように激しくキスをしている姿を目撃してしまった。

大きくて鱗（うろこ）だらけのなにかが、ハリーの胃の中で目を覚まし、胃壁に爪を立てているような気がした。頭にかっと血が上り、思慮分別が吹き飛び、ディーンに呪いをかけてぐにゃぐにゃのゼリーの塊（かたまり）にしてやりたいという野蛮な衝動が突き上げてきた。突然の狂気と戦いながら、ハリーはロンの声を遠くに聞く。

「おい！」

ディーンとジニーが離れて振り返る。

「なんなの？」ジニーが言う。

「自分の妹が、公衆の面前でいちゃいちゃしているのは見たくないね！」

「あなたたちが邪魔するまでは、ここにはだれもいなかったわ！」ジニーが返す。

ディーンは気まずそうな顔をする。ばつが悪そうににやっとハリーに笑いかけたが、ハリーは笑い返さない。新しく生まれた体内の怪物が、ディーンを即刻チームから退団させろとわめいている。

「あ……ジニー、こいよ」ディーンが声をかける。「談話室に帰ろう……」

「先に行って！」ジニーが断る。「わたしは大好きなお兄様とお話があるの！」

ディーンは、その場に未練はない、という顔でいなくなった。

「さあ」

ジニーが長い赤毛を顔から振りはらい、ロンを睨みつける。

「はっきり白黒をつけましょう。わたしがだれと付き合おうと、その人となにをしようと、ロン、あなたには関係ないわ——」

「あるさ！」

ロンも同じくらい腹を立てていた。

「いやだね、みんなが僕の妹のことをなんて呼ぶか——」

「なんて呼ぶの？」ジニーが杖を取り出す。「なんて呼ぶって言うの？」

「ジニー、ロンは別に他意はないんだ——」

ハリーは反射的にそう言ったが、怪物はロンの言葉を支持して吠え哮っている。

「いいえ、他意があるわ！」

ジニーはめらめら燃え上がり、ハリーに向かってどなる。

「自分がまだ、一度もいちゃついたことがないから、自分がもらった最高のキスが、ミュリエルおばさんのキスだから——」

「黙れ！」ロンは赤をすっ飛ばして焦茶色の顔で大声を出す。

「黙らないわ！」ジニーも我を忘れてさけぶ。

「あなたがヌラーと一緒にいるところを、わたし、いつも見てたわ。彼女を見るたびに、頬っぺたにキスしてくれないかって、あなたはそう思ってた。情けない！　世の中に出て、少しは自分でもいちゃついてみなさいよ！　そしたら、ほかの人がやってもそんなに気にならないでしょうよ！」

ロンも杖を引っぱり出した。ハリーは二人の間に割って入る。

「自分がなにを言ってるか、わかってないな！」

ロンは、両手を広げて立ちふさがっているハリーを避けて、まっすぐにジニーを狙おうとしながら吠えた。

「僕が公衆の面前でやらないからといって――！」

ジニーは嘲るようにヒステリックに笑い、ハリーを押し退けようとする。

「ピッグウィジョンにでもキスしてたの？　それともミュリエルおばさんの写真を枕の下にでも入れてるの？」

「こいつめ――」

オレンジ色の閃光が、ハリーの左腕の下を通ってわずかにジニーを逸れる。ハリーはロンを壁に押しつけた。

「ばかなことはやめろ――」

「ハリーはチョウ・チャンとキスしたわ！」

ジニーはいまにも泣き出しそうな声でさけび続ける。

「それに、ハーマイオニーはビクトール・クラムとキスした。ロン、あなただけが、それがなんだかいやらしいもののように振る舞うのよ。あなたが十二歳の子供並みの経験しかないからだわ！」

この捨て台詞とともに、ジニーは嵐のように荒れ狂って去っていった。ハリーはすぐにロンを放した。ロンは殺気だっている。二人は荒い息をしながら、そのままそこに立っていた。そこへフィルチの飼い猫のミセス・ノリスが物陰から現れ、張りつめた空気を破った。

「行こう」

フィルチが不恰好にドタドタ歩く足音が耳に入ったので、ハリーが急かす。

二人は階段を上り、八階の廊下を急いだ。

「おい、どけよ！」

ロンが小さな女の子をどなりつけると、女の子はびっくり仰天して飛び上がり、ヒキガエルの卵の瓶を落とした。

ハリーはガラスの割れる音もほとんど気づかなかった。右も左もわからなくなり、めまいがする。雷に撃たれるというのは、きっとこんな感じなのだろう。ロンの妹だからなんだ、とハリーは自分に言い聞かせる。ディーンにキスしているところを見たくなかったのは、単に、ジニーがロンの妹だからなんだ……。

しかし、頼みもしないのに、ある幻想がハリーの心に忍び込む。あの同じ人気のない廊下で、自分がジニーにキスをしている……胸の怪物が満足げに喉を鳴らす……そのとき、ロンがタペストリーのカーテンを荒々しく開け、杖を取り出してハリーに向かってさけぶ。「信頼を裏切った」……「友達だと思ったのに」……。

「ハーマイオニーはクラムにキスしたと思うか?」

「太った婦人」に近づいたとき、唐突にロンが問いかけた。ハリーは後ろめたい気持ちでどきりとし、ロンが踏み込む前の廊下の幻想を追いはらう。ジニーと二人きりの廊下の幻想を――。

「えっ?」ハリーはぼうっとしたまま言う。「ああ……んー……」

正直に答えれば「そう思う」だった。しかし、そうは言いたくない。しかし、ロンは、ハリーの表情から、最悪の事態を察したようだ。

「ディリグロウト」

ロンは暗い声で「太った婦人」に向かって唱える。そして二人は、肖像画の穴を通って談話室に入る。

二人とも、ジニーのこともハーマイオニーのことも、二度と口にしなかった。事実その夜は、二人とも互いにほとんど口をきかず、それぞれの思いにふけりながら、黙ってベッドに入った。

ハリーは、長い間目が冴えて四本柱のベッドの天蓋を見つめながら、ジニーへの感情はまったく兄のようなものだと、自分を納得させようと試みる。この夏中、兄と妹のように暮らしたではないか？　クィディッチをしたり、ロンをからかったり、ビルとヌラーのことで笑ったり。ハリーは何年も前からジニーのことを知っていた……保護者のような気持ちになるのは、自然なことだ……ジニーのために目を光らせたくなるのは当然なんだ……ジニーにキスしたことで、ディーンの手足をバラバラに引き裂いてやりたいのも……いや、だめだ……兄としてのそういう特別の感情を、抑制しなければ……。

ロンがグウッと大きくいびきをかく。

ジニーはロンの妹だ。ハリーはしっかり自分に言い聞かせた。ロンの妹なんだ。近づいてはいけない人。どんなことがあっても、自分はロンとの友情を危険にさらしはしないだろう。ハリーは枕をたたいてもっと心地よい形に整え、自分の想いがジニーの近くに迷い込まないように必死に努力しながら、眠気が襲うのを待った。

次の朝、目が覚めてもハリーは少しぼうっとしていた。ロンがビーターの棍棒を持ってハリーを追いかけてくる一連の夢を見て、頭が混乱していたが、昼ごろには、夢のロンと現実のロンを取り替えられたらいいのに、と思うようになっていた。

ロンはジニーとディーンを冷たく無視したばかりでなく、ハーマイオニーをも氷のように冷たい意地悪さで無視し、ハーマイオニーはわけがわからず傷ついていた。その上、ロンは一夜にして平均的な「尻尾爆発スクリュート」のようになり、常に爆発寸前で、いまにも尻尾で打ちかかってきそうだった。

ハリーは、ロンとハーマイオニーを仲直りさせようと、一日中努力したがむだだった。とうとうハーマイオニーは、いたく憤慨して寝室へと去り、ロンは、自分に眼をつけたと言って怯える一年生の何人かをどなりつけ悪態をついた末、肩を怒らせて男子寮に歩いていった。

ロンの攻撃性が数日経っても治まらなかったのには、ハリーも愕然とした。さらに悪いことに、時を同じくしてキーパーとしての技術も一段と落ち込み、ロンはますます攻撃的となる。

土曜日の試合を控えた最後のクィディッチの練習では、チェイサーがロンめがけて放つゴールシュートを、一つとして防げなかった。それなのにだれかれかまわず大声でどなりつけ、とうとうデメルザ・ロビンズを泣かせてしまった。

「黙れよ。デメルザをかまうな！」

ピークスがさけぶ。ロンの背丈の三分の二しかなくとも、ピークスにはもちろん重い棍棒がある。

「いいかげんにしろ！」

ハリーが声を張り上げた。ジニーがロンを睨みつけているのを見たハリーは、ジニーが「コウモリ鼻糞の呪い」の達人だという評判を思い出し、手に負えない結果になる前にと、飛び上がって間に入った。

「ピークス、もどってブラッジャーをしまってくれ。デメルザ、しっかりしろ、今日のプレイはとてもよかったぞ。ロン……」

ハリーは、ほかの選手が声の届かないところまで行くのを待ってから、言葉を続けた。

「君は僕の親友だ。だけどほかのメンバーにあんなふうな態度を取り続けるなら、僕は君をチームから追い出す」

一瞬ハリーは、ロンが自分をなぐるのではないかと本気でそう思った。しかし、もっと悪いことが起こる。ロンが箒の上にぺちゃっとつぶれたように見えた。闘志がすっかり消え失せている。

「僕、やめる。僕って最低だ」

「君は最低なんかじゃないし、やめない！」

ハリーはロンの胸ぐらをつかんで激しい口調で言い聞かす。

「好調なときは、君はなんだって止められる。精神の問題だ！」

「僕のこと、弱虫だって言うのか？」

「ああ、そうかもしれない！」

一瞬、二人は睨み合う。そして、ロンが疲れたように頭を振った。

「別なキーパーを見つける時間がないことはわかってる。だから、明日はプレイするよ。だけど、もし負けたら、それに負けるに決まってるけど、僕はチームから身を引く」

ハリーがなんと言っても事態は変わらなかった。夕食の間中、ハリーはロンの自信を高めようと努力したが、ロンはハーマイオニーに意地の悪い不機嫌な態度を取ることに忙しくて、気づいてもくれない。

ハリーはその晩、談話室でもがんばったが、ロンがチームを抜けたらチーム全体が落胆するだろうというハリーの説もどうやら怪しいものとなっていた。ほかの選手たちが部屋の隅に集合して、まちがいなくロンについての文句を言い合い、険悪な目つきでロンを見たりしている。

とうとうハリーは、今度は怒ってみて、ロンを挑発しようとした。闘争心に火を点け、うまくいけばゴールを守れる態度にまで持っていこうとしたのだが、この戦略も、激励より効果が上がったようには見えない。ロンは相変わらず絶望し、しょげ切って寝室にもどっていった。

ハリーは、長いこと暗い中で目を開けていた。きたるべき試合に負けたくなかった。キャプテンとして最初の試合だからということだけではない。ドラコ・マルフォイへの疑惑をまだ証明することはできないが、せめてクィディッチでは、マルフォイを絶対打ち破ると決心していたからだ。しかし、ロンのプレイがここ数回の練習と同じ調子なら、勝利の可能性は非常に低い……。

なにかロンの気持ちを引き立たせるものがありさえすれば……絶好調でプレイさせることができれば……ロンにとって本当にいい日なのだと保証するなにかがあれば……。

すると、その答えが、一発で急に輝かしい啓示となって閃いた。

次の日の朝食は、例によって前哨戦だった。スリザリン生はグリフィンドール・チームの選手が大広間に入ってくるたびに、一人ひとりに野次とブーイングを浴びせる。ハリーが天井をちらりと見ると、晴れた薄青の空だ。幸先がいい。

グリフィンドールのテーブルは赤と金色の塊となって、ハリーとロンが近づくのを歓声で迎える。ハリーはにやっと笑って手を振ったが、ロンは弱々しく顔をしかめ、頭を振った。

「元気を出して、ロン！」ラベンダーが遠くから声をかける。

「あなた、きっとすばらしいわ！」

ロンはラベンダーを無視する。

「紅茶か？」ハリーがロンに聞く。「コーヒーか？　かぼちゃジュースか？」

「なんでもいい」

ロンはむっつりとトーストを一口かじり、ふさぎ込んで言う。

数分後にハーマイオニーがやってきた。ロンの最近の不愉快な行動に、すっかり嫌気が差したハーマイオニーは、二人とは別に朝食に下りてきたのだが、テーブルに着く途中で足を止める。

「二人とも、調子はどう？」ロンの後頭部を見ながら、ハーマイオニーが遠慮がちに聞く。

「いいよ」

ハリーは、かぼちゃジュースのグラスをロンに渡すほうに気を取られながら、そう答える。

「ほら、ロン、飲めよ」

ロンはグラスを口元に持っていく。そのときハーマイオニーが鋭い声を上げた。

「ロン、それ飲んじゃだめ！」

ハリーもロンも、ハーマイオニーを見上げる。

「どうして？」ロンが聞く。

ハーマイオニーは、自分の目が信じられないという顔で、ハリーをまじまじと見ている。

「あなた、いま、その飲み物になにか入れたわ」

「なんだって？」ハリーが問い返す。

「聞こえたはずよ。私見たわよ。ロンの飲み物に、いまなにか注いだわ。いま、手にその瓶を持っているはずよ！」

「なにを言ってるのかわからないな」

ハリーは、急いで小さな瓶をポケットにしまいながら言う。

「ロン、危ないわ。それを飲んじゃだめ！」

ハーマイオニーが、警戒するようにまた言う。しかしロンは、グラスを取り上げて一気に飲み干した。

「ハーマイオニー、僕に命令するのはやめてくれ」

ハーマイオニーはなんて破廉恥なという顔をしてかがみ込み、ハリーにだけ聞こえるようにささやき声で非難する。

「あなた、退校処分になるべきだわ。ハリー、あなたがそんなことをする人だとは思わなかったわ！」

「自分のことを棚に上げて――」ハリーがささやき返す。「最近だれかさんを『錯乱』させやしませんでしたか？」

ハーマイオニーは、荒々しく二人から離れて、席に着いた。ハリーはハーマイオニーが去っていくのを見ても後悔しなかった。クィディッチがいかに真剣勝負であるかを、ハーマイオニーは心から理解したことがない。それからハリーは、舌なめずりしているロンに顔を向けた。

「そろそろ時間だ」ハリーは快活に言い放った。

競技場に向かう二人の足下で、凍りついた草が音を立てる。

「こんなにいい天気なのは、ラッキーだな、え？」ハリーがロンに声をかけた。

「ああ」ロンは半病人のような青い顔で答える。

ジニーとデメルザは、もうクィディッチのユニフォームに着替え、更衣室で待機していた。

「最高のコンディションだわ」ジニーがロンを無視して言う。

「それに、なにがあったと思う？　あのスリザリンのチェイサーのベイジー——昨日練習中に、頭にブラッジャーを食らって、痛くてプレイできないんですって！　それに、もっといいことがあるの——マルフォイも病気で休場！」

「なんだって？」

ハリーはいきなり振り向いてジニーを見つめた。

「あいつが、病気？　どこが悪いんだ？」

「さあね。でもわたしたちにとってはいいことだわ」ジニーが明るく言う。

「向こうは、代わりにハーパーがプレイする。わたしと同学年。あいつ、ばかよ」

ハリーは曖昧に笑いを返したが、真紅のユニフォームに着替えながら、心はクィディッチからまるで離れていた。マルフォイは前にけがを理由にプレイできないと主張したことがある。あのときは、全試合のスケジュールがスリザリンに有利になるように変更されるのを狙ったものだ。今回は、なぜ代理を立てても満足なのだろう？　本当に病気なのか、それとも仮病？

「怪しいぞ。だろ？」ハリーは声をひそめてロンに言う。「マルフォイがプレイしないなんて」

「僕ならラッキー、と言うね」ロンは少し元気になったようだ。

「それにベイジーも休場だ。あっちのチームの得点王だぜ。僕はあいつと対抗したいとは……おい！」

キーパーのグローブを着けている途中でロンは急に動きを止め、ハリーをじっと見つめた。

「なんだよ？」

「僕……君……」

ロンは声を落とし、怖さと興奮とが入り交じった顔をする。

「僕の飲み物……かぼちゃジュース……君、もしや……？」

ハリーは眉（まゆ）を吊り上げただけで、それには答えず、こう答えた。

「あと五分ほどで試合開始だ。ブーツを履いたほうがいいぜ」

選手は、歓声とブーイングの沸き上がる競技場に進み出る。スタンドの片側は赤と金色一色、反対側は一面の緑と銀色だ。ハッフルパフ生とレイブンクロー生の多くも、どちらかに味方した。さけび声と拍手の最中、ルーナ・ラブグッドの有名な獅子（しし）頭（がしら）帽子の咆哮（ほうこう）が、ハリーにもはっきりと聞き取れた。

ハリーは、ボールを木箱から放す用意をして待っているレフェリーのマダム・フーチのところへ進む。

「キャプテン、握手」

マダム・フーチが言う。ハリーは新しいスリザリンのキャプテン、ウルクハートに片手を握りつぶされた。

「箒（ほうき）に乗って。ホイッスルの合図で……一……二……三……」

ホイッスルが鳴り、ハリーも選手たちも凍った地面を強く蹴る。試合開始だ。

ハリーは競技場の円周を回るように飛び、スニッチを探しながら、ずっと下をじぐざぐに飛んでいるハーパーを監視（かんし）する。すると、いつもの解説者とは水と油ほどに不調和な声が聞こえてきた。

「さあ、始まりました。今年ポッターが組織したチームには、我々全員が驚いたと思います。ロナルド・ウィーズリーは去年、キーパーとしてむらがあったので、多くの人がロンはチームから外されると思ったわけですが、もちろん、キャプテンとの個人的な友情が役に立ちました……」

解説の言葉は、スリザリン側からの野次と拍手で迎えられた。ハリーは箒(ほうき)から首を伸ばし、解説者の演台を見た。やせて背の高い、鼻がつんと上を向いたブロンドの青年がそこに立ち、かつてはリー・ジョーダンの物だった魔法のメガホンに向かってしゃべっている。ハッフルパフの選手で、ハリーが心底嫌いなザカリアス・スミスだ。

「あ、スリザリンが最初のゴールを狙います。ウルクハートが競技場を矢のように飛んでいきます。そして――」

ハリーの胃がひっくり返った。

「――ウィーズリーがセーブしました。まあ、ときにはラッキーなこともあるでしょう。たぶん……」

「そのとおりだ、スミス。ラッキーさ」

ハリーはひとりでにやにやしながらつぶやき、チェイサーたちの間に飛び込んで、逃げ足の速いスニッチの手がかりを探してあたりに目を配る。

ゲーム開始後三十分が経ち、グリフィンドールは六〇対ゼロでリードしている。ロンは本当に目をみはるような守りを何度も見せ、何回かはグローブのほんの先端でゴールを守った。そしてジニーは、グリフィンドールの六回のゴールシュート中、四回を得点していた。これでザカリアスは、ウィーズリー兄妹がハリーの依怙贔屓（えこひいき）のおかげでチームに入ったのではないかと、声高に言うことが事実上できなくなり、代わりにピークスとクートを槍玉に挙げ出した。

「もちろん、クートはビーターとしての普通の体型とは言えません」

ザカリアスは高慢ちきに言う。

「ビーターたるものは普通もっと筋肉が――」

「あいつにブラッジャーを打ってやれ！」

クートがそばを飛び抜けたときにハリーが声をかけたが、クートはにやりと笑って、次のブラッジャーで、ちょうどハリーとすれちがったハーパーを狙った。ブラッジャーが標的に当たったことを意味するゴツンという鈍い音を聞いて、ハリーは喜んだ。

グリフィンドールは破竹の勢いだった。続けざまに得点し、競技場の反対側ではロンが続けざまに、いとも簡単にゴールをセーブしている。いまやロンは笑顔になっている。とくに見事なセーブは、観衆があのお気に入りの応援歌「ウィーズリーは我が王者」のコーラスで迎え、ロンは高いところから指揮するまねをした。

「あいつは今日、自分が特別だと思っているようだな?」

意地の悪い声がして、ハリーは危うく箒(ほうき)からたたき落とされそうになる。ハーパーが故意にハリーに体当たりしたのだ。

「おまえのダチ、血を裏切る者め……」

マダム・フーチは背中を向けている。下でグリフィンドール生が怒ってさけんだが、マダム・フーチが振り返ってハーパーを見たときには、とっくに飛び去ってしまったあとだった。ハリーは肩の痛みをこらえて、ハーパーのあとを追いかける。ぶっかり返してやる……。

「さあ、スリザリンのハーパー、スニッチを見つけたようです!」

ザカリアス・スミスがメガホンを通してさけぶ。

「そうです。まちがいなく、ポッターが見ていないなにかを見ました!」

スミスはまったくあほうだ、とハリーは思う。二人が衝突したのに気づかなかったのか? しかし次の瞬間、ハリーは胃袋が空から落下したような気がした――スミスが正しくてハリーがまちがっていた。ハーパーは、やみくもに飛ばしていたわけではない。ハリーが見つけられなかった物を見つけたのだ。スニッチが、二人の頭上の真っ青に澄んだ空に、まぶしく輝きながら高々と飛んでいる。

ハリーは加速する。風が耳元でヒューヒューと鳴り、スミスの解説も観衆の声もかき消されてしまった。しかしハーパーは依然ハリーの先を飛び、グリフィンドールはまだ一〇〇点のリードしかしていない。ハーパーが先に目標に着けば、グリフィンドールは負ける……そしていま、ハーパーは目標まであと数十センチと迫り、手を伸ばしている……。

「おい、ハーパー！」ハリーは夢中でさけんだ。「君に代理を頼むのに、マルフォイはいくら払った？」

なぜそんなことを口走ったのか、ハリーは自分でもわからなかったが、ぎくりとしたハーパーはスニッチをつかみそこね、指の間をすり抜けたスニッチを飛び越してしまった。そしてハリーは、パタパタ羽ばたく小さな球めがけて腕を大きく振り、それをキャッチした。

「やった！」

ハリーがさけんだ。スニッチを高々と掲げ、ハリーは矢のように地上へと飛びもどる。状況がわかったとたん、観衆から大歓声がわき起こり、試合終了を告げるホイッスルもほとんど聞こえないほどだった。

「ジニー、どこに行くんだ？」ハリーがさけぶ。

選手たちが空中で塊（かたまり）になって抱きつき合い、ハリーが身動きできないでいると、ジニーだけがそこを通り越して飛んでいく。そして大音響とともに、ジニーは解説者の演台に突っ込んだ。観衆が悲鳴を上げ、大笑いする中、グリフィンドール・チームが壊れた演台の横に着地してみると、木っ端微塵の下敷きになって、ザカリアスが弱々しく動いている。かんかんに怒ったマクゴナガル先生に、ジニーがけろりと答える声がハリーの耳に聞こえてくる。

「ブレーキをかけ忘れちゃって。すみません、先生」

ハリーは笑いながら選手たちから離れ、ジニーを抱きしめた。しかしすぐに放し、ジニーのまなざしを避けながら、代わりに歓声を上げているロンの背中をバンとたたく。仲間割れをすべて水に流したグリフィンドール・チームは、腕を組み拳(こぶし)を突き上げて、サポーターに手を振りながら競技場から退出した。

更衣室はお祭り気分だった。

「談話室でパーティだ！　シェーマスがそう言ってた！」ディーンが嬉々(きき)としてさけんでいる。

「行こう、ジニー！　デメルザ！」

ロンとハリーの二人が、最後に更衣室に残った。外に出ようとしたちょうどそのとき、ハーマイオニーが入ってくる。両手でグリフィンドールのスカーフをねじりながら、少し困惑したような、しかしきっぱり決心した顔で。

「ハリー、お話があるの」ハーマイオニーが大きく息を吸う。

「あなた、やってはいけなかったわ。スラグホーンの言ったことを聞いたはずよ。違法だわ」

「どうするつもりなんだ？　僕たちを突き出すのか？」ロンが詰め寄る。

「二人ともいったいなんの話だ？」

忍び笑いを二人に見られないように、背中を向けたままユニフォームを掛けながら、ハリーが言う。

「なんの話か、あなたにははっきりわかっているはずよ！」

ハーマイオニーがかん高い声を上げる。

「朝食のとき、ロンのジュースに幸運の薬を入れたでしょう！『フェリックス・フェリシス』よ！」

「入れてない」ハリーは二人に向きなおる。

「入れたわ、ハリー。それだからなにもかもラッキーだったのよ。スリザリンの選手は欠場するし、ロンは全部セーブするし！」

「僕は入れてない！」

ハリーは、今度は大きくにやりと笑う。上着のポケットに手を入れ、今朝ハーマイオニーが自分の手中にあるのを目撃したはずの、小さな瓶（びん）を取り出した。金色の水薬がたっぷりと入っていて、コルク栓はしっかり蠟づけされたままだ。

「僕が入れたと、ロンに思わせたかったんだ。だから、君が見ているときを見計らって、入れるふりをした」

ハリーはロンを見る。

「ラッキーだと思い込んで、君は全部セーブした。すべて君自身がやったことなんだ」

ハリーは薬をポケットにもどす。

「僕のかぼちゃジュースには、本当になにも入ってなかったのか?」

ロンが唖然(あぜん)として言う。

「だけど天気はよかったし……それにベイジーはプレイできなかったし……僕、ほんとのほんとに、幸運薬を盛られてなかったの?」

ハリーは入れていないと首を振る。ロンは一瞬ぽかんと口を開け、それからハーマイオニーを振り返って声色をまねた。

「ロンのジュースに、今朝『フェリックス・フェリシス』を入れたでしょう。それだから、ロンは全部セーブしたのよ! どうだ! ハーマイオニー、助けなんかなくたって、僕はゴールを守れるんだ!」

「あなたができないなんて、一度も言ってないわ――ロン、あなただって、薬を入れられたと思ったじゃない!」

しかしロンはもう、ハーマイオニーの前を大股で通り過ぎ、箒(ほうき)を担いで出ていってしまった。

「えーと」

突然訪れた沈黙の中で、ハリーが言う。こんなふうに裏目に出るとは思いもよらなかった。

「じゃ……それじゃ、パーティに行こうか？」

「行けばいいわ！」

ハーマイオニーは瞬きして涙をこらえながら言い放つ。

「ロンなんて、私、もううんざり。私がいったいなにをしたって言うの……」

そしてハーマイオニーも、嵐のように更衣室から出ていった。

ハリーは人込みの中を重い足取りで城に向かった。校庭を行く大勢の人が、ハリーに祝福の言葉をかける。しかし、ハリーは虚脱感に襲われていた。ロンが試合に勝てば、ハーマイオニーとの仲はたちまちもどるだろうと信じ切っていた。ハーマイオニーは、自分がいったいなにをしたかと聞くが、ビクトール・クラムとキスしたからロンが怒っているのだと、どうやって説明すればいいのか見当もつかない。なにしろその罪を犯したのは、ずっと昔のことなのだから。

ハリーが到着したとき、グリフィンドールの祝賀パーティは宴もたけなわだったが、ハーマイオニーの姿を見つけることはできなかった。ハリーの登場で、新たに歓声と拍手がわき、ハリーはたちまち、祝いの言葉を述べる群集に囲まれてしまった。試合の様子を逐一聞きたがるクリービー兄弟を振り切ったり、ハリーのどんなつまらない話にも笑ったり睫毛をパチパチさせたりする大勢の女の子たちに囲まれてしまったりで、ロンを見つけるまでには時間がかかった。スラグホーンのクリスマス・パーティに一緒に行きたいと、しつこくほのめかすロミルダ・ベインをやっと振りはらい、人込みをかき分けて飲み物のテーブルのほうに行こうとしていたハリーは、ジニーにばったり出会った。ピグミーパフのアーノルドを肩に載せ、足下ではクルックシャンクスが期待顔で鳴いている。

「ロンを探してるの？」

ジニーはわが意を得たりとばかりにやにやしている。

「あそこよ、あのいやらしい偽善者」

ハリーはジニーが指した部屋の隅を見る。そこに、部屋中から丸見えのところに、ロンがラベンダー・ブラウンと、どの手がどちらの手かわからないほど密接にからみ合って立っていた。

「ラベンダーの顔を食べてるみたいに見えない？」

ジニーは冷静そのものだ。

「でもロンは、テクニックを磨くのになにかやる必要があるしね。いい試合だったわ、ハリー」

ジニーはハリーの腕を軽くたたく。ハリーは胃の中が急にザワーッと騒ぐのを感じた。しかし、ジニーはバタービールのお代わりをしにいってしまった。クルックシャンクスが黄色い目をアーノルドから離さずに、後ろからとことこついていく。

ハリーは、すぐには顔を現しそうにないロンから目を離した。ちょうどそのとき、肖像画の穴が閉まった。そこから豊かな栗色の髪がすっと消えるのを見たような気がして、ハリーは気持ちが沈んだ。

ロミルダ・ベインをまたかわし、ハリーはすばやく前進して「太った婦人（レディ）」の肖像画を押し開ける。外の廊下にはだれもいないように見えた。

「ハーマイオニー？」

鍵のかかっていない最初の教室で、ハリーはハーマイオニーを見つけた。さえずりながらハーマイオニーの頭のまわりに小さな輪を作っている黄色い小鳥たちのほかにはだれもいない教室で、ぽつんと先生の机に腰掛けている。いましがた創り出した小鳥にちがいない。こんなときにこれだけの呪文を使うハーマイオニーに、ハリーはほとほと感心する。

「ああ、ハリー、こんばんは」

ハーマイオニーの声は、いまにも壊れそうだった。

「ちょっと練習していたの」

「うん……小鳥たち……あの……とってもいいよ……」ハリーが言う。

ハリーは、なんと言葉をかけていいやらわからない。ハーマイオニーがロンに気づかずに、パーティがあまりに騒々しかったから出てきただけ、という可能性はあるだろうか。ハリーがそう考えていたそのとき、ハーマイオニーが不自然に高い声で言う。

「ロンは、お祝いを楽しんでるみたいね」

「あー……そうかい？」ハリーが答える。

「ロンを見なかったようなふりはしないで」

ハーマイオニーがぎりぎり張りつめた声で言う。

「あの人、とくに隠そうとしている様子は――」

背後のドアが突然開く。ハリーは凍りつく思いがした。ロンがラベンダーの手を引いて、笑いながら入ってきたのだ。

「あっ」

ハリーとハーマイオニーに気づいて、ロンがぎくりと急停止する。

「あらっ！」

ラベンダーはくすくす笑いながら後ずさりして部屋から出ていった。その後ろでドアが閉まる。

恐ろしい沈黙がふくれ上がり、うねる。ハーマイオニーはロンをじっと見たが、ロンはハーマイオニーを見ようともせず、空威張りと照れくささの奇妙に交じり合った態度でハリーに声をかける。

「よう、ハリー！　どこに行ったのかと思ったよ」

ハーマイオニーが机からするりと降りる。金色の小鳥の小さな群れが、さえずりながらハーマイオニーの頭の周囲を回り続けている。まるでハーマイオニーが羽の生えた不思議な太陽系の模型のように見える。

「ラベンダーを外に待たせておいちゃいけないわ」

ハーマイオニーが妙に静かな声で言う。

「あなたがどこに行ったのかと思うでしょう」

ハーマイオニーは背筋を伸ばして、ゆっくりとドアのほうへ歩いていく。ハリーがロンをちらりと見ると、この程度ですんでほっとした、という顔をしている。

「オパグノ！　襲え！」出口から鋭い声が飛んできた。

ハリーがすばやく振り返ると、ハーマイオニーが荒々しい形相で、杖をロンに向けている。小鳥の小さな群れは、金色の丸い弾丸のようになって、次々とロンめがけて飛んでいく。ロンは悲鳴を上げて両手で顔を隠しているが、小鳥の群れは襲いかかり、肌という肌をところかまわず突っつき、引っかいた。

「こいつら追っぱらえ！」

ロンが早口にさけぶ。しかしハーマイオニーは、復讐の怒りに燃える最後の一瞥を投げ、力まかせにドアを閉めて姿を消した。ハリーは、バタンとドアが閉まる前に、すすり泣く声を聞いたような気がする。

第15章　破れぬ誓い

凍りついた窓に、今日も雪が乱舞している。クリスマスが駆け足で近づいてきた。例年の大広間用の十二本のクリスマス・ツリーを、ハグリッドはすでにひとりで運び終わっている。柊(ひいらぎ)とティンセルの花飾りが階段の手すりに巻きつけられ、鎧兜(よろいかぶと)の中からは永久に燃え続ける蠟燭(ろうそく)が輝き、廊下には大きなヤドリギの塊(かたまり)が一定間隔に吊り下げられている。ヤドリギの下には、ハリーが通りかかるたびに大勢の女の子が群れをなして集まり、廊下が渋滞した。しかしこれまで頻繁に夜間に出歩いていたおかげで、幸い城の抜け道に関しては並々ならぬ知識を持っているハリーは、授業と授業の間にも、あまり苦労せずにヤドリギのない通路を移動できた。

かつてのロンなら、ハリーが遠回りしなければならないことで嫉妬心をあおられたかもしれないが、いまはむしろ大はしゃぎで、なにもかも笑い飛ばすだけだった。こんなふうに笑ったり冗談を飛ばしたりする新しいロンのほうが、それまで数週間にわたってハリーが耐えてきたふさぎ込み攻撃型のロンより、ハリーにとってはずっと好ましい。だが改善型ロンには、大きな代償がついていた。第一に、ハリーは、ラベンダー・ブラウンが始終現れるのをがまんしなければならなかった。どうやらラベンダーは、ロンにキスをしている時間以外はむだな瞬間だと考えているらしい。第二にハリーは、二人の親友が二度と互いに口をききそうもない状況を、またしても経験するはめになっている。

ハーマイオニーの小鳥に襲われ、手や腕にまだ引っかき傷や切り傷が残るロンは、言い訳がましく恨みがましい態度を取っている。

「文句は言えないはずだ」

ロンがハリーに言う。

「あいつはクラムといちゃいちゃした。これで、僕にだっていちゃついてくれる相手がいるのが、あいつにもわかったってことさ。ここは自由の国だからね。僕はなんにも悪いことはしてない」

ハリーはなにも答えず、翌日の午前中にある「呪文学」の授業までに読まなければならない本（『精の探求』）に没頭しているふりをする。ロンともハーマイオニーとも友達でいようと決意していたハリーは、口を固く閉じていることが多くなった。

「僕はハーマイオニーになんの約束もしちゃいない」

ロンが言いにくそうにもごもご言う。

「そりゃあ、まあ、スラグホーンのクリスマス・パーティにあいつと行くつもりだったさ。でもあいつは一度だって口に出して……単なる友達さ……僕はフリー・エージェントだ……」

ハリーはロンに見られていると感じながら、『精の探求』のページをめくる。ロンの声は次第に小さくなってつぶやきとなり、暖炉の火が爆ぜる大きな音でほとんど聞こえなくなった。だがわずかに、「クラム」とか「文句は言えない」という言葉だけは聞こえたような気がする。

ハーマイオニーはただでさえ時間割がぎっしり詰まっている。いずれにせよハリーは、夜にならないとハーマイオニーとまともに話ができる状態ではない。ロンのほうは、夜になるとラベンダーと固く巻きついているので、ハリーがなにをしているかにも気づいていないようだ。ハーマイオニーは、ロンが談話室にいる間は、そこにいることを拒否していたので、ハリーはだいたい図書室でハーマイオニーに会うことになった。ということは、二人がひそひそ話をするということでもある。

「だれとキスしようが、まったく自由よ」

司書のマダム・ピンスが背後の本棚をうろついているときに、ハーマイオニーが声をひそめて言う。

「まったく気にしないわ」

ハーマイオニーが羽根ペンを取り上げて、強烈に句点を打ったので、羊皮紙に穴があく。ハリーはなにも言わなかった。あまりにも声を使わないので、そのうち声が出なくなるのではないかと思う。『上級魔法薬』の本にいっそう顔を近づけ、ハリーは「万年万能薬」についてのノートを取り続け、ときどきペンを止めては、リバチウス・ボラージの文章に書き加えられている、プリンスの有用な追加情報を判読した。

「ところで」

しばらくして、ハーマイオニーがまた言葉を発した。

「気をつけないといけないわよ」

「最後にもう一回だけ言うけどさ」

四十五分もの沈黙のあとだけに、ハリーの声は少しかすれている。

「この本を返すつもりはない。プリンスから学んだことのほうが、スネイプやスラグホーンからこれまで教わってきたことより——」

「私、そのばからしいプリンスとかいう人のことを、言ってるんじゃないわ」

ハーマイオニーは、その本に無礼なことを言われたかのように、険悪な目つきで教科書を見る。

「ちょっと前に起こったことを話そうとしてたのよ。ここにくる前に女子トイレに行ったら、そこに十人ぐらい女子が集まっていたの。あのロミルダ・ベインもいたわ。あなたに気づかれずに惚れ薬を盛る方法を話していたわ。全員が、あなたにスラグホーン・パーティに連れていって欲しいと思っているみたいよ。みんながフレッドとジョージの店から『愛の妙薬』を買ったみたい。それ、たぶん効くと思うわ——」

「なら、どうして取り上げなかったんだ？」ハリーが詰め寄る。

ここ一番という肝心なときに、規則遵守熱がハーマイオニーを見捨てたのは尋常ではない。

「あの人たち、トイレでは薬を持っていなかったの」

ハーマイオニーが蔑むように言う。

「戦術を話し合っていただけ。さすがの『プリンス』も——」

ハーマイオニーはまたしても険悪な目つきで本を見る。

「十種類以上の惚れ薬が一度に使われたら、その解毒剤をでっち上げることなど夢にも思いつかないでしょうから、私なら一緒に行く人をだれか誘うわね——そうすればほかの人たちは、まだチャンスがあるなんて考えなくなるでしょう——明日の夜よ。みんな必死になっているわ」

「招きたい人なんかだれもいない」ハリーがつぶやく。

ハリーはいままでも、避けうるかぎりジニーのことは考えまいとしていた。しかしその実、始終ジニーはハリーの夢に現れている。夢の内容からして、ロンが「開心術」を使うことができないのは、心底ありがたい。

「まあ、とにかく飲み物には気をつけなさい。ロミルダ・ベインは本気みたいだったから」ハーマイオニーが厳しく忠告する。

ハーマイオニーは、「数占い」のレポートを書いていた長い羊皮紙の巻紙をたくし上げ、羽根ペンの音を響かせ続けている。ハリーはそれを見ながら、心は遠くへと飛んでいく。

「待てよ――」

ハリーはふと思い当たる。

「フィルチが、ウィーズリー・ウィザード・ウィーズで買った物はなんでも禁止にしたはずだけど？」

「それで？　フィルチが禁止した物を、気にした人なんているかしら？」ハーマイオニーは、レポートに集中したままで言う。

「だけど、ふくろうは全部検査されてるんじゃないのか？　なのに、その女の子たちが、惚れ薬を学校に持ち込めたっていうのは、どういうわけだ？」

「フレッドとジョージが、香水と咳止め薬に偽装して送ってきたの。あの店の『ふくろう通信販売サービス』の一環よ」

「ずいぶん詳しいじゃないか」

ハーマイオニーは、いましがたハリーの『上級魔法薬』の本を見たと同じ目つきで、ハリーを見下す。

「夏休みに、あの人たちが、私とジニーに見せてくれた瓶の裏に、全部書いてありました」

ハーマイオニーが冷たく言い放つ。

「私、だれかの飲み物に薬を入れて回るようなまねはいたしません……入れるふりもね。それも同罪だわ……」

「ああ、まあ、それは置いといて」

ハリーはあわてて言い足した。

「要するに、フィルチはだまされてるってことだな？　女の子たちがなにかに偽装した物を学校に持ち込んでいるわけだ！　それなら、マルフォイだってネックレスを学校に持ち込めないわけは――？」

「まあ、ハリー……また始まった……」

「ねえ、持ち込めないわけはないだろう？」ハリーが問い詰める。

「あのね」ハーマイオニーはため息をつく。

「『詮索センサー』は呪いとか呪詛、隠蔽の呪文を見破るわけでしょう？　闇の魔術や闇の物品を見つけるために使われるの。ネックレスにかかっていた強力な呪いなら、たちまち見つけ出したはずだわ。でも、単に瓶と中身がちがっているだけの物は、認識しないでしょうね——それに、いずれにせよ『愛の妙薬』は闇の物でもないし、危険でも——」

「君は簡単にそう言うけど——」ハリーは、ロミルダ・ベインのことを考えながら言いかける。

「——だから、それが咳止め薬ではないと見破るかどうかは、フィルチ次第ってことになるわ。でも、あの人はあんまり優秀な魔法使いではないし、薬の見分けがつくかどうか、怪しい——」

突然ハーマイオニーは話を打ち切る。ハリーにも聞こえた。二人のすぐ後ろの暗い本棚の間で、だれかが動いた。二人がじっとしていると、間もなく物陰からハゲタカのような容貌のマダム・ピンスが現れた。落ち窪んだ頬に羊皮紙のような肌、そして高い鉤鼻が、手にしたランプの光に情け容赦なく照らし出されている。

「閉館時間です」マダム・ピンスが告げる。「借りた本はすべて返すように。元の棚に——この不心得者！　その本になにをしでかしたんです？」

「図書室の本じゃありません。僕のです！」

あわててそう言いながら、ハリーは机に置いてあった『上級魔法薬』の本を引っ込めようとしたが、マダム・ピンスが鉤爪のような手で本につかみかかってくる。

「荒らした！」マダム・ピンスがうなるように言い募る。「穢(けが)した！　汚した！」

「教科書に書き込みしてあるだけです！」ハリーは本を引っぱり返して取りもどす。

マダム・ピンスは発作を起こす寸前だ。ハーマイオニーは急いで荷物をまとめ、ハリーの腕をがっちりつかんでむりやり連れ出した。

「気をつけないと、あの人、あなたを図書室出入り禁止にするわよ。どうしてそんな愚かしい本を持ち込む必要があったの？」

「ハーマイオニー、あいつが狂ってるのは僕のせいじゃない。それともあいつ、君がフィルチの悪口を言ったのを盗み聞きしたのかな？　あいつらの間になにかあるんじゃないかって、僕、前々から疑ってたんだけど――」

「まあ、ハ、ハ、ハだわ……」

あたりまえに話せるようになったのが楽しくて、二人はフィルチとマダム・ピンスが果たして密かに愛し合っているかどうかを議論しながら、ランプに照らされた人気のない廊下を談話室に向かって歩いた。

「ボーブル玉飾り」

ハリーは「太った婦人(レディ)」に向かって、クリスマス用の新しい合言葉を唱える。

「クリスマスおめでとう」

「太った婦人（レディ）」は悪戯（いたずら）っぽく笑い、パッと開いて二人を入れた。

「あら、ハリー！」

肖像画の穴から出たとたん、ロミルダ・ベインが声をかける。

「ギリーウォーターはいかが？」

ハーマイオニーがハリーを振り返って、「ほぅらね！」という目つきをする。

「いらない」ハリーは即答した。「あんまり好きじゃないんだ」

「じゃ、とにかくこっちを受け取って」

ロミルダがハリーの手に箱を押しつける。

「大鍋（おおなべ）チョコレート、ファイア・ウィスキー入りなの。お祖母さんが送ってくれたんだけど、わたし好きじゃないから」

「ああ——そう——ありがとう」

ほかになんとも言いようがなくて、ハリーはそう言って受け取る。

「あー——僕、ちょっとあっちへ、あの人と……」

ハリーの声が先細りになり、あわててハーマイオニーの後ろにくっついてその場を離れた。

「言ったとおりでしょ」

ハーマイオニーがずばりと言い切った。

「早くだれかに申し込めば、それだけ早くみんながあなたを解放してくれて、あなたは――」

突然、ハーマイオニーの顔が無表情になる。ロンとラベンダーが、一つの肘掛椅子でからまり合っているのが目に入った。

「じゃ、おやすみなさい、ハリー」

まだ七時なのに、ハーマイオニーはそう言うなり、あとは一言も発せず女子寮に駆け上がっていった。

ベッドに入りながら、ハリーは、あと一日分の授業とスラグホーンのパーティがあるだけだと自分を慰める。その後は、ロンと一緒に「隠れ穴」に出発だ。休暇の前にロンとハーマイオニーが仲直りするのは、いまや不可能に思われる。でも、たぶん、どうにかして、クリスマス休暇の間に二人とも冷静になって、自分たちの態度を反省することも……。

ハリーははじめから高望みしているわけではなかった。しかし翌日、二人と一緒に受ける「変身術」の授業のあとでは、希望がさらに遠ざかるばかりの思いになった。授業では、人の変身という非常に難しい課題を始めたばかりで、自分の眉の色を変える術を、鏡の前で練習していた。ロンの一回目は惨憺たる結果で、どうやったものやら、見事なカイザルひげが生えてしまった。ハーマイオニーは薄情にもそれを笑った。その復讐にロンは、マクゴナガル先生が質問するたびにハーマイオニーが椅子に座ったまま上下にぴょこぴょこする様子を、残酷にも正確にまねして見せた。ラベンダーとパーバティはさかんにおもしろがり、ハーマイオニーはまた涙がこぼれそうになっていた。

ベルが鳴ったとたん、ハーマイオニーは学用品を半分も残したまま、教室から飛び出していく。いまはロンよりハーマイオニーのほうが助けを必要としていると判断したハリーは、ハーマイオニーが置き去りにした荷物をかき集め、あとを追う。

やっと追いついたときは、ハーマイオニーが下の階の女子トイレから出てくるところだった。ルーナ・ラブグッドが、その背中をたたくともなくたたきながら付き添っている。

「ああ、ハリー、こんにちは」ルーナが言う。「あんたの片方の眉、まっ黄色になってるって知ってた？」

「やあ、ルーナ。ハーマイオニー、これ、忘れていったよ……」

ハリーは、ハーマイオニーの本を数冊差し出す。

「ああ、そうね」

ハーマイオニーは声を詰まらせながら受け取り、急いで横を向いて、羽根ペン入れで目を拭っていたことを隠そうとする。

「ありがとう、ハリー。私、もう行かなくちゃ……」

ハリーが慰めの言葉をかける間も与えず、ハーマイオニーは急いで去っていく。もっともハリーに、かける言葉など思いつかないけれど。

「ちょっと落ち込んでるみたいだよ」ルーナが言う。「最初は『嘆きのマートル』がいるのかと思ったんだけど、ハーマイオニーだったもン。ロン・ウィーズリーのことをなんだか言ってた……」

「ああ、けんかしたんだよ」ハリーが応じる。

「ロンて、ときどき、とってもおもしろいことを言うよね?」

二人で廊下を歩きながら、ルーナが言う。

「だけど、あの人、ちょっと酷いとこがあるな。あたし、去年気がついたもン」

「そうだね」

ルーナは言いにくい真実をずばりと突くいつもの才能を発揮する。ハリーは、ほかにルーナのような人に会ったことがない。

「ところで、今学期は楽しかった?」

「うん、まあまあだよ」ルーナが答える。

「DAがなくて、ちょっと寂しかった。でも、ジニーがよくしてくれたもン。この間、『変身術』の授業で、男子が二人、あたしのことを『おかしなルーニー』って呼んだとき、ジニーがやめさせてくれた――」

「今晩、僕と一緒にスラグホーンのパーティに行かないか？」

止める間もなく、言葉が口を衝(つ)いて出た。他人がしゃべっているのを聞くように、ハリーは自分の言葉を聞いた。

ルーナは驚いて、飛び出した目をハリーに向ける。

「スラグホーンのパーティ？　あんたと？」

「うん」ハリーが言う。「客を連れていくことになってるんだ。それで君さえよければ……つまり……」

ハリーは、自分がどういうつもりなのかをはっきりさせておきたかった。

「つまり、単なる友達として、だけど。でも、もし気が進まないなら……」

ハリーはすでに、半分ルーナが行きたくないと言ってくれることを期待している。

「ううん、一緒に行きたい。友達として！」

ルーナは、これまでに見せたことのない笑顔でにっこりする。

「いままでだぁれも、パーティに誘ってくれる人なんかいないもン。友達として！　あんた、だから眉(まゆ)を染めたの？　パーティ用に？　あたしもそうするべきかな？」

「いや」

ハリーがきっぱりと言う。

「これは失敗したんだ。ハーマイオニーに頼んでなおしてもらうよ。じゃ、玄関ホールで八時に落ち合おう」

「ハッハーン！」

頭上でかん高い声がして、二人は飛び上がった。二人とも気づかなかったが、ピーブズがシャンデリアから逆さまにぶら下がって、二人に向かって意地悪くにやにやしている。たったいま、二人はその下を通り過ぎた。

「ポッティがルーニーをパーティに誘った！　ポッティはルーニーが好～き！　ポッティはル～～～ニーが好～～～き！」

そしてピーブズは、「ポッティはルーニーが好き！」とかん高く囃し立てながら、高笑いとともにフェイドアウトした。

「内緒にしてくれてうれしいよ」ハリーがあきらめ顔で言う。

案の定、学校中にハリー・ポッターがルーナ・ラブグッドをスラグホーンのパーティに連れていくことが知れ渡るのは、あっという間だった。

「君はだれだって誘えたんだ！」

夕食の席で、ロンが信じられないという顔でなじる。

「だれだってだ！　なのに、ルーニー・ラブグッドを選んだのか？」

「ロン、そういう呼び方をしないで」

友達のところに行く途中だったジニーがハリーの後ろで立ち止まり、ぴしゃりと咎（とが）めた。

「ハリー、あなたがルーナを誘ってくれて、ほんとにうれしいわ。あの子、とっても興奮してる」

そしてジニーは、ディーンが座っているテーブルの奥のほうに歩いていく。ルーナを誘ったことを、ジニーが喜んでくれるのはうれしいと、ハリーは自分を納得させようとしたが、そう単純には割り切れない。テーブルのずっと離れたところで、ハーマイオニーがシチューをもてあそびながら、ひとりで座っている。ハリーは、ロンがハーマイオニーを盗み見ているのに気づいた。

「謝ったらどうだ」ハリーはぶっきらぼうに意見した。

「なんだよ。それでまたカナリアの群れに襲われろって言うのか？」ロンがブツブツ文句を言う。

「なんのためにハーマイオニーの物まねをする必要があった？」

「僕の口ひげを笑った！」

「僕も笑ったさ。あんなにばかばかしいもの、見たことがない」

しかし、ロンは聞いてはいない。ちょうどそのとき、ラベンダーがパーバティと一緒にやってきた。ハリーとロンの間に割り込んで、ラベンダーはロンの首に両腕を回す。

「こんばんは、ハリー」とパーバティが挨拶をする。

パーバティもハリーと同じように、この二人の友人の態度には当惑気味で、うんざりした顔をしている。

「やあ」ハリーが答える。「元気かい？　それじゃ、君はホグワーツにとどまることになったんだね？　ご両親が連れもどしたがっているって聞いたけど」

「しばらくはそうしないようにって、なんとか説得したわ」

パーバティが眉間にしわを寄せながら言う。「あのケイティのことで、親がとってもパニクっちゃったんだけど、でも、あれからはなにも起こらないし……あら、こんばんは、ハーマイオニー！」

パーバティはことさらにっこりする。「変身術」の授業でハーマイオニーを笑ったことを後ろめたく思っているにちがいない。振り返ると、ハーマイオニーもにっこりを返している。あろうことか、もっと明るくにっこりだ。女ってやつは、ときに非常に不可解だ。

「こんばんは、パーバティ！」

ハーマイオニーは、ロンとラベンダーを完璧に無視しながら声をかける。

「夜はスラグホーンのパーティに行くの？」

「招待なしよ」パーバティは憂鬱（ゆううつ）そうに答える。「でも、行きたいわ。とってもすばらしいみたいだし……あなたは行くんでしょう？」

「ええ、八時にコーマックと待ち合わせて、二人で——」

詰まった流しから吸引カップを引き抜くような音がして、ロンの顔が現れた。ハーマイオニーはと言えば、見ざる聞かざるを決め込んだ様子だ。

「——一緒にパーティに行くの」

「コーマックと？」パーバティが聞き返した。「コーマック・マクラーゲン、なの？」

「そうよ」ハーマイオニーが優しい声で言い足す。

「もう少しで」

ハーマイオニーが、やけに言葉に力を入れる。

「グリフィンドールのキーパーになるところだった人よ」

「それじゃ、あの人と付き合ってるの？」パーバティが目を丸くした。

「あら——そうよ——知らなかった？」

ハーマイオニーがおよそ彼女らしくないくすくす笑いをする。

「まさか！」

パーバティは、このゴシップ種をもっと知りたくてうずうずしている。

「ウワー、あなたって、クィディッチ選手が好きなのね？　最初はクラム、今度は

「私が好きなのは、本当にいいクィディッチ選手よ」

ハーマイオニーがほほえんだまま訂正する。

「じゃ、またね……もうパーティに行く仕度をしなくちゃ……」

ハーマイオニーは行ってしまった。ラベンダーとパーバティは、すぐさま額（ひたい）を突き合わせ、マクラーゲンについて聞いていたもろもろの話から、ハーマイオニーについて想像していたあらゆることまで、この新しい展開を検討しはじめた。ロンは奇妙に無表情で、なにも言わなかった。ハリーはひとり黙って、女性とは、復讐のためならどこまで深く身を落とすことができるものなのかと、しみじみ考えていた。

その晩、八時にハリーが玄関ホールに行くと、尋常（じんじょう）でない数の女子生徒がうろうろして、ハリーがルーナに近づくのを恨みがましく見つめていた。スパンコールのついた銀色のローブを着ているルーナを見て、その中の何人かがくすくす笑っている。しかし、そのほかは、ルーナはなかなか素敵だった。とにかくハリーは、ルーナがオレンジ色の蕪（かぶ）のイヤリングを着けてもいなければ、バタービールのコルク栓をつないだネックレスも「めらめらメガネ」もかけていないことがうれしかった。

「やあ」ハリーが声をかける。「それじゃ、行こうか？」

「うん」ルーナがうれしそうに答える。「パーティはどこなの?」

「スラグホーンの部屋だよ」

ハリーは、見つめたり陰口をきいたりする群れから離れ、大理石の階段を先に立って上りながら続ける。

「吸血鬼がくる予定だって、君、聞いてる?」

「ルーファス・スクリムジョール?」ルーナが聞き返す。

「僕……えっ?」ハリーは面食らった。「魔法大臣のこと?」

「そう。あの人、吸血鬼なんだ」

ルーナはあたりまえという顔をしている。

「スクリムジョールがコーネリウス・ファッジに代わったときに、パパがとっても長い記事を書いたんだけど、魔法省のだれかが手を回して、パパに発行させないようにしたんだもゝ。もちろん、本当のことが明かされるのがいやだったんだよ!」

ルーファス・スクリムジョールが吸血鬼というのは、まったくありえないと思ったが、ハリーは反論をしなかった。父親の奇妙な見解を、ルーナが事実と信じて受け売りするのには慣れっこになっている。二人はすでに、スラグホーンの部屋のそばまできていた。笑い声や音楽、賑やかな話し声が、一足ごとに大きくなってくる。はじめからそうなっていたのか、それともスラグホーンが魔法でそう見せかけているのか、その部屋はほかの先生の部屋よりずっと広い。天井と壁はエメラルド、紅(くれない)、そして金色の垂れ幕のひだ飾りで優美に覆われ、全員が大きなテントの中にいるような感じがした。中は混み合ってむんむんしている。

天井の中央から凝った装飾を施した金色のランプが下がり、中には本物の妖精が、それぞれにきらびやかな光を放ちながらパタパタ飛び回っている。ランプの赤い光が部屋中を満たしていた。マンドリンのような音に合わせて歌う大きな歌声が、部屋の隅のほうから流れ、年長の魔法戦士が数人話し込んでいるところには、パイプの煙が漂っている。

何人かの屋敷しもべ妖精が、キーキー言いながら客の膝下(ひざした)あたりで動き回っていたが、食べ物を載せた重そうな銀の盆の下に隠されてしまい、まるで小さなテーブルがひとりで動いているように見える。

「これはこれは、ハリー！」

ハリーとルーナが混み合う部屋に入るやいなや、スラグホーンの太い声が響いた。

「さあ、さあ、入ってくれ。君に引き合わせたい人物が大勢いる！」

スラグホーンはゆったりしたビロードの上着を着て、お揃いのビロードの房付き帽子をかぶっていた。一緒に「姿くらまし」したいのかと思うほどがっちりとハリーの腕をつかみ、スラグホーンは、なにか目論見がありそうな様子でハリーをパーティの真っただ中へと導く。ハリーはルーナの手をつかみ、一緒に引っぱっていった。

「ハリー、こちらはわたしの昔の生徒でね、エルドレド・ウォープルだ。『血兄弟――吸血鬼たちとの日々』の著者だ――そして、もちろん、その友人のサングィニだ」

小柄でメガネをかけたウォープルは、ハリーの手をぐいとつかみ、熱烈に握手する。吸血鬼のサングィニは、背が高くやつれていて、眼の下に黒い隈があったが、首を傾けただけだった。かなり退屈している様子だ。興味津々の女子生徒がそのまわりにガヤガヤ群がって、興奮している。

「ハリー・ポッター、喜ばしいかぎりです！」

ウォープルは近眼の目を近づけて、ハリーの顔を覗き込む。

「つい先日、スラグホーン先生にお聞きしたばかりですよ。『我々すべてが待ち望んでいる、ハリー・ポッターの伝記はどこにあるのですか？』とね」

「あ」ハリーが言う。「そうですか？」

「ホラスの言ったとおり、謙虚な人だ！」ウォープルが言う。

「しかし、まじめな話――」

態度ががらりと変わって、急に事務的になる。

「わたくし自身が喜んで書きますがね――みんなが君のことを知りたいと、渇望していますよ。君、渇望ですよ！　なに、二、三回インタビューさせてくれれば、そう、一回につき四、五時間てところですね、そうしたらもう、数か月で本が完成しますよ。君のほうはほとんどなにもしなくていい。お約束しますよ――ご心配なら、ここにいるサングィニに聞いてみて――サングィニ！　ここにいなさい！」

ウォープルが急に厳しい口調になる。吸血鬼は、かなり飢えた目つきで、周囲の女子の群れにじりじり近づいていた。

「さあ、肉入りパイを食べなさい」

そばを通った屋敷しもべ妖精から一つ取って、サングィニの手に押しつけると、ウォープルはまたハリーに向きなおる。

「いやあ、君、どんなにいい金になるか、考えても――」

「まったく興味ありません」

ハリーは、話の途中できっぱり断った。

「それに、友達を見かけたので、失礼します」

ハリーはルーナを引っぱって人込みの中に入っていく。たったいま、長く豊かな栗色の髪が、「妖女シスターズ」のメンバーと思しき二人の間に消えるのを、本当に見かけたのだ。

「ハーマイオニー、ハーマイオニー！」

「ハリー！　ここにいたの。よかった！　こんばんは、ルーナ！」

「なにがあったんだ？」ハリーが聞く。

ハーマイオニーは、「悪魔の罠（わな）」の茂みと格闘して逃れてきたばかりのように、見るからにぐしゃぐしゃだ。

「ああ、逃げてきたところなの――つまり、コーマックを置き去りにしてきたところなのよ」

ハリーが怪訝（けげん）な顔で見つめ続けているので、ハーマイオニーが「ヤドリギの下に」と説明を加えた。

「あいつときた罰だ」ハリーは厳しい口調で言い捨てる。

「ロンが一番いやがると思ったのよ」ハーマイオニーが冷静に答える。「ザカリアス・スミスではどうかと思ったこともちょっとあったけど、全体として考えるとね――」

「スミスなんかも考えたのか？」ハリーはむかつく。

「ええ、そうよ。そっちを選んでおけばよかったと思いはじめてるわ。マクラーゲンて、グロウプでさえ紳士に見えてくるような人。あっちに行きましょう。あいつがこっちにくるのが見えるわ。なにしろ大きいから……」

三人は、途中で蜂蜜酒のゴブレットをすくい取って、部屋の反対側へと移動する。そこに、トレローニー先生がぽつんと立っていることに気づいたときには、すでに遅かった。

「こんばんは」ルーナが、礼儀正しくトレローニー先生に挨拶する。

「おや、こんばんは」

トレローニー先生は、やっとのことでルーナに焦点を合わせる。ハリーはいまもまた、安物の料理用シェリー酒の匂いを嗅いだ。

「あたくしの授業で、最近お見かけしないわね……」

「はい、今年はフィレンツェです」ルーナが答える。

「ああ、そうそう」

トレローニー先生は腹立たしげに、酔っ払いらしい忍び笑いをする。

「あたくしは、むしろ『駄馬さん』とお呼びしますけれどね。あたくしが学校にもどったからには、ダンブルドア校長があんな馬を追い出してしまうだろうと、そう思いませんでしたこと？　でも、ちがう……クラスを分けるなんて……侮辱ですわ、そうですとも、侮辱。ご存知かしら……」

酩酊気味のトレローニー先生には、ルーナのそばにいるハリーの顔も見分けられないようだ。フィレンツェへの激烈な批判を煙幕にして、ハリーはハーマイオニーに顔を近づけて話す。

「はっきりさせておきたいことがある。キーパーの選抜に君が干渉したこと、ロンに話すつもりか?」

ハーマイオニーは眉(まゆ)を吊り上げる。

「私がそこまで卑(いや)しくなると思うの?」

ハリーは見透かすようにハーマイオニーを見た。

「ハーマイオニー、マクラーゲンを誘うことができるくらいなら——」

「それとこれとは別です」

ハーマイオニーは重々しく、しかもきっぱりと断言した。

「キーパーの選抜になにが起こりえたか、起こりえなかったか、ロンにはいっさい言うつもりはないわ」

「そんならいい」ハリーが力強く言う。「なにしろ、もしロンがまたボロボロになったら、次の試合は負ける——」

「クィディッチ!」

ハーマイオニーの声に怒りがこもっている。

「男の子って、それしか頭にないの? コーマックは私のことは一度も聞かないわ。ただの一度も。お聞かせいただいたのは、『コーマック・マクラーゲンのすばらしいセーブ百選』。ノンストップでずーっとよ——あ、いや、こっちにくるわ!」

ハーマイオニーの動きの速さときたら、「姿くらまし」したかのようだ。ここと思えばまたあちら、次の瞬間、ばか笑いしている二人の魔女の間に割り込んで、さっと消えてしまった。

「ハーマイオニーを見なかったか？」

一分後に、人込みをかき分けてやってきたマクラーゲンが聞く。

「いいや」

そう言うなり、ハリーはルーナがだれと話していたかを思い出し、あわててルーナの会話に加わった。

「ハリー・ポッター！」

はじめてハリーの存在に気づいたトレローニー先生が、深いビブラートのかかった声を出す。

「あ、こんばんは」ハリーは気のない挨拶をする。

「まあ、あなた！」

よく聞こえるささやき声で、先生が言う。

「あの噂！　あの話！『選ばれし者』！　もちろん、あたくしには前々からわかっていたことです……ハリー、予兆がよかった例がありませんでした……でも、どうして『占い学』を取らなかったのかしら？　あなたこそ、ほかのだれよりも、この科目が最も重要ですわ！」

「ああ、シビル、我々はみんな、自分の科目こそ最重要と思うものだ！」

大きな声がして、トレローニー先生の横にスラグホーン先生が現れた。真っ赤な顔にビロードの帽子を斜めにかぶり、片手に蜂蜜酒、もう一方の手には大きなミンスパイがにぎられている。

「しかし、『魔法薬学』でこんなに天分のある生徒は、ほかに思い当たらないね！」

スラグホーンは、酔って血走ってはいたが、いとしげなまなざしでハリーを見る。

「なにしろ、直感的で——母親と同じだ！　これほどの才能の持ち主は、数えるほどしか教えたことがない。いや、まったくだよ、シビル——このセブルスでさえ——」

ハリーはぞっとする。スラグホーンが片腕を伸ばしたかと思うと、どこからともなく呼び出したかのように、スネイプをそばに引き寄せた。

「こそこそ隠れずに、セブルス、一緒にやろうじゃないか！」

スラグホーンが楽しげにしゃっくりする。

「たったいま、ハリーが魔法薬の調合に関してずば抜けていると、話していたところだ。もちろん、ある程度君のおかげでもあるな。五年間も教えたのだから！」

両肩をスラグホーンの腕にからめ取られ、スネイプは暗い目を細くして、鉤鼻（かぎばな）の上からハリーを見下ろす。

「おかしいですな。我輩の印象では、ポッターにはまったくなにも教えることができなかったと思うのですが」

「ほう、それでは天性の能力ということだ！」スラグホーンが大声で言いふらす。「最初の授業で、ハリーがわたしに渡してくれた物を見せたかったね。『生ける屍の水薬』――一回目であれほどの物を仕上げた生徒は一人もいない――セブルス、君でさえ――」

「なるほど？」

ハリーを抉るように見たまま、スネイプが静かに言う。ハリーはある種の動揺を感じた。新しく見出された魔法薬の才能の源を、スネイプに調査されることだけは絶対に避けたい。

「ハリー、ほかにはどういう科目を取っておるのだったかね？」スラグホーン先生が聞く。

「闇の魔術に対する防衛術、呪文学、変身術、薬草学……」

「つまり、闇祓いに必要な科目のすべてか」スネイプがせせら笑いを浮かべて言い放つ。

「ええ、まあ、それが僕のなりたいものです」ハリーは挑戦的に受ける。

「それこそ偉大な闇祓いになることだろう！」スラグホーンが太い声を響かせた。

「あんた、闇祓いになるべきじゃないと思うな、ハリー」

ルーナが唐突に口を挟む。みながルーナを見る。

「闇祓いって、ロットファングの陰謀の一部だよ。みんな知っていると思ったけどな。魔法省を内側から倒すために、闇の魔術と歯槽膿漏とか組み合わせて、いろいろやっているんだもン」

ハリーは吹き出して、蜂蜜酒を半分鼻から飲んでしまった。まったく、このためだけにでも、ルーナを連れてきた価値がある。咽せて酒をこぼし、それでもにやにやしながらゴブレットから顔を上げたそのとき、ハリーは、さらに気分を盛り上げるために仕組まれたかのようなものを目にした。ドラコ・マルフォイが、アーガス・フィルチに耳をつかまれ、こちらに引っ張ってこられる。

「スラグホーン先生」

顎を震わせ、飛び出した目に悪戯発見の異常な情熱の光を宿したフィルチが、ゼイゼイ声で報告する。

「こいつが上の階の廊下をうろついているところを見つけました。先生のパーティに招かれたのに、出かけるのが遅れたと主張しています。こいつに招待状をお出しになりましたですか?」

マルフォイは、憤慨した顔でフィルチの手を振り解く。

「ああ、僕は招かれていないとも！」マルフォイが怒ったように言う。「勝手に押しかけようとしていたんだ。これで満足したか？」

「なにが満足なものか！」

言葉とはちぐはぐに、フィルチの顔には歓喜の色が浮かんでいる。

「おまえは大変なことになるぞ。そうだとも！　校長先生がおっしゃらなかったかな？　許可なく夜間にうろつくなと。え、どうだ？」

「かまわんよ、フィルチ、かまわん」

スラグホーンが手を振りながら言う。

「クリスマスだ。パーティにきたいというのは罪ではない。今回だけ、罰することは忘れよう。ドラコ、ここにいてよろしい」

フィルチの憤慨と失望の表情は、完全に予想できたことだ。しかし、マルフォイを見て、なぜ、とハリーは訝った。なぜマルフォイも、ほとんど同じくらい失望したように見えるのだろう？　それに、マルフォイを見るスネイプの顔が、怒っていると同時に、それに……そんなことがありうるのだろうか？……少し恐れているように見えるのはなぜだろう？

しかし、ハリーが目で見たことを心に十分刻む間もなく、フィルチは小声でブツブツつぶやきながら踵を返して歩き去り、マルフォイは笑顔を作ってスラグホーンの寛大さに感謝し、スネイプの顔はふたたび不可解な無表情にもどっていた。

「なんでもない、なんでもない」

スラグホーンは、マルフォイの感謝を手を振っていなした。

「どのみち、君のお祖父さんを知っていたのだし……」

「祖父はいつも先生のことを高く評価していました」

マルフォイがすばやく言う。

「魔法薬にかけては、自分が知っている中で一番だと……」

ハリーはマルフォイをまじまじと見た。なにもおべんちゃらに関心を持ったからではない。マルフォイが、スネイプに対しても同じことをするのをずっと見てきたハリーだ。そんなことでは驚かない。ただただ、マルフォイは本当に病気ではないかと思えたからだ。マルフォイをこんなに間近で見るのはしばらくぶりのこと。目の下に黒い隈ができているし、明らかに顔色が優れない。

「話がある、ドラコ」突然スネイプが言う。

「まあ、まあ、セブルス」スラグホーンがまたしゃっくりする。

「クリスマスだ。あまり厳しくせず……」

「我輩は寮監でしてね。どの程度厳しくするかは、我輩が決めることだ」

スネイプが素気なく言い捨てる。

「ついてこい、ドラコ」

スネイプが先に立ち、二人が去る。マルフォイは恨みがましい顔だった。ハリーは一瞬、心を決めかねて動けなかったが、それからルーナに言った。

「すぐもどるから、ルーナ——えーと——トイレ」

「いいよ」ルーナが朗らかに返事をする。

急いで人込みをかき分けながらハリーは、ルーナがトレローニー先生にロットファングの陰謀話を語り続けるのを、聞いたような気がした。先生はこの話題に真剣に興味を持ったようだ。

パーティからいったん離れてしまえば、廊下にはまったく人気がなかったので、ポケットから「透明マント」を出して身につけるのはたやすいことだった。むしろスネイプとマルフォイを見つけるほうが難しい。ハリーは廊下を走る。足音は、背後のスラグホーンの部屋から流れてくる音楽や、声高な話し声にかき消された。スネイプは、地下の自分の部屋にマルフォイを連れていったのかもしれない……それともスリザリンの談話室まで付き添っていったのか……いずれにせよハリーは、ドアというドアに耳を押しつけながら廊下を疾走した。廊下の一番端の教室に着いて鍵穴にかがみ込んだとき、中から話し声が聞こえたのには心が躍った。

「……ミスは許されないぞ、ドラコ。なぜなら、君が退学になれば——」

「僕はあれにはいっさい関係ない、わかったか?」

「君が我輩(わがはい)に本当のことを話しているのならいいのだが。なにしろあれは、お粗末で愚かしいものだった。すでに君がかかわっているという嫌疑がかかっている」

「だれが疑っているんだ?」マルフォイが怒ったように言い返す。

「もう一度だけ言う。僕はやってない。いいか? あのベルのやつ、だれも知らない敵がいるにちがいない——そんな目で僕を見つめるな! おまえがいまなにをしようとしているのか、僕にはわかっている。ばかじゃないんだから。だけどその手は効かない——僕はおまえを阻止できるんだ!」

一瞬黙った後、スネイプが静かに言う。

「ああ……ベラトリックスおばさんが君に『閉心術』を教えているのか、なるほど。ドラコ、君は自分の主君に対して、どんな考えを隠そうとしているのかね?」

「僕はあの人に対してなにも隠そうとしちゃいない。ただおまえがしゃしゃり出てくるのがいやなんだ!」

ハリーはいちだんと強く鍵穴に耳を押しつける……これまで常に尊敬を示し、好意まで示していたスネイプに対して、マルフォイがこんな口のきき方をするなんて、いったいなにがあったんだろう？

「なれば、そういう理由で今学期は我輩を避けてきたというわけか？　我輩が干渉するのを恐れてか？　わかっているだろうが、我輩の部屋にくるようにと何度言われてもこなかった者は、ドラコ――」

「罰則にすればいいだろう！　ダンブルドアに言いつければいい！」マルフォイが嘲る。

また沈黙が流れた。そしてスネイプが口を開く。

「君にはよくわかっていることと思うが、我輩はそのどちらもするつもりはない」

「それなら、自分の部屋に呼びつけるのはやめたほうがいい！」

「よく聞け」

スネイプの声がいちだんと低くなり、耳をますます強く鍵穴に押しつけないと聞こえない。

「我輩は君を助けようとしているのだ。君を護ると、君の母親に誓った。ドラコ、我輩は『破れぬ誓い』を結んだ――」

「それじゃ、それを破らないといけないみたいだな。なにしろ僕は、おまえの保護なんかいらない！　僕の仕事だ。あの人が僕に与えたんだ。僕がやる。計略があるし、上手くいくんだ。ただ、考えていたより時間がかかっているだけだ！」

「どういう計略だ?」

「おまえの知ったことじゃない!」

「なにをしようとしているのか話してくれれば、我輩が手助けすることも——」

「必要な手助けは全部ある。余計なお世話だ。僕は一人じゃない!」

「今夜は明らかに一人だったな。見張りも援軍もなしに廊下をうろつくとは、愚の骨頂だ。そういうのは初歩的なミスだ——」

「おまえがクラッブとゴイルに罰則を課さなければ、僕と一緒にいるはずだった!」

「声を落とせ!」

スネイプが吐き棄てるように言う。マルフォイの声は興奮で高くなっていた。

「君の友達のクラッブとゴイルが『闇の魔術に対する防衛術』のO・W・Lに今度こそパスするつもりなら、現在より多少まじめに勉強する必要が——」

「それがどうした?」マルフォイが反論する。「『闇の魔術に対する防衛術』——そんなもの全部茶番じゃないか。見せかけの芝居だろう? まるで我々が闇の魔術から身を護る必要があるみたいに——」

「成功のためには不可欠な芝居だぞ、ドラコ!」スネイプが言い募る。

「我輩が演じ方を心得ていなかったら、この長の年月、我輩がどんなに大変なことになっていたと思うのだ? よく聞け! 君は慎重さを欠き、夜間にうろついて捕まった。クラッブやゴイルごときの援助を頼りにしているなら——」

「あいつらだけじゃない。僕にはほかの者もついている。もっと上等なのが！」

「なれば、我輩を信用するのだ。さすれば我輩が——」

「おまえがなにを狙っているか、知っているぞ！　僕の栄光を横取りしたいんだ！」

三度目の沈黙のあと、スネイプが冷ややかに言葉を繰り出す。

「君は子供のようなことを言う。父親が逮捕され収監されたことが、君を動揺させたことはわかる。しかし——」

ハリーは不意を衝かれた。ドアの向こう側にマルフォイの足音が聞こえ、ハリーは飛び退く。そのとたんにドアが開いた。マルフォイが荒々しく廊下に出て、大股にスラグホーンの部屋の前を通り過ぎ、廊下の向こう端を曲がって見えなくなった。

スネイプがゆっくりと中から現れる。ハリーはうずくまったまま、息をつくことさえためらっていた。底のうかがい知れない表情で、スネイプはパーティにもどっていく。ハリーは「マント」に隠れてその場に座り込み、激しく考えをめぐらした。

第16章　冷え冷えとしたクリスマス

「それじゃ、スネイプは援助を申し出ていたのか？　スネイプが？　本当に、あいつに援助を申し出ていたのか？」

「もう一回おんなじことを聞いたら――」ハリーがいらつきながら言う。「この芽キャベツを突っ込むぞ。君の――」

「確かめてるだけだよ！」ロンがあわてる。

二人はウィーズリーおばさんの手伝いで「隠れ穴」の台所の流しに立って、山積みになった芽キャベツの外皮をむいていた。目の前の窓の外には雪が舞っている。

「ああ、スネイプはあいつに援助を申し出ていた！」ハリーが答える。「マルフォイの母親に、あいつを護ると約束したって、『破れぬ約束』とかなんとかだって、そう言ってた」

「『破れぬ誓い』？」ロンがどきっとした顔をする。

「まさか、ありえないよ……確かか？」

「ああ、確かだ」ハリーが断言する。「なんで？　その誓いってなんだ？」

「えー、『破れぬ誓い』は、破れない……」

「あいにくと、それくらいのことは僕にだってわかるさ。それじゃ、破ったらどうなるんだ？」

「死ぬ」ロンの答えは単純だった。

「僕が五つぐらいのとき、フレッドとジョージが、僕にその誓いをさせようとしたんだ。僕、ほとんど誓いかけてさ、フレッドと手をにぎり合ったりとかしてたんだよ。そしたらパパがそれを見つけて、めっちゃ怒った」

ロンは、昔を思い出すような遠い目つきをする。

「パパがママみたいに怒るのを見たのは、そのとき一回こっきりだ。フレッドなんか、尻の左半分がそれ以来なんとなく調子が出ないって言ってる」

「そうか、まあ、フレッドの左の尻は置いといて――」

「なにかおっしゃいましたかね？」

フレッドの声がして、双子が台所に入ってきた。

「あぁぁー、ジョージ、見ろよ。ほら、こいつらナイフなんぞ使ってるぜ。哀れなもんじゃないか」

「あと二か月ちょっとで、僕は十七歳だ」ロンが不機嫌な声で言う。「そしたら、こんなの、魔法でできるんだ！」

「しかしながら、それまでは──」

ジョージが台所の椅子に座り、テーブルに足を載せながらからかう。

「おれたちはこうして高みの見物。君たちが正しいナイフの──うぉっとっと」

「おまえたちのせいだぞ！」

ロンは血の出た親指をなめながら怒る。

「いまに見てろ。十七歳になったら──」

「きっと、これまでその影すらなかった魔法の技で、おれたちをくらくらさせてくださるだろうよ」

フレッドがあくびをする。

「ところで、ロナルドよ。これまで影すらなかった技と言えば──」ジョージが言う。「ジニーから聞いたが、何事だい？　君と若いレディで、名前は──情報にまちがいがなければ──ラベンダー・ブラウンとか？」

ロンは頬をかすかにピンクに染めたが、芽キャベツに視線をもどしたときの顔はまんざらでもなさそうだった。

「関係ないだろ」

「これはスマートな反撃で」フレッドがわざとらしく言う。「そのスマートさをどう解釈すべきか、途方に暮れるよ。いや、なに、おれたちが知りたかったのは……どうしてそんなことが起こったんだってことさ」

「どういう意味だ？」

「その女性は、事故かなにかにあったのか？」

「えっ？」

「あー、いかにしてそれほどの脳障害を受けたのか？　あ、気をつけろ！」

ちょうどウィーズリーおばさんが台所に入ってきて、ロンが芽キャベツ用のナイフをフレッドに投げつけるところを見られてしまった。フレッドは面倒くさそうに杖を振って、それを紙飛行機に変える。

「ロン！」おばさんがかんかんになって大声を出す。「ナイフを投げつけるところなんか、二度と見せないでちょうだい！」

「わかったよ」ロンが言い返す。「見つからないようにするさ」

芽キャベツの山に向きなおりながら、ロンがちょろりとつけ足す。

「フレッド、ジョージ。リーマスが今晩やってくるの。それで、二人には悪いんだけどね、ビルをあなたたちの部屋に押し込まないと」

「かまわないよ」ジョージがうなずく。

「それで、チャーリーは帰ってこないから、ハリーとロンが屋根裏部屋。それから、フラーとジニーが一緒の部屋になれば──」

「そいつぁ、ジニーにとっちゃ、メリー・クリスマスだ」フレッドがつぶやく。

「──それでみんなくつろげるでしょう。まあ、とにかく全員寝るところだけはあるわ」

「じゃあ、パーシーが仏頂面をぶら下げてこないことだけは、確実なんだね？」

フレッドが聞く。

ウィーズリーおばさんは、答える前に背を向ける。

「ええ、あの子は、きっと忙しいのよ。魔法省で」

「さもなきゃ、世界一のまぬけだ」

ウィーズリーおばさんが台所を出ていくときに、フレッドが言い捨てる。

「そのどっちかさ。さあ、それじゃ、ジョージ、出かけるとするか」

「えっ、二人とも、なにをするつもりなんだ？」ロンがあわてて聞く。「芽キャベツむくの、手伝ってくれないのか？　ちょっと杖を使ってくれたら、僕たちも自由になれるぞ！」

「いや、そのようなことは、できませんね」フレッドがまじめな口調で答える。「魔法を使わずに芽キャベツのむき方を学習することは、人格形成に役立つ。マグルやスクイブの苦労を理解できるようになる——」

「それに、ロン、助けて欲しいときには——」

ジョージが紙飛行機をロンに投げ返しながら言い足す。

「ナイフを投げつけたりはしないものだ。後学のために言っておきますがね。おれたちは村に行く。雑貨屋にかわいい娘が働いていて、おれのトランプ手品がすんばらしいと思っているわけだ……まるで魔法みたいだとね……」

「くそっ、あいつら」

フレッドとジョージが雪深い中庭を横切って出ていくのを見ながら、ロンが険悪な声で言う。

「あの二人なら十秒もかからないんだぜ。そしたら僕たちも出かけられるのに」

「僕は行けない」ハリーが答える。「ここにいる間は出歩かないって、ダンブルドアに約束したんだ」

「ああ、そう」ロンが短くこの話題を打ち切る。

芽キャベツを二、三個むいてから、またロンが聞いてくる。

「君が聞いたスネイプとマルフォイの言い争いのこと、ダンブルドアに言うつもりか?」

「うん」ハリーが答えた。「やめさせることができる人なら、だれにだって言うよ。しかも、ダンブルドアはその筆頭だからね。君のパパにも、もう一度話をするかもしれない」

「だけど、マルフォイが実際になにをやっているのかってことを聞かなかったのは、残念だ」

「聞けたはずがないんだ。そうだろ？　そこが肝心なんだ。マルフォイはスネイプに話すのを拒んでいたんだから」

二人はしばらく黙り込んだが、やがてまたロンが切り出した。

「みんながなんて言うか、もち、君にはわかってるよな？　パパもダンブルドアもみんなも？　スネイプは、実はマルフォイを助けるつもりがない。ただ、マルフォイの企みを聞き出そうとしただけだって」

「スネイプの言い方を聞いてないからだ」ハリーが断言する。「どんな役者だって、たとえスネイプでも、演技でああはできない」

「ああ……一応言ってみただけさ」ロンが言う。

ハリーは顔をしかめてロンを見る。

「だけど、君は、僕が正しいと思ってるだろ？」

「ああ、もちろんだとも！」ロンがあわてて答えた。

「そう思う、ほんと！　だけど、みんなは、スネイプが騎士団の団員だって、そう信じてるだろ？」

ハリーは答えなかった。ハリーの新しい証拠に対して、真っ先にそういう反論が出てきそうだとは、とっくにハリーも考えていた。今度はハーマイオニーの声が聞こえてくる。

「ハリー、当然、スネイプは、援助を申し出るふりをしたんだわ。なにを企んでいるのかマルフォイにしゃべらせようという計略よ……」

しかし、この声はハリーの想像にすぎない。ハーマイオニーには、立ち聞きの内容を教える機会がなかったのだから。ハリーがスラグホーンのパーティにもどったときには、ハーマイオニーはとっくに会場から消えたということを、不機嫌そのもののマクラーゲンから聞かされた。談話室にハリーが帰ったときには、ハーマイオニーはもう寮の寝室にもどってしまっていた。翌日の朝早くロンと二人で「隠れ穴」に出発する際も、「メリー・クリスマス」と声をかけ、休暇からもどったら重要なニュースがあると告げるのがやっとだった。それでさえ、ハーマイオニーに聞こえていたかどうか、定かではない。ちょうどそのときハリーの後ろで、ロンとラベンダーが完全に無言のさよならを交わしていたから。

それでも、ハーマイオニーでさえ否定できないことが一つある。マルフォイは絶対になにか企んでいる。そしてスネイプはそれを知っている。だから、ロンにはもう何度も言った台詞だが、ハリーは、「僕の言ったとおりだろ」と当然言えるのだ。

魔法省で長時間仕事をしていたウィーズリーおじさんとハリーが話をする機会もないまま、クリスマス・イブがやってきた。ジニーが豪勢に飾り立てて、紙鎖が爆発したような賑やかな居間に、ウィーズリー一家と来客たちが座っていた。フレッド、ジョージ、ハリー、ロンの四人だけが、クリスマスツリーのてっぺんに飾られた天使の正体を知っている。実は、クリスマス・ディナー用のにんじんを引き抜いているフレッドの踵に咬みついた庭小人なのだ。失神呪文をかけられて金色に塗られた上、ミニチュアのチュチュに押し込まれ、背中に小さな羽根を接着されて上から全員を睨みつけている。ジャガイモのように大きな禿げ頭に脛毛のかなり毛深いその姿は、ハリーがこれまで見た中で最も醜い天使だ。

大きな木製のラジオから、クリスマス番組で歌う、ウィーズリーおばさんご贔屓の歌手、セレスティナ・ワーベックのわななくような歌声が流れている。全員でその歌を聞くはずだったが、フラーは退屈だと思ったらしく、隅のほうで大声で話している。ウィーズリーおばさんは、苦々しい顔で何度も杖をボリュームのつまみに向け、セレスティナの歌声はそのたびに大きくなる。「大鍋は灼熱の恋にあふれ」のかなり賑やかなジャズの音に隠れて、フレッドとジョージは、ジニーと爆発スナップゲームを始めている。ロンはなにかラベンダーとの間のヒントになるようなものはないかと、ビルとフラーにちらちら目を走らせていた。一方、以前よりやせてみすぼらしい姿のリーマス・ルーピンは、暖炉のそばに座って、セレスティナの声など聞こえないかのように、じっと炎を見つめている。

♪ああ、わたしの大鍋を混ぜてちょうだい
　ちゃんと混ぜてちょうだいね
　煮えたぎる愛は強烈よ
　今夜はあなたを熱くするわ

「十八歳のときに、私たちこの曲で踊ったの！」編み物で目を拭いながら、ウィーズリーおばさんが言う。

「あなた、憶えてらっしゃる？」

「むふにゃ？」

みかんの皮をむきながら、こっくりこっくりしていたおじさんが返事をする。

「ああ、そうだね……すばらしい曲だ……」

おじさんは気を取りなおして背筋を伸ばし、隣に座っていたハリーに顔を向けた。

「すまんね」おじさんは、ラジオのほうをぐいと顎で指しながら言う。セレスティナの歌が大コーラスになっていた。「もうすぐ終わるから」

「大丈夫ですよ」ハリーはにやっとする。「魔法省では忙しかったんですか？」

「実に――」おじさんが眉をひそめながら言う。「実績が上がっているなら忙しくてもかまわんのだがね。この二、三か月の間に逮捕までいたったのは三件だが、本物の『死喰い人』が一件でもあったかどうか疑わしい――ハリー、これは他言無用だよ」

おじさんは急に目が覚めたように、急いでつけ加える。

「まだ、スタン・シャンパイクを拘束してるんじゃないでしょうね？」ハリーがたずねた。

「残念ながら」おじさんが答える。「ダンブルドアがスタンのことで、スクリムジョールに直接抗議しようとしたのは知っているんだが……まあ、実際にスタンの面接をした者は全員、スタンが『死喰い人』なら、このみかんだってそうだという意見で一致する……しかし、トップの連中は、なにか進展があると見せかけたい。『三件逮捕』と言ったほうが『三件誤認逮捕して釈放』より聞こえがいい……くどいようだが、これもまた極秘でね……」

「なんにも言いません」ハリーはしばらくの間、考えを整理しながらどうやって切り出したものかと迷っていた。セレスティナ・ワーベックが「あなたの魔力がわたしのハートを盗んだ」というバラードを歌い出す。

「ウィーズリーおじさん、学校に出発するとき駅で僕がお話ししたこと、憶えていらっしゃいますね？」

「ハリー、調べてみたよ」おじさんが即座に答えた。

「私が出向いて、マルフォイ宅を捜索した。なにも出てこなかった。壊れた物もまともな物も含めて、場違いな物はなにもなかった」

「ええ、知っています。『日刊予言者』で、おじさんが捜索したことを読みました……でも、今度はちょっとちがうんです……そう、別のことです……」

そしてハリーは、立ち聞きしたマルフォイとスネイプの会話の内容を、おじさんにすべて話して聞かせた。話しながらハリーは、少しこちらに体を向けて一言も漏らさずに聞いているルーピンに気づいた。話し終わったとき、沈黙が訪れた。セレスティナのささやくような歌声だけが聞こえる。

♪ああ、かわいそうなわたしのハート　どこへ行ったの？
　魔法にかかって　わたしを離れたの……

「こうは思わないかね、ハリー」案の定、おじさんが言い出す。「スネイプはただ、そういうふりを──」

「援助を申し出るふりをして、マルフォイの企みを聞き出そうとした？」

ハリーは早口に遮った。

「ええ、そうおっしゃるだろうと思いました。でも、僕たちにはどっちだか判断できないでしょう？」

「私たちは判断する必要がないんだ」

ルーピンが意外な発言をする。ルーピンは、今度は暖炉に背を向けて、おじさんを挟んでハリーと向かい合っている。

「それはダンブルドアの役目だ。ダンブルドアがセブルスを信用している。それだけで我々にとっては十分なのだ」

「でも──」納得できず、ハリーは反論する。

「たとえば──たとえばだけど、スネイプのことでダンブルドアがまちがっていたら──」

「みんなそう言った。何度もね。結局、ダンブルドアの判断を信じるかどうかだ。私は信じる。だから私はセブルスを信じる」

「でも、ダンブルドアだって、まちがいはある」ハリーも譲らない。「ダンブルドア自身がそう言った。それに、ルーピンは──」

ハリーはまっすぐにルーピンの目を見つめた。

「——ほんとのこと言って、スネイプが好きなの？」

「セブルスが好きなわけでも嫌いなわけでもない」ルーピンが言う。「いや、ハリー、これは本当のことだよ」

ハリーが疑わしげな顔をしたので、ルーピンが言葉をつけ加えた。

「ジェームズ、シリウス、セブルスの間に、あれだけいろいろなことがあった以上、おそらくけっして親友にはなれないだろう。あまりに苦々しさが残る。しかし、ホグワーツで教えた一年間のことを、私は忘れていない。セブルスは毎月、トリカブト系の脱狼薬を煎じてくれた。完璧なものをね。おかげで私は、満月のときのいつもの苦しみを味わわずにすんだ」

「だけどあいつ、ルーピンが狼人間だって〝偶然〟漏らして、ルーピンが学校を去らなければならないようにしたじゃないか！」ハリーは憤慨する。

ルーピンは肩をすくめる。

「どうせ漏れることだったんだよ。セブルスが私の職を欲っしていたことは確かだが、薬に細工すれば、私にもっとひどいダメージを与えることもできた。スネイプは私を健全に保ってくれた。それには感謝すべきだ」

「きっと、ダンブルドアの目が光っているところで薬に細工するなんて、できやしなかったんだ！」ハリーが言い張る。「君はあくまでもセブルスを憎みたいんだね、ハリー」ルーピンはかすかに笑みを漏らす。

「私には理解できる。父親がジェームズで、名付け親がシリウスなのだから、君は古い偏見を受け継いでいるわけだ。もちろん君は、アーサーや私に話したことを、ダンブルドアに話せばいい。ただ、ダンブルドアが君と同じ意見を持つと期待はしないことだね。それに、君の話を聞いてダンブルドアが驚くだろうという期待も持たないことだ。セブルスはダンブルドアの命を受けて、ドラコに質問したのかもしれない」

♪……あなたが裂いた　わたしのハートを
返して、返して、わたしのハートを！

セレスティナはかん高い音を長々と引き伸ばして歌い終え、ラジオから割れるような拍手が聞こえてくる。ウィーズリーおばさんも夢中で拍手している。

「終わりましたか？」フラーが大きな声で言う。「ああ、よかった。なんてひどい歌――！」

「それじゃ、寝酒に一杯飲もうか？」ウィーズリーおじさんが、フラーの声をかき消すように声を張り上げながら、勢いよく立ち上がる。「エッグノッグが欲しい人？」

「最近はなにをしてるの？」

おじさんが急いでエッグノッグを取りにいき、みなが伸びをしてそれぞれに会話を始めたところで、ハリーはルーピンに聞いた。

「ああ、地下に潜っている」ルーピンが答える。

「ほとんど文字どおりね。だから、ハリー、手紙が書けなかったんだ。君に手紙を出すこと自体、正体をばらすことになる」

「どういうこと？」

「仲間と一緒に棲んでいる。同類とね」ルーピンが意味あり気に言う。

ハリーがわからない顔をしたので、ルーピンがつけ加える。「狼人間とだよ」

「ほとんど全員がヴォルデモート側でね。ダンブルドアがスパイを必要としていたし、わたしは……おあつらえ向きだ」

声に少し皮肉な響きがある。自分でもそれに気づいたのか、ルーピンはやや温かくほほえみながら言葉を続けた。

「不平を言っているわけではないんだよ。必要な仕事だし、私ほどその仕事にふさわしい者はいないだろう？　ただ、連中の信用を得るのは難しい。私が魔法使いのただ中で生きようとしてきたことは、まあ、隠しようもない。ところが連中は通常の社会を避け、その周辺で生きてきた。盗んだり――ときには殺したり――食っていくためにね」

「どうして連中はヴォルデモートが好きなの?」

「あの人の支配なら、自分たちは、もっとましな生活ができると考えている」

ルーピンが言う。

「グレイバックがいるかぎり、反論するのは難しい」

「グレイバックって、だれ?」

「聞いたことがないのか?」

ルーピンは、発作的に膝の上で拳をにぎりしめた。

「フェンリール・グレイバックは、現在生きている狼人間の中で、おそらく最も残忍なやつだ。できるだけ多くの人間を咬み、汚染することを自分の使命だと考えている。魔法使いを打ち負かすのに十分な数の狼人間を作り出したいというわけだ。ヴォルデモートは、自分に仕えれば代わりに獲物を与えると約束した。グレイバックは子供専門でね……若いうちに咬め、とやつは言う。そして親から引き離して育て、普通の魔法使いを憎むように育て上げる。ヴォルデモートは、息子や娘たちをグレイバックに襲わせるぞ、と言って魔法使いたちを脅すのだ。そういう脅しは、一般的に効き目があるものなんだ」

ルーピンは、一瞬、間を置いて言葉を続ける。

「私を咬んだのがグレイバックだ」

「えっ？」ハリーは驚いた。「それ――それじゃ、ルーピンが子供のときなの？」

「そうだ。父がグレイバックを怒らせてね。私を襲った狼人間がだれなのか、私は長いこと知らなかった。変身するのがどんな気持ちなのかがわかってからは、きっと自分を制し切れなかったのだろうと、その狼人間を哀れにさえ思ったものだ。しかし、グレイバックはちがう。満月の夜、やつは確実に襲えるようにと、獲物の近くに身を置く。すべて計画的なのだ。そして、ヴォルデモートが狼人間を操るのに使っているのが、この男なのだ。虚勢を張ってもしかたがないから言うが、狼人間は人の血を流す権利があり、普通のやつらに復讐しなければならないとグレイバックが力説する前では、私流の理性的な議論など大して力がないんだ」

「でも、ルーピンは普通の魔法使いだ！」ハリーは強い口調で言い切る。「ただ、ちょっと――問題を抱えているだけだ」

ルーピンが突然笑い出した。

「君のおかげで、ずいぶんとジェームズのことを思い出すよ。まわりにだれかがいると、ジェームズはよく、私が『ふわふわした小さな問題』を抱えていると言ったものだ。行儀の悪い兎でも私が飼っているのだろうと思った人が大勢いたよ」

ルーピンは、ありがとうと言って、ウィーズリーおじさんからエッグノッグのグラスを受け取り、少し元気が出たように見える。一方ハリーは、急に興奮を感じた。父親のことが話題に出たとたん、以前からルーピンに聞きたいことがあったのを思い出したのだ。

「『半純血(はんじゅんけつ)のプリンス』って呼ばれていた人のこと、聞いたことがある？」

「『半純血の』なんだって？」

「『プリンス』だよ」

思い当たるような様子をしないかと、ハリーはルーピンをじっと見つめた。

「魔法界に王子はいない」ルーピンがほほえみながら返す。

「そういう肩書きをつけようと思っているのかい？　『選ばれし者』で十分だと思うが？」

「僕とはなんの関係もないよ！」ハリーは憤慨する。「『半純血のプリンス』というのは、ホグワーツにいたことのあるだれかで、その人の古い魔法薬の教科書を、僕が持っているんだ。それにびっしり呪文が書き込んであって、その人が自分で発明した呪文なんだ。呪文の一つが『レビコーパス、身体浮上』――」

「ああ、その呪文は私の学生時代に大流行だった」

ルーピンが思い出にふけるように言う。

「五年生のとき、二、三か月の間、ちょっと動くとたちまち足首から吊り下げられてしまうような時期があったんだ」

「父さんがそれを使った」ハリーが言う。「『憂いの篩』で、父さんが、スネイプにその呪文を使うのを見たよ」

ハリーは、大して意味のない、さりげない言葉に聞こえるよう気楽に言おうとしたが、そういう効果が出たかどうか自信がない。ルーピンは、すべてお見通しのようなほほえみ方をする。

「そうだね」ルーピンが優しく言い聞かせる。

「しかし、君の父さんだけじゃない。いま言ったように、大流行していた……呪文にも流行り廃りがあるものだ……」

「でも、その呪文は、ルーピンの学生時代に発明されたものみたいなんだけど」

ハリーは食い下がる。

「そうとはかぎらない」ルーピンがすぐさま否定した。「呪文もほかのものと同じで、流行がある」

ルーピンはハリーの顔をじっと見てから、静かに言う。

「ハリー、ジェームズは純血だったよ。それに、君に請け合うが、私たちに『プリンス』と呼ばせたことはない」

ハリーは遠回しな言い方をやめた。

「それじゃ、シリウスはどう？　もしかしてルーピンじゃない？」

「絶対にちがう」

「そう」ハリーは暖炉の火を見つめる。「もしかしたらって思ったんだ――あのね、魔法薬の授業で、僕、ずいぶん助けられたんだ。そのプリンスに」

「ハリー、どのくらい古い本なんだね？」

「さあ、調べたことがない」

「うん、そのプリンスがいつごろホグワーツにいたのか、それでヒントがつかめるかもしれないよ」ルーピンが言った。

それからしばらくして、フラーがセレスティナの「大鍋は灼熱の恋にあふれ」の歌い方をまねしはじめた。それが合図になり、全員がウィーズリーおばさんの表情をちらりと見たとたん、もう寝る時間がきたと悟った。ハリーとロンは、一番上にある屋根裏部屋のロンの寝室まで上っていく。そこには、ハリーのために簡易ベッドが準備されていた。

ロンはほとんどすぐ眠り込んだが、ハリーは、ベッドに入る前にトランクの中を探って『上級魔法薬』の本を引っぱり出した。あっちこっちページをめくって、ようやく最初のページにある発行日を見つけた。五十年ほど前だ。ハリーの父親もその友達も、五十年前にはホグワーツにはいない。ハリーはがっかりして、本をトランクに投げ返し、ランプを消して横になった。狼人間、スネイプ、スタン・シャンパイク、「半純血（はんじゅんけつ）のプリンス」のことなどを考えながら、やっと眠りに落ちたはいいが、今度は夢にうなされる。這（は）いずり回る黒い影、咬（か）まれた子供の泣き声……。

「あいつ、なにを考えてるんだか……」

ハリーはびくっとして目を覚ました。ベッドの端にふくれた靴下が置いてあるのが見える。メガネをかけて振り向くと、小さな窓はほとんど一面雪で覆われ、窓の前のベッドには上半身を直角に起こしたロンがいる。太い金鎖のような物を、まじまじと眺めている。

「それ、なんだい？」ハリーが聞く。

「ラベンダーから」ロンはむかついたように答える。

「こんな物、僕が使うと、あいつ本気でそう……」

目を凝らしてよく見たとたん、ハリーは大声で笑い出した。鎖から大きな金文字がぶら下がっている。

〝私の――愛しい――ひと〟

「いいねえ」ハリーが思いっ切りからかう。「粋だよ。絶対首にかけるべきだよ。フレッドとジョージの前で」

「あいつらに言ったら――」

ロンはペンダントを枕の下に突っ込んで、見えないようにする。

「僕――僕――僕は――」

「言葉がつっかえる？」ハリーはにやにやしながら言う。「ばかなこと言うなよ。僕が言いふらすとでも思うのか？」

「だけどさ、僕がこんなものが欲しいなんて、なんでそんなこと考えつくんだ？」

ロンはショック顔で、ひとり言のように疑問をぶつける。

「よく思い出してみろよ」ハリーが言う。

「うっかりそんなことを言わなかったか？『私の愛しいひと』っていう文字を首からぶら下げて人前に出たい、なんてさ」

「んー……僕たちあんまり話をしないんだ」ロンが答えた。「だいたいが……」

「くっついてる」ハリーが引き取って言う。

「ああ、まあね」そう答えてから、ロンはちょっと迷いながら聞いてくる。「ハーマイオニーは、ほんとにマクラーゲンと付き合ってるのか？」

「さあね」ハリーが答えた。「スラグホーンのパーティで二人一緒だったけど、そんなに上手（うま）くいかなかったと思うな」

ロンは少し元気になって、靴下の奥のほうを探る。

ハリーのもらった物は、大きな金のスニッチが前に編み込んであるウィーズリーおばさんの手編みセーター、双子からウィーズリー・ウィザード・ウィーズの商品が入った大きな箱、それに、ちょっと湿っぽくてかび臭い包みのラベルには、「ご主人様へ　クリーチャーより」と書いてある。

ハリーは目をみはった。

「これ、開けても大丈夫かな？」ハリーが聞く。

「危険な物じゃないだろ。郵便はまだ全部、魔法省が調べてるから」

そう答えながらも、ロンは怪しいぞという目で包みを見ている。

「僕、クリーチャーになにかやるなんて、考えつかなかった！　普通、屋敷しもべ妖精にクリスマス・プレゼントを贈るものなのか？」ハリーは包みを慎重に突つきながら聞く。

「ハーマイオニーならね」ロンが答える。「だけど、まず見てみろよ。反省はそれからだ」

次の瞬間、ハリーはさけび声を上げて簡易ベッドから飛び降りていた。包みの中には、蛆虫(うじむし)がごっそり入っている。

「いいねえ」ロンは大声で笑う。「思いやりがあるよ」

「ペンダントよりはましだろ」ハリーの一言で、ロンはたちまち興ざめした。

クリスマス・ランチの席に着いた全員が――フラーとおばさん以外は――新しいセーターを着ていた（ウィーズリーおばさんは、どうやら、フラーのために一着むだにする気はなかったらしい）。おばさんは、小さな星のように輝くダイヤがちりばめられた、濃紺の真新しい三角帽子をかぶり、見事な金のネックレスを着けている。

「フレッドとジョージがくれたの！　きれいでしょう？」

「ああ、ママ、おれたちますますママに感謝してるんだ。なんせ、自分たちでソックスを洗わなくちゃなんねえもんな」

ジョージが、気楽に手を振りながら言う。

「リーマス、パースニップはどうだい？」

「ハリー、髪の毛に蛆虫がついてるわよ」

ジニーが愉快そうにそう言いながら、テーブルの向こうから身を乗り出して蛆虫(うじむし)を取ってくれた。ハリーは首筋に鳥肌が立つのを感じたが、それは蛆虫とはなんの関係もなかった。

「ああ、いどいわ」フラーは気取って小さく肩をすぼめる。

「ほんとにひどいよね？」ロンはフラーの機嫌を取る。「フラー、ソースはどう？」フラーの皿にソースをかけてやろうと意気込みすぎて、ロンはソース入れをたたき飛ばしてしまった。ビルが杖を振ると、ソースは宙に浮き上がり、おとなしくソース入れにもどる。

「あなたはあのトンクスと同じでーす」ビルにお礼のキスをしたあと、フラーがロンに言う。「あのいと、いつもぶつかって――」

「あのかわいいトンクスを、今日招待したのだけど――」ウィーズリーおばさんは、やけに力を入れてにんじんをテーブルに置きながら、フラーを睨みつけた。「でもこないのよ。リーマス、最近あの娘と話をした？」

「いや、私はだれともあまり接触していない」ルーピンが答える。「しかし、トンクスは一緒に過ごす家族がいるのじゃないか？」

「ふむむ」おばさんが言う。「そうかもしれないわ。でも、私は、あの娘がひとりでクリスマスを過ごすつもりだという気がしてましたけどね」

おばさんは、トンクスでなくフラーが嫁にくるのはルーピンのせいだとでも言うように、ちょっと怒った目つきでルーピンを見る。しかし、テーブルの向こうで、フラーが自分のフォークでビルに七面鳥肉を食べさせているのをちらりと見たハリーは、おばさんはとっくに勝ち目のなくなった戦いを挑んでいると思った。同時に、トンクスに関して聞きたいことがあったのを、ハリーは思い出す。守護霊(しゅごれい)のことはなんでも知っているルーピンこそ、聞く相手としては不足がない

「トンクスの守護霊の形が変化したんだ」ハリーがルーピンに話しかける。「少なくとも、スネイプがそう言ってたよ。そんなことが起こるとは知らなかったな。守護霊は、どうして変わるの?」

ルーピンは七面鳥をゆっくりと噛(か)んで飲み込んでから、考え込むように話した。

「ときにはだがね……強い衝撃とか……精神的な動揺とか……」

「大きかった。足が四本あった」

ハリーは急にあることを思いついて愕然(がくぜん)とし、声を落とした。

「あれっ……もしかしてあれは――?」

「アーサー!」

ウィーズリーおばさんが突然声を上げた。椅子から立ち上がり、胸に手を当てて、台所の窓から外を見つめている。

「あなた――パーシーだわ!」

「なっ、なんだって?」

ウィーズリーおじさんが振り返る。全員が急いで窓に目を向け、ジニーはよく見ようと立ち上がった。たしかに、そこにパーシー・ウィーズリーの姿がある。雪の積もった中庭を、角縁メガネを陽の光にキラキラさせながら、大股でやってくる。しかし、一人ではなかった。

「アーサー、大臣と一緒だわ!」

そのとおりだった。ハリーが「日刊予言者新聞」で見た顔が、少し足を引きずりながらパーシーのあとを歩いてくる。白髪交じりのたてがみのような髪にも黒いマントにも、あちこちに雪がついている。だれも口をきかず、おじさんとおばさんが雷に撃たれたように顔を見合わせたとたん、裏口の戸が開き、パーシーがそこに立っていた。

沈黙に痛みが走った。そして、パーシーが硬い声で挨拶する。

「お母さん、メリー・クリスマス」

「ああ、パーシー!」ウィーズリーおばさんはパーシーの腕の中に飛び込む。

ルーファス・スクリムジョールは、ステッキにすがって戸口に佇み、ほほえみながらこの心温まる情景を眺めている。

「突然お邪魔しまして、申し訳ありません」

ウィーズリーおばさんが目をこすりながらにっこりと振り返ったとき、おもむろに大臣が挨拶をした。

「パーシーと二人で近くまで参りましてね——ええ、仕事ですよ——すると、パーシーが、どうしても立ち寄って、みんなに会いたいと言い出しましてね」

しかしパーシーは、ほかの家族に対しては挨拶したい様子など微塵も見せてはいない。背中に定規を当てたように突っ立ったまま、気詰まりな様子で、みなの頭の上のほうを見つめている。ウィーズリーおじさん、フレッド、ジョージの三人は、硬い表情でパーシーを眺めていた。

「どうぞ、大臣、中へお入りになって、お座りください！」

ウィーズリーおばさんは帽子をなおしながら、そわそわする。

「どうぞ、お召し上がりくださいな。八面鳥とか、プディンゴとか……えーと——」

「いや、いや、モリーさん」スクリムジョールが言う。

ここにくる前に、パーシーからおばさんの名前を聞き出していたのだろうと、ハリーは推測する。

「お邪魔したくありませんのでね。パーシーが、みなさんにどうしても会いたいと騒がなければ、くることはなかったのですが……」

「ああ、パース！」ウィーズリーおばさんは涙声になり、背伸びしてパーシーにキスをした。

「……ほんの五分ほどお寄りしただけです。みなさんがパーシーと積もる話をなさっている間に、私は庭を散歩していますよ。いや、いや、本当にお邪魔したくありません！　さて、どなたかこのきれいな庭を案内してくださいませんかね……ああ、そちらのお若い方は食事を終えられたようで、ご一緒に散歩はいかがですか？」

食卓の雰囲気が、見る見る変わった。全員の目が、スクリムジョールからハリーへと移る。スクリムジョールがハリーを知らないふりをしたって、だれも信じない。さらに、ハリーが大臣の散歩のお供に選ばれたことも、ジニーやフラー、ジョージの皿だって空っぽだったことを考えると不自然この上ない。

「ええ、いいですよ」沈黙の真っただ中で、ハリーが受ける。

ハリーはだまされてはいない。スクリムジョールが、たまたま近くまできたとか、パーシーが家族に会いたがったとか、いろいろ言っても、二人がやってきた本当の理由はこれにちがいない。スクリムジョールは、ハリーと差しで話したかったのだ。

「大丈夫」

椅子から腰を半分浮かすルーピンのそばを通りながら、ハリーが声をかける。

「大丈夫」

ウィーズリーおじさんがなにか言いかけるのを制して、ハリーは繰り返す。

「結構！」

スクリムジョールは身を引いてハリーを先に通し、裏口の戸から外に出す。

「庭を一回りして、それからパーシーと私はお暇します。どうぞみなさん、続けてください！」

ハリーは中庭を横切り、雪に覆われた草ぼうぼうのウィーズリー家の庭に向かった。スクリムジョールは足を少し引きずりながら並んで歩く。この人が、闇祓い局の局長だったことを、ハリーは知っている。頑健で歴戦の傷痕を持つにちがいないこの男は、山高帽に肥満体のファッジとはちがっている。

「きれいだ」

庭の垣根のところで立ち止まり、雪に覆われた芝生や、なんだかわからない草木を見渡しながら、スクリムジョールが言葉に出す。

「きれいだ」

ハリーはなにも言わなかった。スクリムジョールが自分を見ているのはわかっている。

「ずいぶん前から君に会いたかった」しばらくしてスクリムジョールが切り出した。「そのことを知っていたかね？」

「いいえ」ハリーは本当のことを言う。

「実はそうなのだよ。ずいぶん前から。しかし、ダンブルドアが君をしっかり保護していてね」スクリムジョールが続ける。

「当然だ。もちろん、当然だ。君はこれまでいろいろな目にあってきたし……とくに魔法省での出来事のあとだ……」

スクリムジョールはハリーがなにか言うのを待っていたが、ハリーがその期待に応えないので、さらに話を続けた。

「大臣職に就いて以来ずっと、君と話をする機会を望んでいたのだが、ダンブルドアが――いま言ったように、事情はよくわかるのだが――それを妨げていた」

ハリーはそれでもなにも言わず、待っていた。

「噂が飛び交っている！」スクリムジョールが言う。「まあ、当然、こういう話には尾ひれがつくものだということは、君も私も知っている……予言のささやきだとか……君が『選ばれし者』だとか……」

話が核心に近づいてきた。スクリムジョールがここにきた理由だ。

「……ダンブルドアはこういうことについて、君と話し合ったのだろうね？」

嘘をつくべきかどうか、ハリーは慎重に考えた。花壇のあちこちに残っている庭小人の小さな足跡や、踏みつけられた庭の一角に目をやる。クリスマスツリーのてっぺんでチュチュを着ている庭小人を、フレッドが捕まえた場所だ。しばらくして、ハリーは本当のことを言おうと決めた……またはその一部を。

「ええ、話し合いました」

「そうか、そうか……」

そう言いながら、スクリムジョールが探るように目を細めてハリーを見ているのを、ハリーは目の端で捕える。そこでハリーは、凍った石楠花（しゃくなげ）の下から頭を突き出した庭小人（にわこびと）に興味を持ったふりをした。

「それで、ハリー、ダンブルドアは君になにを話したのかね？」

「すみませんが、それは二人だけの話です」ハリーが答える。

ハリーはできるだけ心地よい声で話そうとし、一方、スクリムジョールも、軽い、親しげな調子でこう返した。

「ああ、もちろんだ。秘密なら、君に明かして欲しいとは思わない……いや、いや……それに、いずれにしても、君が『選ばれし者』であろうとなかろうと、大した問題ではないだろう？」

ハリーは答える前に、一瞬考え込んでしまう。

「大臣、おっしゃっていることがよくわかりません」

「まあ、もちろん、君にとっては、大した問題だろうがね」

スクリムジョールが笑いながら言う。

「しかし魔法界全体にとっては……すべて認識の問題だろう？　重要なのは、人々がなにを信じるかだ」

ハリーは口を閉じた。話がどこに向かっているか、ハリーはうっすらと先が見えたような気がする。しかし、スクリムジョールがそこにたどり着くのを助けるつもりはない。石楠花の下の庭小人が、ミミズを探して根元を掘りはじめる。ハリーはそこから目を離さなかった。

「人々は、まあ、君が本当に『選ばれし者』だと信じている」

スクリムジョールは、なおも続ける。

「君がまさに英雄だと思っている――それは、もちろん、ハリー、そのとおりだ。選ばれていようがいなかろうが！『名前を言ってはいけないあの人』と、いったい君は何度対決しただろう？　まあ、とにかく――」

スクリムジョールは返事を待たずに先に進める。

「要するに、ハリー、君は多くの人にとって、希望の象徴なのだ。『名前を言ってはいけないあの人』を破滅させることができるかもしれないだれかが、そう運命づけられているかもしれないだれかがいるということが――まあ、当然だが、人々を元気づける。そして、君がいったんそのことに気づけば、魔法省と協力して、人々の気持ちを高揚させることが、君の、そう、ほとんど義務だと考えるようになるだろうと、私はそう思わざるをえない」

庭小人がミミズを一匹、なんとか捕まえたところだ。凍った土からミミズを抜き出そうと、今度は力一杯引っぱっている。ハリーがあんまり長い時間黙っているので、スクリムジョールはハリーから庭小人に視線を移しながら言った。

「ちんちくりんな生き物だね？　ところで、ハリー、どうかね？」

「なにがお望みなのか、僕にはよくわかりません」ハリーが考えながら言葉を発した。『魔法省と協力』……どういう意味ですか？」

「ああ、いや、大したことではない。約束する」スクリムジョールが言う。「たとえば、ときどき魔法省に出入りする姿を見せてくれれば、それがちゃんとした印象を与えてくれる。それにもちろん、魔法省にいる間は、私の後任として『闇祓い局』の局長になったガウェイン・ロバーズと十分話をする機会もあるだろう。ドローレス・アンブリッジが、君が闇祓いになりたいという志を抱いていると話してくれた。そう、それは簡単になんとかできるだろう……」

ハリーは、腸の奥からふつふつと怒りが込み上げてくる。すると、ドローレス・アンブリッジは、まだ魔法省にいるってことなのか？

「それじゃ、要するに――」

ハリーは、いくつかはっきりさせたい点があるだけだという言い方をする。

「僕が魔法省のために仕事をしている、という印象を与えたいわけですね？」

「ハリー、君がより深く関与していると思うことで、人々の気持ちが高揚する」

スクリムジョールは、ハリーの飲み込みのよさにほっとしたような口調だ。

「『選ばれし者』、というわけだ……人々に希望を与え、なにか興奮するようなことが起こっていると感じさせる、それだけなんだよ」

「でも、もし僕が魔法省にしょっちゅう出入りしていたら――」

ハリーは親しげな声を保とうと努力しながら言い放った。

「魔法省のやろうとしていることを、僕が認めているように見えませんか？」

「まあ」スクリムジョールがちょっと顔をしかめる。「まあ、そうだ。それも一つには我々の望むことで――」

「うまくいくとは思えませんね」

ハリーは愛想よく言う。

「というのも、魔法省がやっていることで、僕の気に入らないことがいくつかあります。たとえばスタン・シャンパイクを監獄に入れるとか」

スクリムジョールはなにも言わなかったが、一瞬、表情がさっと硬くなった。

「君に理解してもらおうとは思わない」

スクリムジョールの声は、ハリーほど上手(うま)く怒りを隠し切れてはいない。

「いまは危険なときだ。なんらかの措置を取る必要がある。君はまだ十六歳で――」

「ダンブルドアは十六歳よりずっと歳を取っていますが、スタンをアズカバンに送るべきではないと考えています」ハリーは決然と言い切った。

「あなたはスタンを犠牲者に仕立て上げ、僕をマスコットに祭り上げようとしている」

二人は長い間火花を散らして見つめ合う。やがてスクリムジョールが、温かさの仮面をかなぐり捨てて言う。

「そうか。君はむしろ――君の英雄ダンブルドアと同じに――魔法省から分離するほうを選ぶわけだな?」

「僕は利用されたくない」ハリーが答える。

「魔法省に利用されるのは、君の義務だという者もいるだろう!」

「ああ、監獄にぶち込む前に、本当に死喰い人なのかどうかを調べるのが、あなたの義務だという人もいるかもしれない」

ハリーは次第に怒りが募ってくる。

「あなたは、バーティ・クラウチと同じことをやっている。あなたたちは、いつもやり方をまちがえる。そういう人種なんだ。ちがいますか? 目と鼻の先で人が殺されていても、ファッジみたいにすべてがうまくいっているふりをするかと思えば、今度はあなたみたいに、お門違いの人間を牢に放り込んで、『選ばれし者』が自分のために働いているように見せかけようとする！」

「それでは、君は『選ばれし者』ではないのか？」

「どっちにしろ大した問題ではないと、あなた自身が言ったでしょう？」

ハリーは皮肉を込めて笑う。

「どっちにしろ、あなたにとっては問題じゃないんだ」

「失言だった」スクリムジョールが急いで訂正する。「まずい言い方だった――」

「いいえ、正直な言い方でした」ハリーが言う。「あなたが僕に言ったことで、それだけが正直な言葉だった。僕が死のうが生きようが、あなたは気にしない。ただ、あなたは、ヴォルデモートとの戦いに勝っている、という印象をみんなに与えるために、僕が手伝うかどうかだけを気にしている。大臣、僕は忘れちゃいない……」

ハリーは右手の拳を挙げる。そこに、冷たい手の甲に白々と光る傷痕は、ドローレス・アンブリッジがむりやりハリーに、ハリー自身の肉に刻ませた文字だ。

〝私は嘘をついてはいけない〟

「ヴォルデモートの復活を、僕がみんなに教えようとしていたときに、あなたたちが僕を護りに駆けつけてくれたという記憶はありません。魔法省は去年、こんなに熱心に僕にすり寄ってこなかった」

二人は黙って立ち尽くしていた。足下の地面と同じくらい冷たい沈黙が続く。庭小人はようやくミミズを引っぱり出し、石楠花の茂みの一番下の枝に寄りかかって、うれしそうにしゃぶり出している。

「ダンブルドアはなにを企んでいる？」

スクリムジョールがぶっきらぼうに問いかける。

「ホグワーツを留守にして、どこに出かけているのだ？」

「知りません」ハリーは答える。

「知っていたとしても私には言わないのだろうな」スクリムジョールが言う。

「ちがうかね？」

「ええ、言わないでしょうね」ハリーが言う。

「さて、それなら、ほかの手立てで探ってみるしかないということだ」

「やってみたらいいでしょう」ハリーは冷淡に返した。

「ただ、あなたはファッジより賢そうだから、ファッジの過ちから学んだはずでしょう。ファッジはホグワーツに干渉しようとした。お気づきでしょうが、ファッジはもう大臣じゃない。でもダンブルドアはまだ校長のままです。ダンブルドアには手出しをしないほうがいいですよ」

長い沈黙が流れた。

「なるほど、ダンブルドアが君を上手く仕込んだということが、はっきりわかった」

細縁メガネの奥で、スクリムジョールの目は冷たく険悪になっている。

「骨の髄までダンブルドアに忠実だな、ポッター、え？」

「ええ、そのとおりです」

ハリーが言い返す。

「はっきりしてよかった」

そしてハリーは魔法大臣に背を向け、家に向かって大股に歩き出した。

第17章　ナメクジのろのろの記憶

年が明けて数日が経ったある日の午後、ハリー、ロン、ジニーはホグワーツに帰るために、台所の暖炉の前に並んでいた。魔法省が今回だけ、生徒を安全、迅速に学校に帰すための煙突飛行ネットワークを開通させたのだ。ウィーズリーおじさん、フレッド、ジョージ、ビル、フラーはそれぞれ仕事があったので、ウィーズリーおばさんだけがさよならを言うために一緒にいる。

別れの時間がくると、おばさんが泣き出した。もっとも近ごろは涙もろくなっていて、クリスマスの日にパーシーが、すりつぶしたパースニップをメガネに投げつけられて（フレッド、ジョージ、ジニーがそれぞれに自分たちの手柄だと主張していたが）、鼻息も荒く家から出ていって以来、おばさんはたびたび泣いている。

「泣かないで、ママ」

肩にもたれてすすり泣く母親の背中を、ジニーは優しくたたく。

「大丈夫だから……」

「そうだよ。僕たちのことは心配しないで」

頬に母親の涙ながらのキスを受け入れながら、ロンが言う。

「それに、パーシーのことも。あいつはほんとにバカヤロだ。いなくたっていいだろ？」

ウィーズリーおばさんはハリーを両腕にかき抱きながら、ますます激しくすすり泣いた。

「気をつけるって、約束してちょうだい……危ないことをしないって……」

「おばさん、僕、いつだってそうしてるよ」ハリーが答える。「静かな生活が好きだもの。おばさん、僕のことわかってるでしょう？」

おばさんは涙に濡れた顔でくすくす笑い、ハリーから離れる。

「それじゃ、みんな、いい子にするのよ……」

ハリーはエメラルド色の炎に入り、「ホグワーツ！」とさけんだ。ウィーズリー家の台所と、おばさんの涙顔が最後にちらりと見え、やがて炎がハリーを包む。急回転しながら、ほかの魔法使いの家の部屋がぼやけて垣間見えたが、しっかり見る間もなくたちまち視界から消えていく。やがて回転の速度が落ちはじめ、最後はマクゴナガル先生の部屋の暖炉でぴたり停止した。ハリーが火格子から這い出したとき、先生はちょっと机の上の書類から目を上げただけだった。

「こんばんは、ポッター。絨毯にあまり灰を落とさないようにしなさい」

「はい、先生」

ハリーがメガネをかけなおし、髪をなでつけていると、ロンのくるくる回る姿が現れた。ジニーも到着し、三人並んでぞろぞろとマクゴナガル先生の事務室を出て、グリフィンドール塔に向かう。廊下を歩きながらハリーが窓から外を覗くと、「隠れ穴」の庭より深い雪に覆われた校庭の向こうに、太陽がすでに沈みかけていた。ハグリッドが小屋の前でバックビークに餌をやっている姿が、遠くに見える。

「ボーブル玉飾り」

「太った婦人」にたどり着き、ロンが自信たっぷり合言葉を唱える。婦人はいつもより顔色が優れず、ロンの大声にびくっとする。

「いいえ」婦人が答えた。

『いいえ』って、どういうこと？」

「新しい合言葉があります。それに、お願いだから、さけばないで」

「だって、ずっといなかったのに、知るわけが――？」

「ハリー、ジニー！」

ハーマイオニーが急いでやってくる。頬をピンク色に染め、オーバー、帽子、手袋に身を固めている。

「二時間ぐらい前に帰ってきたの。いま訪ねてきたところよ。ハグリッドとバック――じゃない――ウィザウィングズを」ハーマイオニーは息をはずませる。

「楽しいクリスマスだった？」

「ああ」ロンが即座に答える。「いろいろあったぜ。ルーファス・スクリム――」

「ハリー、あなたに渡すものがあるわ」

ハーマイオニーはロンには目もくれず、聞こえた素振りも見せない。

「あ、ちょっと待って――合言葉ね。〝せっせい〟」

「そのとおり」「太った婦人（レディ）」は弱々しい声でそう言うと、抜け穴の扉をパッと開ける。

「なにかあったのかな？」ハリーが聞く。

「どうやらクリスマスに不節制をしたみたいね」

ハーマイオニーは先に立って混み合った談話室に入りながら、呆（あき）れ顔で目をぐるぐる回してみせる。

「お友達のバイオレットと二人で、呪文学の教室のそばに掛かっている『酔っ払い修道士たち』の絵にあるワインを、クリスマスの間に全部飲んじゃったようよ。――

それはそう と……」

ハーマイオニーはちょっとポケットを探って、羊皮紙の巻紙を取り出した。ダンブルドアの字が書いてある。

「よかった」

ハリーはすぐに巻紙を開いた。ダンブルドアの次の授業の予定が、翌日の夜だと書いてある。

「ダンブルドアに話すことが山ほどあるんだ――それに、君にも。腰掛けようか――」

しかし、ちょうどそのとき、「ウォン-ウォン!」とかん高くさけぶ声がして、ラベンダー・ブラウンがどこからともなく矢のように飛んできたかと思うと、ロンの腕に飛び込んだ。見ていた何人かの生徒が冷やかし笑いをしている。ハーマイオニーはころころ笑い、「あそこにテーブルがあるわ……ジニー、くる?」と誘う。

「ううん。ディーンと会う約束をしたから」ジニーが断った。

しかしハリーはふと、ジニーの声があまり乗り気でないのに気づく。ロンとラベンダーが、レスリングよろしく立ったままロックをかけ合っているのをあとに残し、ハリーは空いているテーブルにハーマイオニーを連れていった。

「それで、君のクリスマスはどうだったの?」

「まあまあよ」ハーマイオニーは肩をすくめる。「なにも特別なことはなかったわ。ウォン-ウォンのところはどうだったの？」

「いますぐ話すけど」ハリーが言いにくそうに切り出す。「あのさ、ハーマイオニー、だめかな――？」

「だめ」ハーマイオニーはにべもない。「言うだけむだよ」

「もしかしてと思ったんだ。だって、クリスマスの間に――」

「五百年物のワインを一樽（ひとたる）飲み干したのは『太った婦人（レディ）』よ、ハリー。私じゃないわ。それで、私に話したい重要なニュースがあるって、なんなの？」

ハーマイオニーのこの剣幕では、いまは議論の時ではないとハリーはロンの話題をあきらめて、立ち聞きしたマルフォイとスネイプの会話を話して聞かせた。

話し終わるとハーマイオニーはちょっと考え、やがて口を開いた。

「こうは考えられない――？」

「――スネイプがマルフォイに援助を申し出るふりをして、マルフォイのやろうとしていることをしゃべらせようという計略？」

「まあ、そうね」ハーマイオニーが言う。

「ロンのパパも、ルーピンもそう考えている」ハリーがしぶしぶ認める。「でも、マルフォイがなにか企んでることがこれではっきり証明された。これは否定できない」

「できないわね」ハーマイオニーがゆっくり答える。

「それに、やつはヴォルデモートの命令で動いてる。僕が言ったとおりだ！」

「んーん……二人のうちどちらかが、ヴォルデモートの名前を口にした？」

ハリーは思い出そうとして顔をしかめる。

「わからない……だけど、スネイプは『君の主君』とはっきり言ったんだ。ほかにだれがいる？」

「わからないわ」ハーマイオニーが唇を噛む。「マルフォイの父親はどうかしら？」

ハーマイオニーは、なにか考え込むように部屋の向こうをじっと見つめる。ラベンダーがロンをくすぐっているのにも気づかない様子だ。

「ルーピンは元気？」

「あんまり」

ハリーは、ルーピンが狼人間の中での任務に就いていることや、どんな難しい問題に直面しているかを話して聞かせた。

「フェンリール・グレイバックって、聞いたことある？」

「ええ、あるわ！」ハーマイオニーはぎくりとしたように答える。「それに、あなたも聞いたはずよ、ハリー！」

「いつ？　また魔法史か？　君、知ってるじゃないか、僕がちゃんと聞いてないって……」

「ううん、魔法史じゃない――マルフォイがその名前でボージンを脅してたわ！」ハーマイオニーが言う。

「『夜の闇横丁(ノクターン)』で。憶(おぼ)えてない？　グレイバックは昔から自分の家族と親しいって、それに、ボージンがちゃんと取り組んでいるかどうかを、グレイバックが確かめるだろうって！」

ハリーは唖然(あぜん)としてハーマイオニーを見る。

「忘れてたよ！　だけど、これで、マルフォイが死喰い人だってことが証明された。そうじゃなかったら、グレイバックと接触したり、命令したりできないだろ？」

「その疑いは濃いわね」ハーマイオニーは息をひそめる。「ただし……」

「いいかげんにしろよ」ハリーはいらいらが高じてくる。「今度は言い逃れできないぞ！」

「うーん……嘘の脅しだった可能性もあるわ」

「君って、すごいよ、まったく」ハリーは頭を振る。

「だれが正しいかは、そのうちわかるさ……ハーマイオニー、君も前言撤回ってことになるよ。魔法省みたいに。あっ、そうだ。僕、ルーファス・スクリムジョールとも言い争いした……」

それからあとは、魔法大臣をけなし合うことで、二人は仲良く過ごした。ハーマイオニーもロンと同じで、昨年ハリーにあれだけの仕打ちをしておきながら、魔法省が今度はハリーに助けを求めるとは、まったくいい神経してる、という意見だった。

次の朝、六年生にとっては、ちょっと驚くうれしいニュースで新学期が始まった。談話室の掲示板に、夜の間に大きな告知が貼り出されていた。

「姿現わし」練習コース

十七歳になった者、または八月三十一日までに十七歳になる者は、魔法省の「姿現わし」の講師による十二週間の「姿現わし」コースを受講する資格がある。

参加希望者は、下に氏名を書き込むこと。

コース費用　十二ガリオン

氏名

ハリーとロンは、掲示板の前で押し合いへし合いしながら名前を書き込んでいる群れに加わった。ロンが羽根ペンを取り出して、ハーマイオニーのすぐあとに名前を書き入れようとしたそのとき、ラベンダーが背後に忍び寄り、両手でロンに目隠しして、歌うように言う。

「だ～れだ？　ウォン‐ウォン？」

ハリーが振り返って見ると、ハーマイオニーがつんけんと立ち去っていく。ハリーは、ロンやラベンダーと一緒にいる気はさらさらないので、ハーマイオニーのあとを追う。ところが驚いたことに、ロンは肖像画の穴のすぐ外で、二人に追いついてきた。耳が真っ赤で、不機嫌な顔をしている。ハーマイオニーは一言も言わず、足を速めてネビルと並んで歩いている。

「それじゃ――『姿現わし』は――」

ロンの口調は、たったいま起こったことを口にするなと、ハリーにはっきり釘を刺すものだった。

「きっと楽ちんだぜ、な？」

「どうかな」ハリーが疑問符をつける。

「自分でやれば少しましなのかも知れないけど、ダンブルドアが付き添って連れていってくれたときは、あんまり楽しいとは思わなかった」

「君がもう経験者だってこと、忘れてた……一回目のテストでパスしなきゃな」

ロンが心配そうに言う。

「フレッドとジョージは一回でパスだった」

「でも、チャーリーは失敗したろう？」

「ああ、だけど、チャーリーは僕よりでかい」

ロンは両腕を広げて、ゴリラのような格好をする。

「だから、フレッドもジョージもあんまりしつこくからかわなかった……少なくとも面と向かっては……」

「本番のテストはいつ？」

「十七歳になった直後。僕はもうすぐ。三月！」

「そうか。だけど、ここではどうせ『姿現わし』できないはずだ。城の中では……」

「それは関係ないだろ？　やりたいときにはいつでも『姿現わし』できるんだって、みんなに知れることが大事なのさ」

「姿現わし」への期待で興奮していたのは、ロンだけではない。その日は一日中、「姿現わし」の練習の話でもちきりだった。意のままに消えたり現れたりできる能力は、とても重要視されている。

「僕たちもできるようになったら、かっこいいなあ。こんなふうに――」

シェーマスが指をパチンと鳴らして「姿くらまし」の格好をした。

「いとこのファーガスのやつ、僕をいらだたせるためにこれをやるんだ。いまに見てろ。やり返してやるから……あいつには、もう一瞬たりとも平和はない……」

幸福な想像で我を忘れ、シェーマスは杖の振り方に少し熱を入れすぎた。その日の呪文学は、清らかな水の噴水を創り出すのが課題だったが、シェーマスは散水ホースのように水を噴き出させ、天井に撥ね返った水がフリットウィック先生をはじき飛ばして、先生はうつ伏せにべたっと倒れた。

フリットウィック先生は濡れた服を杖で乾かし、シェーマスに「僕は魔法使いです。棒を振り回す猿ではありません」と何度も書く、書き取り罰則を与えた。ややばつが悪そうなシェーマスに向かって、ロンが自慢げに言う。

「ハリーはもう『姿現わし』したことがあるんだ。ダン——エーッと——だれかと一緒だったけどね。『付き添い姿現わし』ってやつさ」

「ひょー！」

シェーマスは驚いたように声を漏らす。シェーマス、ディーン、ネビルの三人がハリーに顔を近づけ、「姿現わし」はどんな感じだったかを聞こうとする。それからあとのハリーは、「姿現わし」の感覚を話してくれとせがむ六年生たちに、一日中取り囲まれた。どんなに気持ちが悪かったかを話してやっても、みな怯むどころかかえってすごいと感激したらしく、八時十分前になっても、ハリーはまだ細かい質問に答えているような状態だった。ハリーはしかたなく、図書室に本を返さなければならないと嘘をつき、ダンブルドアの授業に間に合うようにその場を逃れた。

ダンブルドアの校長室にはランプが灯り、歴代校長の肖像画は額の中で軽いいびきを立てている。今回も「憂いの篩」が机の上で待っていた。ダンブルドアはその両端に手をかけていたが、右手は相変わらず焼け焦げたように黒い。まったく癒えた様子がない。いったいどうしてそんなに異常な傷を負ったのだろうと、ハリーはこれまで百回くらい同じことを考えたが、質問はしなかった。ダンブルドアがそのうちハリーに話すと約束したのだ。それを待つほかはない。いずれにせよ別に話したい問題がある。しかし、ハリーがスネイプとマルフォイのことを一言も言わないうちに、ダンブルドアが口を開いた。

「クリスマスに、魔法大臣と会ったそうじゃの?」

「はい」ハリーが答える。「大臣は僕のことが不満でした」

「そうじゃろう」ダンブルドアがため息をついた。「わしのことも不満なのじゃ。しかし、ハリー、われわれは苦悩の底に沈むことなく、抗い続けねばならぬのう」

ハリーはにやっと笑う。

「大臣は、僕が魔法界に対して、魔法省はとてもよくやっていると言って欲しかったようです」

ダンブルドアはほほえむ。

「もともと、それはファッジの考えじゃったのう。大臣職にあった最後のころじゃが、大臣の地位にしがみつこうと必死だったファッジは、きみとの会合を求めた。きみがファッジを支援することを望んでのことじゃ――」

「去年あんな仕打ちをしたファッジが？」ハリーが憤慨する。「アンブリッジのことがあったというのに？」

「わしはコーネリウスに、その可能性はないと言ったのじゃ。しかし、ファッジが大臣職を離れても、その考えは生きていたわけじゃ。スクリムジョールは、大臣に任命されてから数時間も経たないうちにわしに会い、きみと会う手はずを整えるよう強く要求した――」

「それで、先生は大臣と議論したんだ！」ハリーは思わず口走った。「『日刊予言者新聞』にそう書いてありました」

『日刊予言者』も、たしかに、ときには真実を報道することがある」

ダンブルドアが言う。

「まぐれだとしてもじゃ。いかにも、議論したのはそのことじゃ。なるほど、どうやらルーファスは、ついにきみを追い詰める手段を見つけたらしいのう」

「大臣は僕のことを非難しました。『骨の髄までダンブルドアに忠実だ』って」

「無礼千万じゃ」

「僕はそのとおりだって言ってやりました」

ダンブルドアはなにか言いかけて、口をつぐむ。ハリーの背後で、不死鳥のフォークスが低く鳴き、優しい調べを奏でる。ダンブルドアのきらきらしたブルーの瞳が、ふと涙に曇るのを見たような気がして、ハリーはどうしていいのかわからなくなり、あわてて膝に目を落とした。しかし、ダンブルドアがふたたび口を開いたときには、その声はしっかりしていた。

「よう言うてくれた、ハリー」

「スクリムジョールは、先生がホグワーツにいらっしゃらないとき、どこに出かけているのかを知りたがっていました」

ハリーは自分の膝をじっと見つめたまま言う。

「そうじゃ、ルーファスはそのことになるとお節介でのう」

ダンブルドアの声が今度は愉快そうだったので、ハリーはもう顔を上げても大丈夫だと安心した。

「わしを尾行しようとまでした。まったく笑止なことじゃ。ドーリッシュに尾行させてのう。心ないことよ。わしはすでに一度ドーリッシュに呪いをかけておるのに、まことに遺憾ながら、二度もかけることになってしもうた」

「それじゃ、先生がどこに出かけられるのか、あの人たちはまだ知らないんですね？」

自分にとっても興味のあることだ。もっと知りたくて、ハリーは質問した。しかし、ダンブルドアは半月メガネの上からほほえむばかり。

「あの者たちは知らぬ。それに、きみが知るにもまだ時が熟しておらぬ。さて、先に進めようかの。ほかになにもなければ——？」

「先生、実は」ハリーが切り出す。「マルフォイとスネイプのことで」

「スネイプ先生じゃ、ハリー」

「はい、先生。スラグホーン先生のパーティで、僕、二人の会話を聞いてしまって……あの、実は僕、二人のあとを追けたんです……」

ダンブルドアは、ハリーの話を無表情で聞いていた。話し終わったあともしばらく無言だったが、やがてダンブルドアが口を開いた。

「ハリー、話してくれたことは感謝する。しかし、そのことは放念するがよい。大したことではない」

「大したことではない？」ハリーは信じられずに、聞き返す。「先生、おわかりになったのでしょうか——？」

「いかにも、ハリー、わしは幸いにして優秀なる頭脳に恵まれておるので、きみが言ったことはすべて理解した」

ダンブルドアは少しきつい口調になる。

「きみ以上によく理解した可能性があると考えてみてもよかろう。もう一度言うが、きみがわしに打ち明けてくれたことはうれしい。ただ、重ねて言うが、その中にわしの心を乱すようなことは、なに一つない」

ハリーはじりじりしながら黙りこくって、ダンブルドアを睨んでいた。いったいどうなっているんだ？　マルフォイの企みを聞き出せと、ダンブルドアがスネイプに命じた、ということなのだろうか？　それなら、ハリーが話したことは全部、すでにスネイプから聞いているのだろうか？　それとも、いま聞いたことを内心では心配しているのに、そうでないふりをしているのだろうか？

「それでは、先生」

ハリーは、礼儀正しく、冷静な声を出そうと試みる。

「先生はいまでも絶対に信用して――」

「その問いには、寛容にもすでに答えておる」

ダンブルドアが言い切る。しかしその声には、もはやあまり寛容さはない。

「わしの答えは変わらぬ」

「変えるべきではなかろう」皮肉な声が聞こえた。

フィニアス・ナイジェラスがどうやら狸寝入りをしていたらしい。ダンブルドアはその声を無視する。

「それではハリー、いよいよ先に進めねばなるまい。今夜はもっと重要な話がある」

ハリーは反抗的になって座り続けた。話題を変えるのを拒否したらどうなるだろう？　マルフォイを責める議論をあくまでも続けようとしたらどうだろう？　ハリーの心を読んだかのように、ダンブルドアが頭を振る。

「ああ、ハリー、こういうことはよくあるものじゃ。仲のよい友人の間でさえ！　両者ともに、相手の言い分より自分の言うべきことのほうが、ずっと重要だという思い込みじゃ！」

「先生の言い分が重要じゃないなんて、僕、考えていません」ハリーは頑なに言い張る。

「さよう、きみの言うとおり、わしのは重要なことなのじゃから」

ダンブルドアはきびきびと言う。

「今夜はさらに二つの記憶を見せることにしよう。どちらも非常に苦労して手に入れたものじゃが、二つ目のは、わしが集めた中でも最も重要なものじゃ」

ハリーはなにも言わなかった。自分の打ち明け話の受けた仕打ちに、まだ腹が立っている。しかし、これ以上議論しても、どうなるとも思えない。

「されば──」ダンブルドアが凛とした声で言う。

「今夜の授業では、トム・リドルの物語を続ける。前回は、トム・リドルがホグワーツで過ごす日々の入口のところで途切れておった。憶えておろうが、自分が魔法使いだと聞かされたトムは興奮した。ダイアゴン横丁にわしが付き添うことをトムは拒否し、そしてわしは、入学後は盗みを続けてはならぬと警告した」

「さて、新学期が始まり、トム・リドルがやってきた。古着を着た、おとなしい少年は、ほかの新入生とともに組分けの列に並ぶ。組分け帽子は、リドルの頭に触れるやいなや、スリザリンに入れた」

話し続けながら、ダンブルドアは黒くなった手で頭上の棚を指さす。そこには、古色蒼然とした組分け帽子が、じっと動かずに納まっている。

「その寮の、かの有名な創始者が蛇と会話ができたということを、リドルがどの時点で知ったのかはわからぬ――おそらくは最初の晩じゃろう。それを知ることで、リドルは興奮し、いやが上にも自惚れが強まった」

「しかしながら、談話室では蛇語を振りかざし、スリザリン生を脅したり感心させたりしていたにせよ、教職員はそのようなことにはまったく気づかなんだ。傍目には、リドルはなんらの傲慢さも攻撃性も見せなんだ。稀有な才能と優れた容貌の孤児として、リドルはほとんど入学のその時点から自然に教職員の注目と同情を集めた。リドルは、礼儀正しく物静かで知識に飢えた生徒のように見えた。ほとんどだれもが、リドルには非常によい印象を持っておった」

「孤児院で先生がリドルに会ったときの様子を、ほかの先生方には話して聞かせなかったのですか?」ハリーが聞く。

「話しておらぬ。リドルは後悔する素振りをまったく見せはせなんだが、以前の態度を反省し、新しくやりなおす決心をしている可能性があった。わしは、リドルに機会を与えるほうを選んだのじゃ」

ハリーが口を開きかけると、ダンブルドアは言葉を切り、問いかけるようにハリーを見る。ここでもまたダンブルドアは、不利な証拠がどれほどあろうと、信頼に値しない者を信頼している。ダンブルドアはそういう人だ! しかしハリーは、ふとあることを思い出した……。

「でも先生は、完全にリドルを信用してはいなかったのですね? あいつが僕にそう言いました……あの日記帳から出てきたリドルが、『ダンブルドアだけは、ほかの先生方とちがって、僕に気を許してはいないようだった』って」

「リドルが信用できると、手放しでそう考えたわけではない、とだけ言うておこう」

ダンブルドアが答える。

「すでに言うたように、わしはあの者をしっかり見張ろうと決めておった。そしてその決意どおりにしたのじゃ。最初のころは、観察してもそれほど多くのことがわかったわけではない。リドルはわしを非常に警戒しておった。自分が何者なのかを知って興奮し、わしに少し多くを語りすぎたと思ったにちがいない。リドルは慎重になり、あれほど多くを暴露することは二度となかったが、興奮のあまりいったん口を滑らせたことや、ミセス・コールがわしに打ち明けてくれたことを、リドルが撤回するわけにはいかなんだ。しかし、リドルは、わしの同僚の多くを惹きつけはしたものの、けっしてわしまで魅了しようとはせぬという、思慮分別を持ち合わせておった」

「高学年になると、リドルは献身的な友人を取り巻きにしはじめた。ほかに言いようがないので友人と呼ぶが、すでにわしが言うたように、リドルがその者たちのだれに対しても、なんらの友情も感じていなかったことは疑いもない。この集団は、ホグワーツ内で、一種の暗い魅力を持っておった。雑多な寄せ集めで、保護を求める弱い者、栄光のおこぼれに与りたい野心家、自分たちより洗練された残酷さを見せてくれるリーダーに惹かれた乱暴者等々。つまり、『死喰い人』の走りのような者たちじゃ。事実、そのうちの何人かは、ホグワーツを卒業したあと、最初の『死喰い人』となっておる」

「リドルに厳重に管理され、その者たちの悪行は、おおっぴらに明るみに出ることはなかった。しかし、その七年の間に、ホグワーツで多くの不快な事件が起こったことはわかっておる。事件とその者たちとの関係が、満足に立証されたことは一度もない。最も深刻な事件は、言うまでもなく『秘密の部屋』が開かれたことで、その結果女子生徒が一人死んだ。きみも知ってのとおり、ハグリッドが濡れ衣を着せられたのじゃ」

「ホグワーツでのリドルに関する記憶じゃが、多くを集めることはできなんだ」

ダンブルドアは「憂いの篩」に萎えた手を置きながら続ける。

「その当時のリドルを知る者で、リドルの話をしようとする者はほとんどおらぬ。怖気づいておるのじゃ。わしが知りえた事柄は、リドルがホグワーツを去ってから集めたものじゃ。なんとか口を割らせることができそうな、数少ない何人かを見つけ出したり、古い記録を探し求めたり、マグルや魔法使いの証人に質問したりして、だいぶ骨を折って知りえたことじゃ」

「わしが説得して話させた者たちは、リドルは両親のことにこだわっていたと語っておる。もちろん、これは理解できることじゃ。孤児院で育った者が、そこにくることになった経緯を知りたがるのは当然じゃ。トム・リドル・シニアの痕跡はないかと、トロフィー室に置かれた盾や、学校の古い監督生の記録、魔法史の本まで探したらしい。しかし、それらは徒労に終わった。父親がホグワーツに一度も足を踏み入れていない事実を、リドルはついに受け入れざるをえなくなった。わしの考えでは、リドルはその時点で自分の名前を永久に捨て、ヴォルデモート卿と名乗り、それまで軽蔑していた母親の家族を調べはじめたのであろう——憶えておろうが、人間の恥ずべき弱みである『死』に屈した女が魔女であるはずがないと、リドルがそう考えていた女性のことじゃ」

「リドルには、『マールヴォロ』という名前しかヒントはなかった。孤児院の関係者から、母方の父親の名前だと聞かされていた名じゃ。魔法族の家系に関する古い本をつぶさに調べ、ついにリドルは、スリザリンの末裔が生き残っていることを突き止めた。十六歳の夏のことじゃ。リドルは毎年夏に帰っていた孤児院を抜け出し、ゴーント家の親戚を探しに出かけた。そして、さあ、ハリー、立つのじゃ……」

ダンブルドアも立ち上がる。その手にふたたび、渦巻く乳白色の記憶が詰まった小さなクリスタルの瓶があるのが見える。

「この記憶を採集できたのは、まさに幸運じゃった」

そう言いながら、ダンブルドアはきらめく物質を「憂いの篩」に注ぎ込む。

「この記憶を体験すれば、そのことがわかるはずじゃ。参ろうかの？」

ハリーは石の水盆の前に進み出て、従順に身をかがめ、記憶の表面に顔を埋めた。いつものように、無の中を落ちていくような感覚を覚え、そしてほとんど真っ暗闇の中で、汚い石の床に着地した。

しばらくして、自分がどこにいるのかやっとわかったときには、ダンブルドアもすでにハリーの横に着地していた。ゴーントの家は、いまや形容しがたいほどに汚れ、いままでに見たどんな家よりも汚らしかった。天井には蜘蛛の巣がはびこり、床はべっとりと汚れ、テーブルには、かびだらけの腐った食べ物が、汚れのこびりついた深鍋の山の間に転がっている。灯りといえば溶けた蠟燭がただ一本、男の足元に置かれている。男は髪もひげも伸び放題で、ハリーには男の目も口も見えない。暖炉のそばの肘掛椅子でぐったりしているその男は、死んでいるのではないかと、ハリーは一瞬そう思うほどだった。しかし、そのとき、ドアをたたく大きな音がして、男はびくりと目を覚まし、右手に杖を掲げ、左手には小刀をにぎった。

ドアがギーッと開く。古くさいランプを手にして戸口に立っている青年がだれか、ハリーは一目でわかった。背が高く、蒼白い顔に黒い髪の、ハンサムな青年——十代のヴォルデモートだ。

ヴォルデモートの眼がゆっくりとあばら家を見回し、肘掛椅子の男を見つける。ほんの一、二秒、二人は見つめ合う。それから、男がよろめきながら立ち上がった。その足元から空っぽの瓶が何本も、カラカラと音を立てて床を転がる。

「貴様！」男がわめく。「貴様！」

男は杖と小刀を大上段に振りかぶり、酔った足をもつれさせながらリドルに突進する。

「やめろ」

リドルは蛇語で話す。男は横滑りしてテーブルにぶつかり、かびだらけの深鍋がいくつか床に落ちる。男はリドルを見つめた。互いに探り合いながら、長い沈黙が流れる。やがて男が沈黙を破った。

「話せるのか？」

「ああ、話せる」リドルがうなずく。

リドルは部屋に入り、背後でドアがバタンと閉まる。ヴォルデモートが微塵も恐怖を見せないことに、ハリーは敵ながらあっぱれと内心舌を巻く。ヴォルデモートの顔に浮かんでいるのは、嫌悪と、そしておそらく失望だけだ。

「マールヴォロはどこだ？」リドルが聞く。

「死んだ」男が答える。「何年も前に死んだんだろうが？」

リドルが顔をしかめた。

「それじゃ、おまえはだれだ？」

「おれはモーフィンだ、そうじゃねえのか？」

「マールヴォロの息子か？」

「そーだともよ。それで……」

モーフィンは汚れた顔から髪を押し退け、リドルをよく見ようとする。その右手には、マールヴォロの黒い石の指輪をはめている。

「おめえがあのマグルかと思った」

モーフィンがつぶやくように言う。

「おめえはあのマグルにそーっくりだ」

「どのマグルだ？」リドルが鋭く聞く。

「おれの妹が惚れたマグルよ。向こうのでっかい屋敷に住んでるマグルよ」

モーフィンはそう言うなり、突然リドルの前に唾を吐いた。

「おめえはあいつにそっくりだ。リドルに。しかし、あいつはもう、もっと年を取ったはずだろーが？　おめえよりもっと年取ってらあな。考えてみりゃ……」

モーフィンは意識を失いかけ、テーブルの縁をつかんでもたれかかったままよろめく。

「あいつはもどってきた、うん」モーフィンは呆けたように言う。

ヴォルデモートは、取るべき手段を見極めるかのように、モーフィンをじっと見ている。そしてモーフィンにわずかに近寄り、聞き返した。

「リドルがもどってきた？」

「ふん、あいつは妹を捨てた。いい気味だ。腐れ野郎と結婚しやがったからよ！」

モーフィンはまた唾を吐く。

「盗みやがったんだ。いいか、逃げやがる前に！　ロケットはどこにやった？　え？　スリザリンのロケットはどこだ？」

ヴォルデモートは答えない。モーフィンは自分で自分の怒りをあおり立てている。小刀を振り回し、モーフィンがさけぶ。

「泥を塗りやがった。そーだとも、あのアマ！　おめえはだれだ？　ここにきてそんなことを聞きやがるのはだれだ？　おしめえだ、そーだ……おしめえだ……」

モーフィンは少しよろめきながら顔を逸らす。ヴォルデモートが一歩近づく。そのとたん、あたりが不自然に暗くなる。ヴォルデモートのランプが消え、モーフィンの蠟燭も、なにもかもが消えた……。

ダンブルドアの指がハリーの腕をしっかりつかみ、二人は上昇して現在にもどった。ダンブルドアの部屋の柔らかな金色の灯りが、真っ暗闇を見てきたあとのハリーの目にまぶしい。

「これだけですか？」ハリーはすぐさま聞く。「どうして暗くなったんですか？　なにが起こったんですか？」

「モーフィンが、そのあとのことはなにも憶えていないからじゃ」

ダンブルドアが、ハリーに椅子を示しながら言う。

「次の朝、モーフィンが目を覚ましたときには、たった一人で床に横たわっていた。マールヴォロの指輪が消えておった」

「一方、リトル・ハングルトンの村では、メイドが悲鳴を上げて通りを駆け回り、館の客間に三人の死体が横たわっているとさけんでおった。トム・リドル・シニアと、その母親と父親の三人じゃった」

「マグルの警察は当惑した。わしの知るかぎりでは、今日にいたるまで、リドル一家の死因は判明しておらぬ。『アバダ ケダブラ』の呪いは、通常、なんの損傷も残さぬからのう……唯一の例外はわしの目の前に座っておる」

ダンブルドアは、ハリーの傷痕を見てうなずく。

「しかし、魔法省は、これが魔法使いによる殺人だとすぐに見破った。さらに、リドルの館と反対側の谷向こうに、マグル嫌いの前科者が住んでおり、その男は、殺された三人のうちの一人を襲った廉で、すでに一度投獄されたことがあるとわかっておった」

「そこで、魔法省はモーフィンを訪ねた。取り調べの必要も、『真実薬』や『開心術』を使う必要もなかった。即座に自白したのじゃ。殺人者自身しか知りえぬ細部の供述をしてのう。モーフィンは、マグルを殺したことを自慢し、長年にわたってその機会を待っておったと言ったそうじゃ。モーフィンが差し出した杖が、リドル一家の殺害に使われたことは、すぐに証明された。そしてモーフィンは、抗いもせずにアズカバンに引かれていった。父親の指輪がなくなっていたことだけを気にしておった。逮捕した者たちに向かって、『指輪をなくしたから、親父に殺される』と、何度も繰り返して言ったそうじゃ。『指輪をなくしたから、親父に殺される』と。そして、どうやら死ぬまで、それ以外の言葉は口にせなんだようじゃ。モーフィンはマールヴォロの最後の世襲財産をなくしたことを嘆きながら、アズカバンで人生を終え、牢獄で息絶えた他の哀れな魂とともに、監獄の隣に葬られておるのじゃ」

「それじゃ、ヴォルデモートが、モーフィンの杖を盗んで使ったのですね？」

ハリーは姿勢を正して言う。

「そのとおりじゃ」ダンブルドアがうなずく。「それを示す記憶はない。しかし、なにが起こったかについては、かなり確信を持って言えるじゃろう。ヴォルデモートはおじに失神の呪文をかけて杖を奪い、谷を越えて『向こうのでっかい屋敷』に行ったのであろう。そこで魔女の母親を捨てたマグルの男を殺し、ついでにマグルである自分の祖父母をも殺した。自分にふさわしくないリドルの家系の最後の人々をこのようにして抹殺すると同時に、自分を望むことがなかった父親に復讐した。それからゴーントのあばら家にもどり、複雑な魔法でおじに偽の記憶を植えつけた後、気を失っているモーフィンのそばに杖を返し、おじがはめていた古い指輪をポケットに入れてその場を去った」

「モーフィンは自分がやったのではないと、一度も気づかなかったのですか？」

「一度も」ダンブルドアが受ける。「いまわしが言うたように、自慢げに詳しい自白をしたのじゃ」

「でも、いま見た本当の記憶は、ずっと持ち続けていた！」

「そうじゃ。しかし、その記憶をうまく取り出すには、相当な『開心術』の技を使用せねばならなかったのじゃ」

ダンブルドアが続ける。

「それに、すでに犯行を自供しているのに、モーフィンの心をそれ以上探りたいなどと思う者がおるじゃろうか？　しかし、わしは、モーフィンが死ぬ何週間か前に、あの者に面会することができた。わしはそのころ、ヴォルデモートに関して、できるだけ多くの過去を見つけ出そうとしておった。この記憶を引き出すのは容易ではなかった。記憶を見たとき、わしはそれを理由にモーフィンをアズカバンから釈放するように働きかけた。しかし、魔法省が決定を下す前に、モーフィンは死んでしもうたのじゃ」

「でも、すべてはヴォルデモートがモーフィンに仕掛けたことだと、魔法省はどうして気づかなかったんですか？」

ハリーは憤慨して聞く。

「ヴォルデモートはそのとき未成年だったはずだ。魔法省は、未成年が魔法を使うと探知できるはずじゃないですか！」

「そのとおりじゃよ――魔法は探知できる。しかし、実行犯がだれかはわからぬ。浮遊術のことで、きみが魔法省に責められたのを憶えておろうが、あれは実は――」

「ドビーだ」

ハリーはうなる。あの不当さには、いまだに腹が立つ。

「それじゃ、未成年でも、大人の魔法使いがいる家で魔法を使ったら、魔法省にはわからないのですか？」

「たしかに魔法省は、魔法を行使した人間を特定することはできぬ」

ハリーの大憤慨した顔を見てほほえみながら、ダンブルドアが言い足す。

「魔法省としては、魔法使いの家庭内では、親が子供を従わせるのにまかせるわけじゃ」

「そんなの、いいかげんだ」ハリーが噛みつく。「こんなことが起こったのに！　モーフィンにこんなことが起こったのに！」

「わしもそう思う」ダンブルドアが言う。

「モーフィンがどのような者であれ、あのような死に方をしたのは酷じゃった。犯しもせぬ殺人の責めを負うとは。しかし、もう時間も遅い。別れる前に、もう一つの記憶を見て欲しい……」

ダンブルドアは、ポケットからもう一本クリスタルの薬瓶を取り出す。ハリーは、これこそダンブルドアが収集した中で最も重要な記憶だと言ったことを思い出し、口をつぐむ。今度の中身は、まるで少し凝結しているかのように、なかなか「憂いの篩」に入っていかなかった。記憶も腐ることがあるのだろうか？

「この記憶は長くはかからぬ」薬瓶がようやく空になったときに、ダンブルドアが言った。

「あっという間にもどってくることになろう。もう一度、『憂いの篩』へ、いざ……」

そしてふたたびハリーは、銀色の表面から下へと落ちていき、一人の男の真ん前に着地した。だれなのかはすぐにわかった。

ずっと若いホラス・スラグホーンだ。禿げたスラグホーンに慣れ切っているハリーは、艶のある豊かな麦わら色の髪に面食らう。頭に藁葺屋根をかけたようだ。ただ、てっぺんにはすでに、ガリオン金貨大の禿げが光っている。口ひげはいまほど大きくはなく、赤毛交じりのブロンドだ。ハリーの知っているスラグホーンほど丸々としてはいなかったが、豪華な刺繍入りのチョッキについている金ボタンは、相当の膨張力に耐えている。短い足を分厚いビロードのクッションに載せ、スラグホーンは心地よさそうな肘掛椅子に、とっぷりとくつろいで腰掛けている。片手に小さなワイングラスをつかみ、もう一方の手で、砂糖漬けパイナップルの箱を探っている。

ダンブルドアがハリーの横に姿を現す。ハリーはあたりを見回して、そこが学校のスラグホーンの部屋だと知る。少年が六人ほど、スラグホーンのまわりに座っている。スラグホーンの椅子より硬い椅子か低い椅子に腰掛け、全員が十五、六歳のようだ。ハリーはすぐにリドルを見つけた。一番ハンサムで、一番くつろいでいる様子でいる。右手を何気なく椅子の肘掛けに置いているが、ハリーは、その手にあのマールヴォロの金と黒の指輪がはめられているのを見て、ぎくりとする。すでに父親を殺したあとだ。

「先生、メリィソート先生が退職なさるというのは本当ですか?」リドルが聞く。

「トム、トム、たとえ知っていても、君には教えられないね」

スラグホーンは砂糖だらけの指をリドルに向けて、叱るように振るが、ウィンクしたことでその効果は多少薄れていた。

「まったく、君って子は、どこで情報を仕入れてくるのか、知りたいものだ。教師の半数より情報通だね、君は」

リドルは微笑する。ほかの少年たちは笑って、リドルを称賛のまなざしで見る。

「知るべきではないことを知るという、君の謎のような能力、大事な人間をうれしがらせる心遣い――ところで、パイナップルをありがとう。君の考えどおり、これはわたしの好物で――」

何人かの少年がくすくす笑ったそのとき、とても奇妙なことが起こる。部屋全体が突然濃い白い霧で覆われたのだ。ハリーには、そばに立っているダンブルドアの顔しか見えない。そして、スラグホーンの声が、霧の中から不自然な大きさで響いてくる。

「――君は悪の道にはまるだろう、いいかね、わたしの言葉を憶えておきなさい」

霧は出てきたときと同じように急に晴れた。しかし、だれもそのことに触れない。それどころか、不自然なことが起きたような顔さえしていなかった。ハリーは狐につままれたように、周囲を見回す。スラグホーンの机の上で小さな金色の置き時計が、十一時を打った。

「なんとまあ、もうそんな時間か？」スラグホーンが告げる。

「みな、もう、もどったほうがいい。そうしないと、困ったことになるからね。レストレンジ、明日までにレポートを書いてこないと、罰則だぞ。エイブリー、君もだよ」

少年たちがぞろぞろ出ていく間、スラグホーンは肘掛椅子から重い腰を上げ、空になったグラスを机のほうに持っていく。しかし、リドルがあとに残っている。リドルが最後までスラグホーンの部屋にいられるように、わざとぐずぐずしているのが、ハリーにはわかった。

「トム、早くせんか」

振り返って、リドルがまだそこに立っているのを見たスラグホーンが急かす。

「時間外にベッドを抜け出しているところを捕まりたくはないだろう。君は監督生なのだし……」

「先生、お伺いしたいことがあるのです」

「それじゃ、遠慮なく聞きなさい、トム、遠慮なく」

「先生、ご存知でしょうか……ホークラックスのことですが？」

するとまた、同じ現象が起きた。濃い霧が部屋を包み、ハリーにはスラグホーンもリドルもまったく見えなくなる。ダンブルドアだけがゆったりと、そばでほほえんでいる。そして、前と同じように、スラグホーンの声がまた響き渡る。

「ホークラックスのことはなんも知らんし、知っていても君に教えたりはせん！

さあ、すぐにここを出ていくんだ。そんな話は二度と聞きたくない！」

「さあ、これでおしまいじゃ」ハリーの横でダンブルドアが穏やかに言う。

「帰る時間じゃ」

そしてハリーの足は床を離れ、数秒後にダンブルドアの机の前の敷物に着地した。

「あれだけしかないんですか？」ハリーはきょとんとして聞く。

ダンブルドアは、これこそ最も重要な記憶だと言った。しかし、なにがそんなに意味深長なのかがわからない。たしかに、霧のことや、だれもそれに気づいていないようだったことは奇妙だ。しかしそれ以外はなんら特別な出来事はないように見える。リドルが質問したが、それに答えてもらえなかったというだけだ。

「気がついたかもしれぬが——」

ダンブルドアは机にもどって腰を下ろす。

「あの記憶には手が加えられておる」

「手が加えられた？」ハリーも腰掛けながら、聞き返す。

「そのとおりじゃ」ダンブルドアがうなずきながら言う。「スラグホーン先生は、自分自身の記憶に干渉した」

「でも、どうしてそんなことを？」

「自分の記憶を恥じたからじゃろう」ダンブルドアが説明する。「自分をよりよく見せようとして、わしに見られたくない部分を消し去り、記憶を修正しようとしたのじゃ。それが、きみも気づいたように、非常に粗雑なやり方でなされておる。そのほうがよい。なぜなら、本当の記憶が、改竄されたものの下にまだ存在していることを示しているからじゃ」

「そこで、ハリー、わしははじめてきみに宿題を出す。スラグホーン先生を説得して、本当の記憶を明かさせるのがきみの役目じゃ。その記憶こそ、われわれにとって、最も重要な記憶であることは疑いもない」

ハリーは目をみはってダンブルドアを見る。

「でも、先生」

できるかぎり尊敬を込めた声で、ハリーは抗弁した。

「僕なんか必要ないと思います――先生は『開心術』をお使いになれるでしょうし……『真実薬』だって……」

「スラグホーン先生は、非常に優秀な魔法使いであり、そのどちらも予想しておられるじゃろう。哀れなモーフィン・ゴーントなどより、ずっと『閉心術』に長けておられる。わしがこの記憶まがいのものをむりやり提供させて以来、スラグホーン先生が常に『真実薬』の解毒剤を持ち歩いておられたとしてもむりからぬこと」

「いや、スラグホーン先生から力ずくで真実を引き出そうとするのは、愚かしいことであり、百害あって一利なしじゃ。スラグホーン先生にはホグワーツを去って欲しくないでのう。しかし、スラグホーン先生といえども、われわれと同様に弱みがある。先生の鎧を突き破ることのできる者はきみじゃと、わしは信じておる。ハリー、真実の記憶をわれわれが手に入れることこそ、実に重要なのじゃ……どのくらい大切かは、その記憶を見たときにのみわかろうというものじゃ。がんばることじゃな……では、おやすみ」

突然帰れと言われて、ハリーはちょっと驚いたが、すぐに立ち上がった。

「先生、おやすみなさい」

校長室の戸を閉めながら、ハリーは、フィニアス・ナイジェラスだとわかる声を、はっきり聞いた。

「ダンブルドア、あの子が、君よりうまくやれるという理由がわからんね」

「フィニアス、わしも、きみにわかるとは思わぬ」

ダンブルドアが答え、フォークスがまた、低く歌うように鳴いた。

第18章　たまげた誕生日

次の日、ハリーはロンとハーマイオニーにダンブルドアの宿題を打ち明けた。ただし、二人別々に。軽蔑のまなざしを投げる瞬間以外は、ハーマイオニーが相変わらずロンと一緒にいることを拒んでいるからだ。

ロンは、ハリーならスラグホーンに関するこの宿題は楽勝だと考えている。

「あいつは君に惚(ほ)れ込んでる」

朝食の席で、フォークに刺した玉子焼きの大きな塊(かたまり)を振りながら、ロンは気楽に言う。

「君が頼めばどんなことだって断りゃしないだろ？　お気に入りの魔法薬の王子様だもの。今日の午後の授業のあとにちょっと残って、聞いてみろよ」

しかし、ハーマイオニーの意見はもっと悲観的だ。

「ダンブルドアが聞き出せなかったくらいだもの、スラグホーンはあくまで真相を隠すつもりにちがいないわ」

こちらは休み時間中の、人気のない雪の中庭での立ち話。ハーマイオニーが低い声でつぶやく。

「ホークラックス……ホークラックス……聞いたこともないわ……」

「君が？」

ハリーは落胆する。ホークラックスがどういう物か、ハーマイオニーなら手がかりを教えてくれるかもしれないと期待していた。

「相当高度な、闇の魔術にちがいないわ。そうでなきゃ、ヴォルデモートが知りたがるはずないでしょう？　ハリー、その情報は、一筋縄じゃ聞き出せないと思うわよ。スラグホーンには慎重の上にも慎重に持ちかけないといけないわ。ちゃんと戦術を考えて……」

「ロンは、今日の午後の授業のあと、ちょっと残ればいいっていう考えだけど……」

「あら、まあ、もしウォン－ウォンがそう考えるんだったら、そうしたほうがいいでしょ」

ハーマイオニーはたちまちめらめらと燃え上がる。

「なにしろ、ウォン－ウォンの判断は一度だってまちがったことがありませんからね！」

「ハーマイオニー、いいかげんに――」

「お断りよ！」

いきり立ったハーマイオニーは、足首まで雪に埋まったハリーをひとり残し、荒々しく立ち去った。

近ごろの魔法薬のクラスは、ハリー、ロン、ハーマイオニーが同じ作業テーブルを使うというだけで居心地が悪い。今日のハーマイオニーは、自分の大鍋をテーブルの向こう端のアーニーの近くまで移動し、ハリーとロンの両方を無視している。

「君はなにをやらかしたんだ？」

ハーマイオニーのつんとした横顔を見ながら、ロンがぼそぼそとハリーに聞く。

ハリーが答える前に、スラグホーンが教室の前方から静粛にと呼びかけた。

「静かに、みんな静かにして！　さあ、急がないと、今日はやることがたくさんある！『ゴルパロットの第三の法則』……だれか言える者は――？　ああ、ミス・グレンジャーだね、もちろん！」

ハーマイオニーは猛烈なスピードで暗誦する。

「『ゴルパロットの第三の法則』とは、混合毒薬の解毒剤の成分は毒薬の各成分に対する解毒剤の成分の総和より大きい」

「そのとおり！」スラグホーンがにっこりする。

「グリフィンドールに一〇点！　さて、『ゴルパロットの第三の法則』が真であるならば……」

ハリーは、「ゴルパロットの第三の法則」が真であるというスラグホーンの言葉を鵜呑み（うの）にすることにした。なにしろちんぷんかんぷんだったからだ。スラグホーンの次の説明も、ハーマイオニー以外はだれもついていけないようだ。

「……ということは、もちろん、『スカーピンの暴露呪文』により魔法毒薬の成分を正確に同定できたと仮定すると、我々の主要な目的は、これらの全部の成分それ自体の解毒剤をそれぞれ選び出すという比較的単純なものではなく、追加の成分を見つけ出すことであり、その成分は、ほとんど錬金術とも言える工程により、これらのばらばらな成分を変容せしめ――」

ハリーの横ではロンが、口を半分開け、真新しい自分の『上級魔法薬』の教科書にぼんやり落書きをしている。授業がさっぱりわからない場合でも、ハーマイオニーの助けを借りることがもはやできないというのに、ロンは始終それを忘れている。

「……であるからして」スラグホーンの説明が終わった。

「前に出てきて、私の机からそれぞれ薬瓶（くすりびん）を一本ずつ取っていきなさい。授業が終わるまでに、その瓶に入っている毒薬に対する解毒剤を調合すること。がんばりなさい。保護手袋を忘れないように！」

ハーマイオニーが席を立ってスラグホーンの机まで半分ほど近づいたころ、ようやくほかの生徒は行動を開始しなければならないことに気がつくほどだ。ハリー、ロン、アーニーがテーブルにもどったときには、ハーマイオニーはすでに薬瓶の中身を自分の大鍋に注ぎ入れ、鍋の下に火を点けていた。

「今回はプリンスがあんまりお役に立たなくて、残念ね、ハリー」

体を起こしながら、ハーマイオニーが朗らかに言う。

「今回のは、この原理を理解しないといけないもの。近道もカンニングもなし！」

ハリーはいらだちながら、スラグホーンの机から持ってきた瓶のコルク栓を抜き、けばけばしいピンク色の毒薬を大鍋に空けて、下で火を焚いた。次はなにをするのやら、ハリーにはさっぱりわからない。ロンをちらりと見ると、ハリーがやったことを逐一まねしたあげく、ぼけーっと突っ立っている。

「ほんとにプリンスのヒントはないのか？」ロンが、ハリーにささやく。

ハリーは頼みの綱の『上級魔法薬』を引っぱり出し、解毒剤の章を開く。そこには、ハーマイオニーが暗誦した言葉と一言一句ちがわない、「ゴルパロットの第三の法則」が載っている。しかし、それがどういう意味なのか、プリンスの手書きによる明快な書き込みは一つもない。プリンスは、ハーマイオニーと同じように、苦もなくこの法則が理解できたらしい。

「ゼロ」ハリーが暗い声で答える。

ハーマイオニーが今度は、大鍋の上で熱心に杖を振っている。残念なことに、ハーマイオニーの使っている呪文をまねすることはできない。ハーマイオニーはもはや無言呪文に熟達し、一声も発する必要がなかったからだ。しかし、アーニー・マクミランは、自分の大鍋に向かって「スペシアリス　レベリオ　化けの皮、はがれよ」と小声で唱えている。それがいかにも迫力があったので、ハリーもロンもアーニーのまねをすることにした。

五分も経たないうちに、クラス一番の魔法薬作りの評判のガラガラと崩れる音が、ハリーの耳元で聞こえた。スラグホーンは地下牢教室を一回りしながら、期待を込めてハリーの大鍋を覗き込み、いつものように歓声を上げようとする。ところが、腐った卵の臭いに閉口して、咳き込みながらあわてて首を引っ込めた。ハーマイオニーの得意げな顔といったらない。魔法薬の授業で毎回負けていたのが、いやでたまらなかったようだ。いまやハーマイオニーは、摩訶不思議にも分離した毒薬の成分を、クリスタルの薬瓶十本に小分けして静かに注ぎ込んでいる。癪な光景から目を逸らしたい一心で、ハリーはプリンスの本を覗き込み、躍起になって数ページめくる。

すると、あるではないか。解毒剤を列挙した長いリストを横切って、走り書きがしてあるのを見つけた。

ベゾアール石を喉から押し込むだけ

ハリーはしばらくその文字を見つめていた。ずいぶん前に、ベゾアール石のことを聞いたことがあるのでは？　スネイプが、最初の魔法薬の授業で口にしたのでは？

「ベゾアール石は山羊の胃から取り出す石で、たいていの毒薬に対する解毒剤となる」

ゴルパロットの問題に対する答えではなかったし、スネイプがまだ魔法薬の先生だったら、ハリーは絶対そんなことはしなかっただろうが、ここ一番の瀬戸際だ。ハリーは急いで材料棚に近づき、ユニコーンの角やからみ合った干薬草を押し退けて棚の中を引っかき回し、一番奥にある小さな紙の箱を見つけた。箱の上に「ベゾアール」と書きなぐってある。

ハリーが箱を開けるとほとんど同時に、スラグホーンが、「みんな、あと二分だ！」と声をかける。箱の中には半ダースほどの萎びた茶色い物が入っている。石というより干涸びた腎臓のよう。ハリーはその一つをつかみ、箱を棚にもどして鍋まで急いでもどった。

「時間だ……やめ！」

スラグホーンが楽しげに呼ばわった。

「さーて、成果を見せてもらおうか！　ブレーズ……なにを見せてくれるかな？」

スラグホーンはゆっくりと教室を回り、さまざまな解毒剤を調べて歩く。課題を完成させた生徒はだれもいなかった。ただ、ハーマイオニーは、スラグホーンがやってくるまでに、あと数種類の成分を瓶に押し込もうとしていた。ロンは完全にあきらめて、自分の大鍋から立ち昇る腐った臭いを吸い込まないようにしている。ハリーは少し汗ばんだ手に、ベゾアール石をにぎりしめてじっと待つ。

スラグホーンは、最後にハリーたちのテーブルにくる。アーニーの解毒剤をフンフンと嗅ぎ、顔をしかめてロンのほうに移動する。ロンの大鍋にも長居はせず、吐き気を催したようにすばやく後ずさる。

「さあ君の番だ、ハリー」スラグホーンが言う。「なにを見せてくれるね？」

ハリーは手を差し出した。手のひらにベゾアール石が載っている。

スラグホーンは、まるまる十秒もそれを見つめていた。どなりつけられるかもしれないと、ハリーは一瞬そう思った。ところがスラグホーンは、のけぞって大笑いを始める。

「まったく、いい度胸だ！」

スラグホーンは、ベゾアール石を高く掲げてクラス中に見えるようにしながら太い声を響かせる。

「ああ、母親と同じだ……いや、君に落第点をつけることはできない……ベゾアール石はたしかに、ここにある魔法薬すべての解毒剤として効く！」

ハーマイオニーは、汗まみれで鼻に煤をくっつけて、憤懣やる方ない顔をしている。五十二種類もの成分に、ハーマイオニーの髪の毛ひと塊まで入って半分でき上がった解毒剤が、スラグホーンの背後でゆっくり泡立っていたが、スラグホーンはハリーしか眼中にない。

「それで、あなたは自分ひとりでベゾアール石を考えついたのね、ハリー、そうなのね？」

ハーマイオニーが歯軋りしながら問いただす。

「それこそ、真の魔法薬作りに必要な個性的創造力というものだ！」

ハリーがなにも答えないうちに、スラグホーンがうれしそうに言う。

「母親もそうだった。魔法薬作りを直感的に把握する生徒だった。まちがいなくこれは、リリーから受け継いだものだ……そう、ハリー、そのとおり、ベゾアール石があれば、もちろんそれで事がすむ……ただし、すべてに効くわけではないし、かなり手に入りにくい物だから、解毒剤の調合の仕方は、知っておく価値がある……」

教室中でただ一人、ハーマイオニーより怒っているように見えたのはマルフォイだ。ローブに猫の反吐のようなものが垂れこぼれているマルフォイを見て、ハリーは溜飲を下げた。ハリーがまったく作業せずにクラスで一番になったことに、二人とも怒りをぶちまける間もなく、終業ベルが鳴る。

「荷物をまとめて！」スラグホーンが告げる。

「それと、生意気千万に対して、グリフィンドールにもう一〇点！」

スラグホーンはくすくす笑いながら、地下牢教室の前にある自分の机によたよたともどる。

ハリーは、鞄を片付けるのにしては長すぎる時間をかけ、ぐずぐずとあとに残っていた。ロンもハーマイオニーも、がんばれと声をかけもせずに教室を出ていく。二人ともかなり不機嫌なようだ。最後に、ハリーとスラグホーンの二人だけが教室に残った。

「ほらほら、ハリー、次の授業に遅れるよ」

スラグホーンが、ドラゴン革のブリーフケースの金の留め金をバチンと留めながら、愛想よく言う。

「先生」

否応なしに記憶の中でのヴォルデモートの場面を思い出しながら、ハリーが切り出す。

「お伺いしたいことがあるんです」

「それじゃ、遠慮なく聞きなさい、ハリー、遠慮なく」

「先生、ご存知でしょうか……ホークラックスのことですが？」

とたんにスラグホーンが凍りつく。丸顔が見る見る陥没していくようだ。スラグホーンは唇をなめ、かすれ声で問いかける。

「なんと言ったのかね？」

「先生、ホークラックスのことについて、なにかご存知でしょうかと伺いました。あの――」

「ダンブルドアの差し金だな」スラグホーンがつぶやく。

スラグホーンの声ががらりと変わる。もはや愛想のよさは吹き飛び、衝撃で怯えた声になっている。震える指で胸ポケットからようやくハンカチを引っぱり出し、額の汗を拭う。

「ダンブルドアが君にあれを見せたのだろう――あの記憶を」

スラグホーンが逆にハリーを問い詰める。

「え？　そうなんだろう？」

「はい」ハリーは、嘘をつかないほうがいいと即座に判断した。

「そうだろう。もちろん」

スラグホーンは蒼白な顔をまだハンカチで拭いながら、低い声で言う。

「もちろん……まあ、あの記憶を見たのなら、ハリー、私がいっさいなにも知らないことはわかっているだろう――いっさいなにも――」

スラグホーンは同じ言葉を繰り返し強調する。

「ホークラックスのことなど」

スラグホーンは、ドラゴン革のブリーフケースを引っつかみ、ハンカチをポケットに押し込みなおして、地下牢教室のドアに向かってとっとと歩き出した。

「先生」ハリーは必死になる。「僕はただ、あの記憶に少し足りないところがあるのではないかと――」

「そうかね?」スラグホーンが言い返す。「それなら、君がまちがっとるんだろう? まちがっとる!」

最後の言葉はどなり声となる。ハリーにそれ以上一言も言わせず、スラグホーンは地下牢教室のドアをバタンと閉めて出ていった。

ロンもハーマイオニーも、ハリーの話す惨憺たる結果に、さっぱり同情してくれない。ハーマイオニーは、きちんと作業もしないで勝利を得たハリーのやり方に、まだ煮えくり返っていた。ロンはロンで、ハリーが自分にもこっそりベゾアール石を渡してくれなかったことを恨んでいる。

「二人揃って同じことをしたら、まぬけじゃないか!」

ハリーはいらだつ。

「いいか。僕は、ヴォルデモートのことを聞き出せるように、あいつを懐柔する必要があったんだ。おい、しゃんとしろよ！」

ロンがその名を聞いたとたんびくりとしたので、ハリーはますますいらだった。失敗はするし、ロンとハーマイオニーの態度も態度だし、ハリーは向かっ腹を立てながらそれからの数日、スラグホーンに次はどういう手を打つべきかを考え込む。結論として当分の間、スラグホーンに、ハリーがホークラックスのことなど忘れ果てたと思い込ませることにした。再攻撃を仕掛ける前に、スラグホーンがもう安泰だと思い込むようなだめるのが、最上の策だと考えた。

ハリーが二度とスラグホーンに質問しないこともあって、魔法薬の先生は、いつものようにハリーをかわいがる態度にもどり、その問題は忘れたかのようだった。スラグホーンが次に小パーティを開くときは、たとえクィディッチの練習予定を変えてでも逃すまいと決心し、ハリーは招待されるのを待った。しかし残念ながら、招待状はこなかった。ハリーは、ハーマイオニーやジニーにも確かめた。だが、どちらも招待状を受け取っていなかったし、二人の知るかぎり、ほかにだれも受け取った者はいない。スラグホーンは見かけより忘れっぽくはないのかもしれない。もう一度質問する機会を絶対に与えまいとしているのではないか、とハリーは考えざるをえない。

一方、ホグワーツの図書室は、ハーマイオニーの記憶にあるかぎりはじめて疑問に対する答えを出してくれなかった。それがあまりにもショックで、ハーマイオニーは、ハリーがベゾアール石でずるをしたと憤慨していたことさえ忘れたようだ。

「ホークラックスがなにをする物か、一っつも説明が見当たらないの！」

ハーマイオニーがハリーに訴える。

「ただの一つもよ！　禁書の棚も全部見たし、身の毛もよだつ魔法薬の煎じ方が書いてある、ぞっとする本も見たわ――なんにもないのよ！　見つけたのはこれだけ。『最も邪悪なる魔術』の序文よ――読むわね――『ホークラックス、魔法の中で最も邪悪なる発明なり。我らはそを語りもせず、説きもせぬ』……それなら、どうしてわざわざ書くの？」

ハーマイオニーはもどかしそうに言いながら、古色蒼然とした本を乱暴に閉じる。本が幽霊の出てきそうな泣き声を上げた。

「お黙り」

ハーマイオニーはぴしゃりと言って、本を元の鞄に詰め込んだ。

二月。学校の周囲の雪が溶け出し、冷たく陰気でじめじめした季節になった。どんよりとした灰紫の雲が城の上に低く垂れ込め、間断なく降る冷たい雨で、芝生は滑りやすくぬかるんでいる。その結果、六年生の「姿現わし」第一回目の練習は、校庭ではなく大広間で行われることになった。通常の授業とかち合わないように、練習時間は土曜日の朝に予定されている。

ハリーとハーマイオニーが大広間にきてみると（ロンはラベンダーと一緒にきていた）、長テーブルがなくなっている。高窓に雨が激しく打ちつけ、魔法のかかった天井は暗い渦を巻いている。生徒たちは、各寮の寮監であるマクゴナガル、スネイプ、フリットウィック、スプラウトの諸先生方と、魔法省から派遣された「姿現わし」の指導官と思われる小柄な魔法使いの前に集まった。指導官は、奇妙に色味のない睫毛に霞のような髪で、一陣の風にも吹き飛ばされてしまいそうな実在感のない雰囲気の人だ。始終消えたり現れたりするから、なにかしらん実体がなくなってしまったのだろうか、こういう儚げな体型が姿を消したい人には理想的なのだろうか、とハリーは考えていた。

「みなさん、おはよう」

生徒が全員集まり、寮監が静粛にと呼びかけたあと、魔法省の指導官が挨拶する。

「私はウィルキー・トワイクロスです。これから十二週間、魔法省『姿現わし』指導官を務めます。その期間中、みなさんが『姿現わし』の試験に受かるように訓練するつもりです――」

「マルフォイ、静かにお聞きなさい！」マクゴナガル先生が叱りつける。

みながマルフォイを振り返る。マルフォイは鈍いピンク色に頬を染め、怒り狂った顔で、それまでひそひそ声で口論していたらしいクラッブから離れた。ハリーは急いでスネイプを盗み見る。スネイプもいらだっていたが、ハリーの見るところ、マルフォイの行儀の悪さのせいというより、ほかの寮の寮監であるマクゴナガルに叱責(しっせき)されたせいではないかという感じがする。

「――それまでには、みなさんの多くが、試験を受けることができる年齢になっているでしょう」

トワイクロスは何事もなかったかのように話し続ける。

「知ってのとおり、ホグワーツ内では通常『姿現わし』も『姿くらまし』もできません。校長先生が、みなさんの練習のために、この大広間にかぎって、一時間だけ呪縛を解きました。念を押しますが、この大広間の外では『姿現わし』はできませんし、試したりするのも賢明とは言えません」

「それではみなさん、前の人との間を一・五メートルあけて、位置に着いてください」

互いに離れたりぶつかったり、自分の空間から出ろと要求したりで、あちこちで押し合いへし合いが続く。寮監は生徒の間を回って、位置につかせたり、言い争いをやめさせたりと忙しい。

「ハリー、どこにいくの?」ハーマイオニーが見咎める。

ハリーは、それには答えず、混雑の中をすばやく縫って歩いていく。全員が一番前に出たがっているレイブンクロー生を位置に着かせようと、キーキー声を出しているフリットウィック先生のそばを通り過ぎ、ハッフルパフ生を追い立てて並ばせているスプラウト先生を通り越し、アーニー・マクミランを避けて、最後に群れの一番後ろ、マルフォイの真後ろに首尾よく場所を占める。マルフォイは部屋中の騒ぎに乗じて、反抗的な顔をして一・五メートル離れたところに立っているクラッブと、口論を続けていた。

「いいか、あとどのくらいかかるかわからないんだ!」すぐ後ろにハリーがいることなど知る由もないマルフォイが、投げつけるように言う。

「考えていたより長くかかっている」

クラッブが口を開きかけたが、マルフォイはクラッブの言おうとしていることを読んだようだ。

「いいか、僕がなにをしていようと、クラッブ、おまえには関係ない。おまえもゴイルも言われたとおりにして、見張りだけやっていろ!」

「友達に見張りを頼むときは、僕なら自分の目的を話すけどな」

ハリーは、マルフォイだけに聞こえる程度の声を出す。

マルフォイは、さっと杖に手をかけながらくるりと後ろ向きになるが、ちょうどそのとき寮監の四人が「静かに！」と大声を出し、部屋中がふたたび静かになる。マルフォイはゆっくりと正面に向きなおった。

「どうも」トワイクロスが言う。「さて、それでは……」

指導官が杖を振ると、たちまち生徒全員の前に、古くさい木の輪っかが現れた。

「『姿現わし』で覚えておかなければならない大切なことは、三つの『D』です！」

トワイクロスが続ける。

「どこへ、どうしても、どういう意図で！」

「第一のステップ。どこへ行きたいか、しっかり思い定めること」

トワイクロスが強調する。

「今回は、輪っかの中です。では『どこへ』に集中してください」

みながまわりをちらちら盗み見て、ほかの人も輪っかの中を見つめているかどうかをチェックし、それから急いで言われたとおりにする。ハリーは、輪っかが丸く取り囲んでいる埃っぽい床を見つめてほかのことはなにも考えまいとしたが、むりだった。どうしても、マルフォイがいったいなんのために見張りを立てる必要があるのかを考えてしまう。

「第二のステップ」トワイクロスが告げる。

「『どうしても』という気持ちを、目的の空間に集中させる！　どうしてもそこに行きたいという決意が、体の隅々にまであふれるようにする！」

ハリーはこっそりあたりを見回す。ちょっと離れた左のほうでは、アーニー・マクミランが自分の輪っかに意識を集中しようとするあまり、顔を紅潮させている。クアッフル大の卵を産み落とそうと力んでいるみたいだ。ハリーは笑いを噛み殺し、あわてて自分の輪っかに視線をもどす。

「第三のステップ」トワイクロスが声を張り上げる。「そして、私が号令をかけたそのときに……その場で回転する。無の中に入り込む感覚で、『どういう意図で』行くかを慎重に考えながら動く！　いち、に、さんの号令に合わせて、では……いち──」

ハリーはあたりを見回した。そんなに急に「姿現わし」をしろと言われてもと、驚愕した顔が多い。

「──に──」

ハリーはもう一度輪っかに意識を集中しようとした。三つの「D」がなんだったか、とっくに忘れている。

「──さん！」

ハリーはその場で回転したが、バランスを失って転びそうになる。ハリーだけではなかった。大広間はたちまち集団よろけ状態になっていた。ネビルは完全に仰向けにひっくり返っている。一方アーニー・マクミランは、爪先で回転し、踊るように輪の中に飛び込んで一瞬ぞくぞくしているようだったが、すぐに自分を見て大笑いしているディーン・トーマスに気づいた。

「かまわん、かまわん」

トワイクロスはそれ以上のことを期待していなかったようだ。

「輪っかをなおして、元の位置にもどって……」

二回目も一回目よりましとは言えず、三回目も相変わらずだめだった。四回目になってやっと一騒動起こった。恐ろしい苦痛の悲鳴が上がり、みながぞっとして声のほうを見ると、ハッフルパフのスーザン・ボーンズが、一・五メートル離れた出発地点に左足を残したまま、輪の中でぐらぐら揺れている。

寮監(りょうかん)たちがスーザンを包囲し、バンバン言う音と紫の煙が上がり、それが消えたあとには、左足とふたたび合体したスーザンが、怯(おび)え切った顔で泣きじゃくっていた。

「『ばらけ』とは、体のあちこちが分離することで」

ウィルキー・トワイクロスが平気な顔で解説している。

「心が十分に『どうしても』と決意していないときに起こります。継続的に『どこへ』に集中しなければなりません。そして、あわてず、しかし慎重に『どういう意図で』を忘れずに動くこと……そうすれば」

トワイクロスは前に進み出て両腕を伸ばし、その場で優雅に回転してローブの渦の中に消えたかと思うと、大広間の後ろにふたたび姿を現した。

「三つの『D』を忘れないように」

トワイクロスがもう一度確認する。

「ではもう一度……いち——に——さん——」

しかし、一時間経っても、スーザンの「ばらけ」以上におもしろい事件はなかった。トワイクロスは別に落胆した様子もない。首のところでマントの紐(ひも)を結びながら、事務的な口調でこう言い渡す。

「では、みなさん、次の土曜日に。忘れないでくださいよ、『どこへ、どうしても、どういう意図で』」

そう言うなりトワイクロスは杖を一振りする。輪っかがすべて消えた。トワイクロスはマクゴナガル先生に付き添われて大広間を出ていく。生徒たちは玄関ホールへと移動し、たちまち話し声の渦が起こった。

「どうだった?」

ロンが急いでハリーのほうへやってきて聞く。

「最後にやったとき、なんだか感じたみたいな気がするな――両足がじんじんするみたいな」

「スニーカーが小さすぎるんじゃないの、ウォン－ウォン」

背後で声がして、ハーマイオニーが冷ややかな笑いを浮かべながら、つんけんと二人を追い越していく。

「僕はなんにも感じなかった」ハリーは茶々が入らなかったかのように言う。「だけど、いまはそんなことどうでもいい――」

「どういうことだ？　どうでもいいって……『姿現わし』を覚えたくないのか？」

ロンが信じられないという顔をする。

「ほんとにどうでもいいんだ。僕は飛ぶほうが好きだ」

ハリーは振り返ってマルフォイがどこにいるかを確かめ、玄関ホールに出てから足を早めた。

「頼む、急いでくれ。僕、やりたいことがあるんだ……」

なんだかわからないまま、ロンはハリーのあとからグリフィンドール塔に向かって走る。途中、ピーブズに足止めを食らう。ピーブズが五階のドアを塞いで、自分のズボンに火をつけないと開けてやらないと、通せん坊をしていたのだ。しかし二人は、後もどりして、確実な近道の一つを使う。五分もしないうちに、二人は肖像画の穴をくぐっていた。

「さあ、なにをするつもりか、教えてくれるか？」

ロンが少し息を切らしながら聞いてくる。

「上で」

ハリーは談話室を横切り、先に立って男子寮へのドアを通りながら言った。

ハリーの予想どおり、寝室にはだれもいない。ハリーはトランクを開けて、引っかき回した。ロンはいらいらしながらそれを見ている。

「ハリー……」

「マルフォイがクラッブとゴイルを見張りに使ってる。クラッブとさっき口論していた。僕は知りたいんだ……あった」

見つけたのは、四角に畳んだ羊皮紙で、見かけは白紙だ。ハリーはそれを広げて、杖の先でコツコツたたいた。

「われ、ここに誓う。われ、よからぬことを企む者なり……少なくともマルフォイは企んでる」

羊皮紙に「忍びの地図」がたちどころに現れた。城の各階の詳細な図面が描かれ、城の住人の名前がついた小さな黒い点が、図面のまわりを動き回っている。

「マルフォイを探すのを手伝って」ハリーが急き込んで言う。

ベッドに地図を広げ、ハリーはロンと二人で覗き込んで探す。

「そこだ！」一、二分でロンが見つけた。

「スリザリンの談話室にいる。ほら……パーキンソン、ザビニ、クラッブ、ゴイルと一緒だ……」

ハリーはがっかりして地図を見下ろしたが、すぐに立ちなおる。

「よし、これからはマルフォイから目を離さないぞ」

ハリーは決然として宣言する。

「あいつがクラッブとゴイルを見張りに立てて、どこかをうろついているのを見かけたら、いつもの『透明マント』をかぶって、あいつがなにをしているか突き止めに――」

ネビルが入ってきたので、ハリーは口をつぐむ。ネビルは焼け焦げの臭いをプンプンさせながら、トランクを引っかき回して着替えのズボンを探しはじめた。

マルフォイの尻尾を押さえようと決意したにもかかわらず、なんのチャンスもつかめないまま数週間が過ぎた。できるだけ頻繁に地図を見ていたし、ときには授業の合間に行きたくもないトイレに行ってまで調べたが、怪しげな場所にいるマルフォイを一度として見かけることはなかった。もっとも、クラッブやゴイルがいつもより頻繁に二人きりで城の中を歩き回ったり、ときには人気のない廊下にじっとしていたりするのは見つけたものの、そうしたときにマルフォイはというと、二人の近くにいないばかりか、地図のどこにいるのやら、まったく見つけられない。これは不思議千万だった。

マルフォイが実は学校の外に出ているという可能性もちらりと考えてみたが、厳戒体制の敷かれた城で、そんなことができるとは考えにくい。地図上の何百という小さな黒い点にまぎれて、マルフォイを見失ったのだろうと考えるしかなかった。これまではいつもくっついていたマルフォイ、クラッブ、ゴイルが、ばらばらに行動している様子なのは、それぞれが成長したからだろう——ロンとハーマイオニーがそのいい例だ。そう思うと、ハリーは悲しい気持ちになる。

二月が三月に近づいたが、天気は相変わらずだった。しかも、雨だけでなく風までも強さを増す。談話室の掲示板に、次のホグズミード行きは取り消しという掲示が出されたときには、全員が憤慨した。ロンはかんかんになる。

「僕の誕生日だぞ！」ロンがわめく。「楽しみにしてたのに！」

「だけど、そんなに驚くようなことでもないだろう？」ハリーは冷静だ。「ケイティのことがあったあとだし」

ケイティはまだ「聖マンゴ病院」からもどっていなかった。その上、「日刊予言者」には行方不明者の記事がさらに増え、その中にはホグワーツの生徒の親戚関係者も何人かいる。

「だけど、ほかに期待できるものって言えば、ばかばかしい『姿現わし』しかないんだぜ！」

ロンがぶつくさ文句を垂れる。

「すごい誕生日祝いだよ……」

三回目の練習が終わっても、「姿現わし」は相変わらず難しく、何人かが「ばらけ」状態に陥っただけだった。焦燥感が高まると、ウィルキー・トワイクロスと口癖の「3D」に対する多少の反感が出てきて、トワイクロスの「3D」に刺激された綽名がたくさんついた。ドンクサ、ドアホなどはまだましなほうだ。

三月一日の朝、ハリーもロンも、シェーマスとディーンがドタバタと朝食に下りていく音で起こされた。

「誕生日おめでとう、ロン」ハリーが祝う。「プレゼントだ」

ハリーがロンのベッドに放り投げた包みは、すでに小高く積み上げられていたプレゼントの山に加わる。夜のうちに屋敷しもべ妖精が届けたのだろう。

「あんがと」

ロンが眠そうに礼を言う。ロンが包み紙を破り取っている間に、ハリーはベッドから起き出し、トランクを開けて、隠しておいた「忍びの地図」を探る。毎回使ったあとは、そこに隠しておくのだ。トランクの中身を半分ほどひっくり返し、丸めたソックスの下に隠れている地図をやっと見つける。ソックスの中には、幸運をもたらす魔法薬、フェリックス・フェリシスの瓶がいまもしまってある。

「よし」

ハリーはひとり言を言いながら地図をベッドに持ち帰り、ちょうどそのときハリーのベッドの足側を通り過ぎるネビルに聞こえないように、杖でそっとたたきながら呪文をつぶやく。

「われ、ここに誓う。われ、よからぬことを企む者なり」

「ハリー、いいぞ！」

ロンは、ハリーが贈った真新しいクィディッチ・キーパーのグローブを振りながら、興奮している。

「そりゃよかった」

ハリーは、マルフォイを探してスリザリン寮を克明に見ていたので、上の空で返事をする。

「おい……やつはベッドにいないみたいだぞ……」

ロンはプレゼントの包みを開けるのに夢中で、答えない。ときどきうれしそうな声を上げている。

「今年はまったく大収穫だ！」

ロンは、重そうな金時計を掲げながら大声で言う。時計は縁に奇妙な記号がついていて、針の代わりに小さな星が動いている。

「ほら、パパとママからの贈り物を見たか？　おっどろきー、来年もう一回成人になろうかな……」

「すごいな」

ハリーはいっそう丹念に地図を調べながらロンの時計をちらりと見て、気のない相槌を打つ。マルフォイはどこなんだ？　大広間のスリザリンのテーブルで朝食を食べている様子もない……研究室に座っているスネイプの近くにも見当たらない……どのトイレにも、医務室にもいない……。

「一つ食うか？」

大鍋チョコレートの箱を差し出しながら、ロンがもぐもぐ言う。

「いいや」ハリーは目を上げた。「マルフォイがまた消えた！」

「そんなはずない」

ロンはベッドを滑り降りて服を着ながら、二つ目の大鍋チョコを口に押し込んでいる。

「さあ、急がないと、空きっ腹で『姿現わし』するはめになるぞ……もっとも、そのほうが簡単かも……」

ロンは、大鍋チョコレートの箱を思案顔で見、肩をすくめて三個目を食べた。

ハリーは、杖で地図をたたき、まだ完了していなかったけれど「いたずら完了」と唱える。それから服を着ながら、必死で考えた。マルフォイがときどき姿を消すことには、必ずなんらかの説明がつくはずだ。しかし、ハリーにはさっぱり思いつかない。一番いいのはマルフォイのあとを追けることだが、「透明マント」があるにせよ、これは現実的な案ではない。授業はあるし、クィディッチの練習やら宿題やら「姿現わし」の練習まである。一日中学校内でマルフォイを追け回していたら、どうしたってハリーの欠席が問題視されてしまう。

「行こうか？」ハリーはロンに声をかける。

寮のドアまで半分ほど歩いたところで、ハリーは、ロンがまだ動いていないのに気づいた。ベッドの柱に寄りかかり、奇妙にぼけっとした表情で、雨の打ちつける窓を眺めている。

「ロン？　朝食だ」

「腹へってない」

ハリーは目を丸くした。

「たったいま、君、言ったじゃ——？」

「ああ、わかった。わかったよ。一緒に行くよ」ロンはため息をつく。「だけど、食べたくない」

ハリーは何事かと、ロンをよくよく観察する。

「たったいま、大鍋チョコレートの箱を半分も食べちゃったもんな？」

「そのせいじゃないよ」ロンはまたため息をついた。「君には……どうせ君には理解できっこない」

「そうか、わかったよ」

さっぱりわからなかったが、ハリーは、ロンに背を向けて寮のドアを開ける。

「ハリー！」出し抜けにロンが呼ぶ。

「なんだい？」

「ハリー、僕、がまんできない！」

「なにを？」

ハリーは今度こそなにかおかしいと思った。ロンは、とても蒼い顔をして、いまにも吐きそうにしている。

「どうしてもあの女のことを考えてしまうんだ！」ロンが、かすれ声で言う。

ハリーは唖然としてロンを見つめた。こんなことになろうとは思わなかったし、そんな言葉は聞きたくなかったような気がする。ロンとはたしかに友達だが、ロンがラベンダーを「ラブ－ラブ」と呼びはじめるようなら、ハリーとしても断固とした態度を取らねばならない。

「それがどうして、朝食を食べないことにつながるんだ？」

事のなりゆきに、なんとか常識の感覚を持ち込まねばと、ハリーがたずねる。

「あの女は、僕の存在に気づいていないと思う」

ロンは絶望的な仕草をする。

「あの女は、君の存在にはっきり気づいているよ」

ハリーは戸惑う。

「しょっちゅう君といちゃついてるじゃないか？」

ロンは目を瞬かせた。

「だれのこと言ってるんだ？」

「君こそだれの話だ？」ハリーが聞き返す。

いまの二人の会話はまったく辻褄が合っていない。そんな気持ちが、次第に強くなってきた。

「ロミルダ・ベイン」

ロンは優しく告げる。そのとたん、ロンの顔が、混じりけのない太陽光線を受けたように、パッと輝いたように見えた。

二人はまるまる一分間見つめ合った。そしてハリーが口を開く。

「冗談だろう？　冗談言うな」

「僕……ハリー、僕、あの女を愛していると思う」ロンが首を絞められたような声を出した。

「オッケー」

ハリーは、ロンのぼんやりした目と蒼白い顔をよく見ようと、ロンに近づいた。

「オッケー……もう一度真顔で言ってみろよ」

「愛してる」ロンは息をはずませながら言い募る。「あの女の髪を見たか？　真っ黒でつやつやして、絹のように滑らかで……それにあの目はどうだ？　ぱっちりした黒い目は？　そしてあの女の――」

「いいかげんにしろ」ハリーはいらだった。「冗談はもうおしまいだ。いいか？　もうやめろ」

背を向けて立ち去りかけたが、ドアに向かって三歩と行かないうちに、右耳にガツンと一発食らった。ハリーがよろけながら振り返ると、ロンが拳を構えている。顔が怒りで歪み、またしてもパンチを繰り出そうとしている。

ハリーは本能的に動く。ポケットから杖を取り出し、なんの意識もせずに、思いついた呪文を唱えた。

「レビコーパス！」

ロンは悲鳴を上げ、またしても足首からひねり上げられて逆さまにぶら下がり、ローブがだらりと垂れた。

「なんの恨みがあるんだ？」ハリーがどなる。

「君はあの女を侮辱した！　ハリー！　冗談だなんて言った！」

ロンがさけぶ。血が一度に頭に下がって、顔色が徐々に紫色になっていく。

「まともじゃない！」ハリーが大声を出す。「いったいなにに取り憑かれた――？」

そのときふと、ロンのベッドで開けっぱなしになっている箱が目についた。事の真相が、暴走するトロール並みの勢いで閃いた。

「その大鍋チョコレートを、どこで手に入れた？」

「僕の誕生プレゼントだ！」

ロンは体を自由にしようともがいて、空中で大きく回転しながらさけんだ。

「君にも一つやるって言ったじゃないか？」

「さっき床から拾った。そうだろう？」

「僕のベッドから落ちたんだ。わかったら下ろせ！」

「君のベッドから落ちたんじゃない。このまぬけ、まだわからないのか？　それは僕のだ。地図を探してたとき、僕がトランクから放り出したものだ。クリスマスの前にロミルダが僕にくれた大鍋チョコレート。全部惚れ薬が仕込んであるんだぞ！」

しかし、これだけ言っても、ロンには一言しか頭に残らなかったようだ。

「ロミルダ？」

ロンがその名を繰り返す。

「ロミルダって言ったか？　ハリー——あの女を知っているのか？　紹介してくれないか？」

ハリーは、今度は期待ではち切れそうになった宙吊りのロンの顔をまじまじと見つめ、笑い出したいのをぐっとこらえた。頭の一部では——とくにずきずきする右耳のあたりでは——宙吊りから下ろして、ロンが突進していくのを薬の効き目が切れるまで見物してやろうかと思う……しかし、なんと言っても、二人は友達じゃないか。攻撃したときのロンは、自分がなにをしているのかわからなかったのだ。ロンがロミルダ・ベインに永遠の愛を告白するようなまねをさせたりしたら、自分はもう一度パンチを食らうに値してしまう。

「ああ、紹介してやるよ」

ハリーは忙しく考えをめぐらせながら答える。

「それじゃ、いま、下ろしてやるからな。いいか？」

ハリーは、ロンが床にわざと激突するように下ろした（なにしろハリーの耳は、相当に痛む）。しかし、ロンはなんでもなさそうに、にこにこしてはずむように立ち上がる。

「ロミルダは、スラグホーンの部屋にいるはずだ」

ハリーは先に立ってドアに向かいながら、自信たっぷりに告げる。

「どうしてそこにいるんだい？」ロンは急いで追いつきながら、心配そうに聞く。

「ああ、魔法薬の特別授業を受けている」ハリーは思いつきで、いいかげんにでっち上げて答えた。

「一緒に受けられないかどうか、頼んでみようかな？」ロンが意気込んで言う。

「いい考えだ」ハリーが答えた。

肖像画の穴の横で、ラベンダーが待っている。ハリーの予想しなかった、複雑な展開となった。

「遅いわ、ウォン－ウォン！」ラベンダーが唇を尖らせる。「お誕生日にあげようと思って――」

「ほっといてくれ」ロンがいらつきながら声を上げる。「ハリーが僕を、ロミルダ・ベインに紹介してくれるんだ」

それ以上一言も言わず、ロンは肖像画の穴に突進して出ていった。ハリーは、ラベンダーにすまなそうな顔を見せたつもりなのだが、「太った婦人(レディ)」が二人の背後でピシャリと閉じる直前、ラベンダーがますますむくれ顔になっていたことから考えると、ただ単に愉快そうな表情になっていたのかもしれない。

スラグホーンが朝食に出ているのではないかと、ハリーはちょっと心配だったが、ドアを一回たたいただけで、緑のビロードの部屋着にお揃いのナイトキャップをかぶったスラグホーンが、かなり眠そうな目をして現れた。

「ハリー」スラグホーンが迷惑そうに不平を言う。「訪問には早すぎるね……土曜日はだいたい遅くまで寝ているんだが……」

「先生、お邪魔して本当にすみません」

ハリーはなるべく小さな声で言う。ロンは爪先立ちになって、スラグホーンの頭越しに部屋を覗こうとしている。

「でも、友達のロンが、まちがって惚(ほ)れ薬を飲んでしまったんです。先生、解毒剤を調合してくださいますよね？　マダム・ポンフリーのところに連れていこうと思ったんですが、ウィーズリー・ウィザード・ウィーズからはなにも買ってはいけないことになっているので、あの……都合の悪い質問なんかされると……」

「君なら、ハリー、君ほどの魔法薬作りの名手なら、治療薬を調合できたのじゃないかね？」

「えーと」

ロンがむりやり部屋に入ろうとして、今度はハリーの脇腹を小突くものだから、返事をするハリーの気が散る。

「あの、先生、僕は惚れ薬の解毒剤を作ったことがありませんし、ちゃんとでき上がるまでに、ロンがなにか大変なことをしでかしたりすると――」

うまい具合に、ちょうどそのときロンがうめいた。

「あの女がいないよ、ハリー――この人が隠してるのか？」

「その薬は使用期限内のものだったかね？」

スラグホーンは、今度は専門家の目でロンを見ている。

「いやなに、長く置けば置くほど強力になる可能性があるのでね」

「それでよくわかりました」

スラグホーンをたたきのめしかねないロンといまや本気で格闘しながら、ハリーが喘ぎ喘ぎ言う。

「先生、お願いします。今日はこいつの誕生日なんです」ハリーが懇願する。

「ああ、よろしい。それでは入りなさい。さあ」スラグホーンが和らいだ。「わたしの鞄に必要な物がある。難しい解毒剤ではない……」

ロンは猛烈な勢いで、暖房の効きすぎた、ごてごてしたスラグホーンの部屋に飛び込んだが、房飾りつきの足置き台につまずいて転びかけ、ハリーの首根っこにつかまってやっと立ちなおった。

「あの女は見てなかっただろうな?」と、ロンがつぶやく。

「あの女は、まだきていないよ」

スラグホーンが魔法薬キットを開けて、小さなクリスタルの瓶にあれこれ少しずつ摘んでは加えるのを見ながら、ハリーが言い聞かす。

「よかった」ロンが熱っぽく言う。「僕、どう見える?」

「とても男前だ」

スラグホーンが、透明な液体の入ったグラスをロンに渡しながら、よどみなく声をかける。

「さあ、これを全部飲みなさい。神経強壮剤だ。彼女がきたとき、それ、君が落ち着いていられるようにね」

「すごい」

ロンは張り切って、解毒剤をズルズルと派手な音を立てながら飲み干した。

ハリーもスラグホーンもロンを見つめる。しばらくの間、ロンは二人ににっこり笑いかけていたが、やがてにっこりはゆっくりと引っ込み、ついには消え去って、今度は極端な恐怖の表情と入れ替わった。

「どうやら、元にもどった？」ハリーはにやっと笑う。スラグホーンはくすくす笑っている。

「先生、ありがとうございました」

「いやなに、かまわん、かまわん」

打ちのめされたような顔で、そばの肘掛椅子に倒れ込むロンを見ながら、スラグホーンが言い添える。

「気つけ薬が必要らしいな」

スラグホーンは、飲み物でびっしりのテーブルに急ぐ。

「バタービールがあるし、ワインもある。このオーク樽熟成の蜂蜜酒は、最後の一本だ……うーむ……ダンブルドアにクリスマスに贈るつもりだったが……まあ、それは……」

スラグホーンは肩をすくめる。

「……もらっていなければ、別に残念とは思わないだろう！　いま開けて、ミスター・ウィーズリーの誕生祝いといくかね？　失恋の痛手を追いはらうには、上等の酒に勝るものなし……」

スラグホーンはまたうれしそうに笑い、ハリーも一緒に笑った。真実の記憶を引き出そうとして大失敗したあのとき以来、スラグホーンとほとんど二人だけになったのは、はじめてだ。スラグホーンの上機嫌を続けさせることができれば、もしかして……オーク樽熟成の蜂蜜酒をたっぷり飲み交わしたあとで、もしかしたら……。

「そうら」

スラグホーンがハリーとロンにそれぞれグラスを渡し、それから自分のグラスを挙げて祝辞を述べる。

「さあ、誕生日おめでとう、ラルフ――」

「――ロンです――」ハリーがささやいた。

しかしロンは、乾杯の音頭が耳に入らなかったらしく、とっくに蜂蜜酒を口に放り込み、ゴクリと飲んでしまった。

ほんの一瞬だった。心臓がひと鼓動する間もなかった。ハリーはなにかとんでもないことが起きたのに気づく。スラグホーンは、どうやら気づいていない。

「――いついつまでも健やかで――」

「ロン！」

ロンは、グラスをぽとりと落とす。椅子から立ち上がりかけたとたん、ぐにゃりと崩れ、手足が激しく痙攣（けいれん）しはじめた。口から泡を吹き、両目が飛び出している。

「先生！」

ハリーが大声を上げた。

「なんとかしてください！」

しかし、スラグホーンは、衝撃で唖然とするばかりだった。ロンはぴくぴく痙攣を続け、息を詰まらせた。皮膚が紫色になってくる。

「いったい――しかし――」スラグホーンはしどろもどろだ。

ハリーは低いテーブルを飛び越えて、開けっぱなしになっていたスラグホーンの魔法薬キットに飛びつき、瓶や袋を引っぱり出す。その間も、ゼイゼイというロンの恐ろしい断末魔の息遣いが聞こえている。やっと見つけた――魔法薬の授業でスラグホーンがハリーから受け取った、萎びた肝臓のような石だ。

ハリーはロンのそばに飛んでもどり、顎をこじ開け、ベゾアール石を口に押し込んだ。ロンは大きく身震いしてゼーッと一つ息を吐き、ぐったりと静かになった。

第19章　しもべ妖精の尾行

「それじゃ結局、ロンにとってはいい誕生日じゃなかったわけか？」フレッドが静かに言う。

その日の夜。窓にはカーテンが引かれ、静かな病棟にはランプが灯っている。病床に横たわっているのはロン一人だけ。ハリー、ハーマイオニー、ジニーは、ロンのまわりに座っていた。三人とも両開きの扉の外で一日中待ち続け、だれかが出入りするたびに中を覗こうとしたが、八時になってやっとマダム・ポンフリーが中に入れてくれた。フレッドとジョージは、それから十分ほどしてやってきた。

「おれたちの想像したプレゼント贈呈の様子はこうじゃなかったな」

ジョージが、贈り物の大きな包みをロンのベッド脇の整理棚の上に置き、ジニーの隣に座りながら真顔で言った。

「そうだな。おれたちの想像した場面では、こいつには意識があった」フレッドが言う。

「おれたちはホグズミードで、こいつをびっくりさせようと待ち構えてた――」ジョージが受ける。

「ホグズミードにいたの?」ジニーが顔を上げた。

「ゾンコの店を買収しようと考えてたんだ」フレッドが暗い顔をする。「ホグズミード支店というわけだ。しかし、おまえたちが週末に、うちの商品を買いにくるための外出を許されないとなりゃ、おれたちゃいい面の皮だ……まあ、いまはそんなこと気にするな」

フレッドはハリーの横の椅子を引いて、ロンの蒼(あお)い顔を見る。

「ハリー、いったいなにが起こったんだ?」

ハリーは、ダンブルドアや、マクゴナガル、マダム・ポンフリーやハーマイオニー、ジニーに、もう百回も話したのではないかと思う話をもう一度繰り返す。

「……それで、僕がベゾアール石をロンの喉(のど)に押し込んだら、ロンの息が少し楽になって、スラグホーンが助けを求めに走ったんだ。マクゴナガルとマダム・ポンフリーが駆けつけて、ロンをここに連れてきた。二人ともロンは大丈夫だろうって言ってる。マダム・ポンフリーは一週間ぐらいここに入院しなきゃいけないって……悲嘆草(ひたんそう)のエキスを飲み続けて……」

「まったく、君がベゾアール石を思いついてくれたのは、ラッキーだったなあ」ジョージが低い声で言う。

「その場にベゾアール石があってラッキーだったよ」

ハリーは、あの小さな石がなかったらいったいどうなっていたかと考えるたびに、背筋が寒くなる。

ハーマイオニーが、ほとんど聞こえないほどかすかに鼻をすする。ハーマイオニーは一日中、いつになく黙り込んでいた。病棟の外に立っていたハリーのところへ、真っ青な顔で駆けつけたハーマイオニーだが、なにが起こったのかを聞き出したあとは、ハリーとジニーがロンはなぜ毒を盛られたのかと憑かれたように議論しているのにも加わらず、ようやく面会が許されるまで歯を食いしばり顔を引きつらせて、ただ二人のそばに立っていた。

「親父とおふくろは知ってるのか？」フレッドがジニーに聞く。

「もうお見舞いにきたわ。一時間前に着いたの――いま、ダンブルドアの校長室にいるけど、まもなくもどってくる……」

みなしばらく黙り込み、ロンがうわ言を言うのを見つめていた。

「それじゃ、毒はその飲み物に入ってたのか？」フレッドがそっと聞いた。

「そう」ハリーが即座に答える。

ハリーはそのことで頭が一杯だったので、その問題をまた検討する機会ができたことを喜んだ。

「スラグホーンが注いで――」

「君に気づかれずに、スラグホーンが、ロンのグラスにこっそりなにか入れることはできたか？」

「たぶん、うん」ハリーが言った。「だけど、スラグホーンがなんでロンに毒を盛りたがる？」

「さあね」フレッドが顔をしかめる。

「グラスをまちがえたってことは考えられないか？　君に渡すつもりで？」

「スラグホーンがどうしてハリーに毒を盛りたがるの？」ジニーが聞く。

「さあ」フレッドが言う。

「だけど、ハリーに毒を盛りたいやつは、ごまんといるんじゃないか？　『選ばれし者』云々(うんぬん)だろ？」

「じゃ、スラグホーンが『死喰い人』だってこと？」ジニーが疑問を呈する。

「なんだってありうるよ」フレッドが沈んだ声で返す。

「『服従(ふくじゅう)の呪文』にかかっていたかもしれないし」ジョージが受ける。

「スラグホーンが無実だってこともありうるわ」ジニーが言い返す。

「毒は瓶の中に入っていたかもしれないし、それなら、スラグホーン自身を狙っていた可能性もある」

「スラグホーンを、だれが殺したがる？」

「ダンブルドアは、ヴォルデモートがスラグホーンを味方につけたがっていたと考えている」

ハリーが割って入る。

「スラグホーンは、ホグワーツにくる前、一年も隠れていた。それに……」

ハリーは、ダンブルドアがスラグホーンからまだ引き出せていない記憶のことを考えた。

「それに、もしかしたらヴォルデモートは、スラグホーンを片付けたがっているのかもしれないし、スラグホーンがダンブルドアにとって価値があると考えているのかもしれない」

「だけど、スラグホーンは、その瓶をクリスマスにダンブルドアに贈ろうと計画してたって言ったわよね」

ジニーが、ハリーにそのことを思い出させた。

「だから、毒を盛ったやつが、ダンブルドアを狙っていたという可能性も同じぐらいあるんじゃない」

「それなら、毒を盛ったのは、スラグホーンをよく知らない人だわ」

何時間も黙っていたハーマイオニーがはじめて口をきいたが、鼻風邪を引いたような声をしている。

「知っている人だったら、そんなにおいしい物は、自分で取っておく可能性が高いことがわかるはずだもの」

「アーマイニー」

だれも予想していなかったところに、ロンがしわがれ声を出した。

みなが心配そうにロンを見つめて息をひそめる。だがロンは、意味不明の言葉をしばらくブツブツ言ったきり、またいびきをかきはじめた。

病棟のドアが急に開き、みなが飛び上がった。ハグリッドが大股で近づいてくる。髪は雨粒だらけで、石弓を手に熊皮のオーバーをはためかせ、床にイルカぐらいある大きい泥だらけの足跡をつけながらやってきた。

「一日中禁じられた森にいた！」ハグリッドが息を切らしながら言う。

「アラゴグの容態が悪くなって、おれはあいつに本を読んでやっとった――たったいま夕食にきたとこなんだが、そしたらスプラウト先生からロンのことを聞いた！様子はどうだ？」

「そんなに悪くないよ」ハリーが答える。「ロンは大丈夫だって言われた」

「お見舞いは一度に六人までですよ！」

マダム・ポンフリーが医務室から急いで出てきた。

「ハグリッドで六人だけど」ジョージが指摘する。

「あ……そう……」

マダム・ポンフリーは、ハグリッドの巨大さを数人分と数えたらしい。自分の勘違いをごまかすのに、マダム・ポンフリーはせかせかと、ハグリッドの足跡の泥を杖で掃除している。

「信じられねえ」

ロンをじっと見下ろして、でっかいぼさぼさ頭を振りながら、ハグリッドがかすれ声で言う。

「まったく信じられねえ……ロンの寝顔を見てみろ……ロンを傷つけようなんてやつは、いるはずがねえだろうが？　あ？」

「いまそれを話していたところさ」ハリーが答える。「わからないんだよ」

「グリフィンドールのクィディッチ・チームに恨みを持つやつがいるんじゃねえのか？」

ハグリッドが心配そうに続ける。

「最初はケイティ、今度はロンだ……」

「クィディッチ・チームを、殺っちまおうなんてやつはいないだろう」

ジョージがいくらんなんでも、という顔で言う。

「ウッドなら別だ。やれるもんならスリザリンのやつらを殺っちまったかもな」

フレッドが納得のいく意見を述べる。

「そうね、クィディッチだとは思わないけど、事件の間になんらかの関連性があると思うわ」

ハーマイオニーが静かに分析する。

「どうしてそうなる？」フレッドが聞く。

「そう、一つには、両方とも致命的な事件のはずだったのに、そうはならなかった。もっとも、単に幸運だったにすぎないけど。もう一つには、毒もネックレスも、殺す予定の人物までたどり着かなかった。もちろん……」

ハーマイオニーは、考え込みながら言葉を続ける。

「そのことで、事件の陰にいるのが、ある意味ではより危険人物だということになるわ。だって、目的の犠牲者にたどり着く前に、どんなにたくさんの人を殺すことになっても、犯人は気にしないみたいですもの」

この不吉な意見にだれも反応しないうちに、ふたたびドアが開いて、ウィーズリー夫妻が急ぎ足で病棟に入ってくる。さっききたときには、ロンが完全に回復すると知って安心するとすぐにいなくなったのだが、今度はウィーズリーおばさんが、ハリーを捕まえてしっかり抱きしめた。

「ダンブルドアが話してくれたわ。あなたがベゾアール石でロンを救ったって」

おばさんはすすり泣く。

「ああ、ハリー。なんてお礼を言ったらいいの？　あなたはジニーを救ってくれたし、アーサーも……今度はロンまでも……」

「そんな……僕、別に……」ハリーはどぎまぎしてつぶやくように答えた。

「考えてみると、家族の半分が君のおかげで命拾いした」

おじさんが声を詰まらせる。

「そうだ、ハリー、これだけは言える。ロンが、ホグワーツ特急で君と同じコンパートメントに座ろうと決めた日こそ、ウィーズリー一家にとって幸運な日なんだ」

ハリーはなんと答えていいやら思いつかない。マダム・ポンフリーが、ロンのベッドのまわりには六人までだと、再度注意しにもどってきたときは、かえってほっとする思いだった。ハリーとハーマイオニーがすぐに立ち上がり、ハグリッドも二人と一緒に出ることに決め、ロンの家族だけをあとに残した。

「ひでえ話だ」

三人で大理石の階段に向かって廊下を歩きながら、ハグリッドが顎ひげに顔を埋めるようにしてうなった。

「安全対策を新しくしたっちゅうのに、子供たちはひどい目にあってるし……ダンブルドアは心配で病気になりそうだ……あんまりおっしゃらねえが、おれにはわかる……」

「ハグリッド、ダンブルドアになにかお考えはないのかしら？」

ハーマイオニーがすがる思いで聞く。

「何百っちゅうお考えがあるにちげえねえ。あんなに頭のええ方だ」

ハグリッドが揺るがぬ自信を込めて言う。

「そんでも、ネックレスを贈ったやつはだれで、あの蜂蜜酒に毒を入れたのはだれだっちゅうことがおわかりになんねえ。わかってたら、やつらはもう捕まっとるはずだろうが？　おれが心配しとるのはな――」

ハグリッドは、声を落としてちらりと後ろを振り返る（ハリーは、ピーブズがいないかどうか、念のため天井もチェックした）。

「子供たちが襲われてるとなれば、ホグワーツがいつまで続けられるかっちゅうことだ。またしても『秘密の部屋』の繰り返しだろうが？　パニック状態になる。親たちが学校から子供を連れ帰る。そうなりゃ、ほれ、次は学校の理事会だ……」

長い髪の女性のゴーストがのんびりと漂っていったので、ハグリッドはいったん言葉を切ってから、またかすれ声でささやきはじめた。

「……理事会じゃあ、学校を永久閉鎖する話をするに決まっちょる」

「まさか？」ハーマイオニーが心配そうに声を上げる。

「あいつらの見方で物を見にゃあ」ハグリッドが重苦しく言い聞かせる。

「そりゃあ、ホグワーツに子供を預けるっちゅうのは、いつでもちぃとは危険を伴う。そうだろうが？　何百人っちゅう未成年の魔法使いが一緒にいりゃあ、事故もあるっちゅうもんだ。だけんど、殺人未遂っちゅうのは、話がちがう。そんで、ダンブルドアが立腹なさるのもむりはねえ。あのスネ――」

ハグリッドは、はたと足を止めた。もじゃもじゃの黒ひげから上のほうしか見えない顔に、いつもの「しまった」という表情が浮かぶ。

「えっ？」ハリーがすばやく突っ込みを入れる。「ダンブルドアがスネイプに腹を立てたって？」

「おれはそんなこと言っとらん」

そう言うものの、ハグリッドのあわてふためく顔のほうがよほど雄弁だ。

「こんな時間か。もう真夜中だ。おれは――」

「ハグリッド、ダンブルドアはどうしてスネイプを怒ったの？」ハリーは大声で聞いた。

「しーっ！」

ハグリッドは緊張しているようでもあり、怒っているようでもあった。

「そういうことを大声で言うもンでねえ、ハリー。おれをクビにしてぇのか？ そりゃあ、そんなことはどうでもええんだろう。もうおれの『飼育学』の授業を取ってねえんだし——」

「そんなことを言って、僕に遠慮させようとしたってむだだ！」

ハリーが語調を強める。

「スネイプはなにをしたんだ？」

「知らねえんだ、ハリー。おれはなんにも聞くべきじゃあなかった！ おれは——まあ、いつだったか、夜におれが森から出てきたら、二人で話しとるのが聞こえた——まあ、議論しちょった。おれのほうに気を引きたくはなかったんで、こそっと歩いて、なんも聞かんようにしたんだ。だけんど、あれは——まあ、議論が熱くなっとって、聞こえねえようにするのは難しかったんでな」

「それで？」ハリーが促した。ハグリッドは巨大な足をもじもじさせている。

「まあ——おれが聞こえっちまったのは、スネイプが言ってたことで、ダンブルドアはなんでもかんでも当然のように考えとるが、自分は——スネイプのことだがな——もうそういうこたぁやりたくねえと——」

「なにをだって？」

「ハリー、おれは知らねえ。スネイプはちぃと働かされすぎちょると感じてるみてえだった。それだけだ――とにかく、ダンブルドアはスネイプにはっきり言いなすった。スネイプがやるって承知したんだから、それ以上なんも言うなってな。ずいぶんときつく言いなすった。それからダンブルドアは、スネイプが自分の寮のスリザリンを調査するっちゅうことについて、なんか言いなすった。まあ、そいつはなんも変なこっちゃねえ！」

ハリーとハーマイオニーが意味ありげに目配せし合ったので、ハグリッドがあわててつけ加える。

「寮監（りょうかん）は全員、ネックレス事件を調査しろって言われちょるし――」

「ああ、だけど、ダンブルドアはほかの寮監と口論はしてないだろう？」ハリーが矛盾点を突く。

「ええか」

ハグリッドは、気まずそうに石弓を両手でねじる。ボキッと大きな音がして、石弓が二つに折れた。

「スネイプのことっちゅうと、ハリー、おまえさんがどうなるか知っちょる。だから、いまのことを、変に勘ぐって欲しくねえんだ」

「気をつけて」ハーマイオニーが早口で注意する。

振り返ったとたん、背後の壁に映ったアーガス・フィルチの影が、次第に大きくなってくる。そして、背中を丸め、顎を震わせながら、フィルチ本人が角を曲がって姿を見せた。

「おほっ！」フィルチがうれしそうなゼイゼイ声で言う。「こんな時間にベッドを抜け出しとるな。つまり、罰則だ！」

「そうじゃねえぞ、フィルチ」ハグリッドが短く答える。「二人ともおれと一緒だろうが？」

「それがどうしたんでござんすか？」フィルチが癪に障る言い方をする。

「おれが先生だってこった！　このこそこそスクイブめ！」

ハグリッドがたちまち気炎を上げた。

フィルチが怒りでふくれ上がったとき、シャーッシャーッといやな音が聞こえた。いつの間にかミセス・ノリスが現れて、フィルチのやせこけた足首に身体を巻きつけるように、しなしなと歩いている。

「早く行け」ハグリッドが奥歯の奥から言う。

言われるまでもない。ハリーもハーマイオニーも、急いでその場を離れた。ハグリッドとフィルチのどなり合いが、走る二人の背後で響いている。グリフィンドール塔に近い曲り角でピーブズとすれちがったが、ピーブズはうれしそうに高笑いし、さけびながら、どなり合いの聞こえてくるほうに急ぐ。

けんかはピーブズにまかせよう
全部二倍にしてやろう！

うとうとしていた「太った婦人」は、起こされて不機嫌だったがぐずぐず言いながらも開いて二人を通してくれた。ありがたいことに、談話室は静かで人っ子一人いない。ロンのことはまだだれも知らないらしい。一日中うんざりするほど質問されたハリーは、ほっとした。ハーマイオニーがおやすみと挨拶して女子寮に上がったが、ハリーはあとに残って暖炉脇に腰掛け、消えかけている残り火を見下ろした。

それじゃ、ダンブルドアはスネイプと口論したのか。僕にはああ言ったのに、スネイプを完全に信用していると主張したのに、ダンブルドアはスネイプに対して腹を立てたんだ……スネイプがスリザリン生を十分に調べなかったと考えたからだろうか……それとも、たった一人、マルフォイを十分調べなかったからなのか？

ダンブルドアが、ハリーの疑惑は取るに足らないというふりをしたのは、ハリーが自分でこの件を解決しようなどと、愚かなことをして欲しくないと考えたからなのだろうか？　それはありうることだ。もしかしたら、ダンブルドアの授業やスラグホーンの記憶を聞き出すこと以外は、ほかにいっさい気を取られて欲しくなかったのかもしれない。たぶんダンブルドアは、教員に対する自分の疑念を、十六歳の若者に打ち明けるのは正しいことではないと考えたのだろう……。

「ここにいたのか、ポッター！」

ハリーは度肝を抜かれて飛び上がり、杖を構える。談話室には絶対にだれもいないと思い込んでいたので、離れた椅子から突然ヌーッと立ち上がった影には不意を食らわされた。影の正体は、コーマック・マクラーゲンだ。

「君が帰ってくるのを待っていた」

マクラーゲンは、ハリーの抜いた杖を無視して話し出す。

「眠り込んじまったらしい。いいか、ウィーズリーが病棟に運び込まれるのを見ていたんだ。来週の試合ができる状態ではないようだ」

「ああ……そう……クィディッチか」

しばらくしてやっとハリーは、マクラーゲンがなんの話をしているかがわかった。

ハリーはジーンズのベルトに杖をもどし、片手で物憂げに髪をかく。

「うん……だめかもしれないな」

「そうか、それなら、僕がキーパーってことになるな？」マクラーゲンが言う。

「ああ」ハリーが応じる。

「うん、そうだろうな……」

ハリーは反論を思いつかない。なんと言っても、マクラーゲンが選抜では二位だったのだ。

「よーし」マクラーゲンが満足げに言う。「それで、練習はいつだ？」

「え？　ああ……明日の夕方だ」

「よし。いいか、ポッター、その前に話がある。戦略について考えがある。君の役に立つと思うんだ」

「わかった」ハリーは気のない返事をする。「まあ、それなら、明日聞くよ。いまはかなり疲れてるんだ……またな」

ロンが毒を盛られたというニュースは、次の日たちまち広まったが、ケイティの事件ほどの騒ぎにはならなかった。ロンはそのとき魔法薬の先生の部屋にいたのだから、単なる事故だったのだろうと考えられたこともあり、すぐに解毒剤を与えられたため大事にはいたらなかったというせいもある。事実、グリフィンドール生全体の関心は、むしろ差し迫ったクィディッチのハッフルパフ戦のほうに大きく傾いている。ハッフルパフのチェイサー、ザカリアス・スミスが、シーズン開幕の対スリザリン戦であんな解説をしたからには、今回は十分にとっちめられるところを見たいという願いが強かったからだ。

しかし、ハリーのほうは、いままでこれほどクィディッチから気持ちが離れたことはない。急速にドラコ・マルフォイへの執着に傾いている。相変わらず、機会さえあれば「忍びの地図」を調べていたし、マルフォイの立ち寄った場所にわざわざ行ってみることもある。だがマルフォイがふだんとちがうことをしている様子は見つけられない。しかし、不可解にも地図から消えてしまうことがときどきある……。ハリーには、この問題を深く考えている時間がなかった。クィディッチの練習、宿題、それに今度は、あらゆるところでコーマック・マクラーゲンとラベンダー・ブラウンにつきまとわれた。

二人のうちどっちがよりわずらわしいのか、優劣はつけがたい。マクラーゲンは、ロンより自分のほうがキーパーのレギュラーとしてふさわしいと主張し、自分のプレイぶりを定期的に目にするハリーも、きっとそう考えるようになるにちがいないと、ひっきりなしにほのめかし続ける。その上、マクラーゲンはチームのほかのメンバーを批評したがり、ハリーに練習方法を細かく提示してくる。ハリーは一度ならず、どっちがキャプテンかを言い聞かせなければならなかった。

一方ラベンダーは、始終ハリーににじり寄って、ロンの話をする。ハリーは、マクラーゲンからクィディッチの説教を聞かされるよりもげんなりした。はじめのうちラベンダーは、ロンの入院をだれも自分に教えようとしなかったことでいらだっていた――「だって、ロンのガールフレンドはわたしよ！」――ところが不運なことに、ラベンダーはハリーが教えるのを忘れていたのは許すことに決め、その代わりにロンの愛情について、ハリーに細々と話して聞かせたがった。ハリーにとっては喜んで願い下げにしたい、なんとも不快な経験だ。

「ねえ、そういうことはロンに話せばいいじゃないか！」

ことさら長いラベンダーの質問攻めに辟易したあとで、ハリーは声を荒らげる。ラベンダーの話は、自分の新しいローブについてロンがどう言ったかを逐一聞かせるところから、ロンが自分との関係を「本気」だと考えているかどうかハリーに意見を求めるところまで、ありとあらゆるものを含んでいた。

「ええ、まあね。だけどわたしがお見舞いにいくとロンはいつも寝てるんですもの！」

ラベンダーはじりじりしながら言う。

「寝てる？」ハリーは驚く。

ハリーが病棟に行ったときはいつでも、ロンはしっかり目を覚ましていて、ダンブルドアとスネイプの口論に強い興味を示したり、マクラーゲンをこき下ろすのに熱心だった。

「ハーマイオニー・グレンジャーは、いまでもロンをお見舞いしてるの？」ラベンダーが急に詰問口調になる。

「ああ、そうだと思うよ。だって、二人は友達だろう？」

ハリーは気まずい思いで答える。

「友達が聞いて呆れるわ」ラベンダーが嘲るように言い放つ。「ロンがわたしと付き合い出してからは、何週間も口をきかなかったくせに！　でも、その埋め合わせをしようとしているんだと思うわ。ロンがいまはすごくおもしろいから……」

「毒を盛られたことが、おもしろいって言うのかい？」ハリーがむっとして聞く。「とにかく――ごめん、僕、行かなくちゃ――マクラーゲンがクィディッチの話をしにくるんだ」

ハリーは急いでそう言うと、壁のふりをしているドアに横っ飛びに飛び込み、魔法薬の教室への近道を疾走する。ありがたいことに、ラベンダーもマクラーゲンも、そこまではついてこられない。

ハッフルパフとのクィディッチの試合の朝、ハリーは競技場に行く前に、病棟に立ち寄った。ロンは相当動揺している。マダム・ポンフリーは、ロンが興奮しすぎるからと、試合を見にいかせてくれないのだ。

「それで、マクラーゲンの仕上がり具合はどうだ？」ロンは心配そうに聞く。同じことをもう二回も聞いたのに、そんなことはまったく忘れている。

「もう言っただろう」ハリーが辛抱強く答える。「あいつがワールドカップ級だったとしても、僕はあいつを残すつもりはない。選手全員にどうしろこうしろと指図するし、どのポジションも自分のほうがうまいと思っているんだ。あいつをきれいさっぱり切るのが待ち遠しいよ。切るって言えば――」

ハリーは、ファイアボルトをつかんで立ち上がりながら言った。

「ラベンダーが見舞いにくるたびに、寝たふりをするのはやめてくれないか？　あいつは僕までいらいらさせるんだ」

「ああ」ロンはばつの悪そうな顔をする。「うん、いいよ」

「もう、あいつと付き合いたくないなら、そう言ってやれよ」ハリーが言い放つ。

「うん……まあ……そう簡単にはいかないだろ？」ロンはふと口をつぐむ。

「ハーマイオニーは試合前に顔を見せるかな？」ロンが何気なさそうに聞く。

「いいや、もうジニーと一緒に競技場に行った」

「ふーん」ロンはなんだか落ち込んだようだ。「そうか、うん、がんばれよ。こてんぱんにしてやれ、マクラー――じゃなかった、スミスなんか」

「がんばるよ」

ハリーは箒を肩に担ぐ。

「じゃ、試合のあとでな」

ハリーは人気のない廊下を急いだ。全校生徒は外に出てしまい、競技場に向かっている途中か、もう座席に座っているかだ。ハリーは急ぎながら風の強さを計ろうと窓の外を見る。そのとき、行く手で音がした。目を向けると、マルフォイがやってくるではないか。すねて仏頂面の女の子を二人連れている。

ハリーを見つけると、マルフォイははたと立ち止まり、おもしろくもなさそうに短く笑うと、そのまま歩いてくる。

「どこに行くんだ？」ハリーが詰問する。

「ああ、教えてさし上げますとも、ポッター。どこへ行こうと大きなお世話、じゃないからねえ」マルフォイがせせら笑う。

「急いだほうがいいんじゃないか。『選ばれしキャプテン』をみんなが待っているからな――『得点した男の子』――みんながこのごろはなんて呼んでいるのか知らないがね」

女の子の一人が、取ってつけたようなくすくす笑いをする。ハリーがその子をじっと見つめると、女の子は顔を赤らめた。マルフォイはハリーを押し退けるようにして通り過ぎる。笑った女の子とその友達もそのあとをとことこついて行き、三人とも角を曲がって見えなくなった。

ハリーはその場に根が生えたように佇み、三人の姿を見送る。なんたることだ。試合真近のこの時間に、マルフォイが空っぽの学校をこそこそ歩き回っている。マルフォイの企みを暴くには、またとない最高の機会だというのに。刻々と沈黙の時が過ぎる。ハリーはマルフォイの消えたあたりを見つめて、凍りついたように立ち尽くしていた。

「どこに行ってたの？」ハリーが更衣室に飛び込むと、ジニーが問い詰める。選手はもう全員着替えをすませて待機していた。ビーターのクートとピークスは、ぴりぴりしながら棍棒で自分たちの足をたたいている。

「マルフォイに出会った」

ハリーは真紅のユニフォームを頭からかぶりながら、そっとジニーに言う。

「それで？」

「それで、みんながここにいるのに、やつがガールフレンドを二人連れて、城にいるのはなぜなのか、知りたかった……」

「いまのいま、それが大事なことなの？」

「さあね、それがわかれば苦労はないだろう？」

ハリーはファイアボルトを引っつかみ、メガネをしっかりかけなおす。

「さあ、行こう！」

あとはなにも言わず、耳を聾する歓声と罵声に迎えられてハリーは堂々と競技場に進み出た。風はほとんどない。雲は途切れ途切れに流れ、ときどきまぶしい陽光が射した。

「難しい天気だぞ！」

マクラーゲンがチームに向かって鼓舞するように言う。

「クート、ピークス、太陽を背にして飛べ。敵に姿が見られないようにな――」

「マクラーゲン、キャプテンは僕だ。選手に指示するのはやめろ」

ハリーが憤慨する。

「ゴールポストのところに行ってろ！」

マクラーゲンが肩をそびやかして行ってしまったあとで、ハリーはクートとピークスに向きなおる。

「必ず太陽を背にして飛べよ」ハリーはしかたなく二人にそう指示する。

ハリーはハッフルパフのキャプテンと握手をすませ、マダム・フーチのホイッスルで地面を蹴り、空に舞い上がる。ほかの選手たちよりずっと高く、スニッチを探して競技場の周囲を猛スピードで飛ぶ。早くスニッチをつかめば、城にもどって「忍びの地図」を持ち出し、マルフォイがなにをしているか見つけ出す可能性があるかもしれない……。

「そして、クアッフルを手にしているのは、ハッフルパフのスミスです」

地上から、夢見心地の声が流れてくる。

「スミスはもちろん、前回の解説者です。そして、ジニー・ウィーズリーがスミスに向かって飛んでいきました。たぶん意図的だと思うわ――そんなふうに見えたもん。スミスはグリフィンドールに、とっても失礼でした。対戦しているいまになって、それを後悔しているでしょう――あら、見て、スミスがクアッフルを落としました。ジニーが奪いました。あたし、ジニーが好きよ。とっても素敵だもん……」

ハリーは目を見開いて解説者の演壇を見た。まさか、まともな神経の持ち主なら、ルーナ・ラブグッドを解説者に立てたりはしないだろう？　しかし、こんな高いところからでも、まぎれもなく、あの濁り色のブロンドの長い髪、バタービールのコルクのネックレス……ルーナの横で、この人選はまずかったと当惑気味の顔をしているのは、マクゴナガル先生だ。

「……でも、今度は大きなハッフルパフ選手が、ジニーからクアッフルを取りました。なんていう名前だったかなあ、たしかビブルみたいな――ううん、バギンズだったかな――」

「キャッドワラダーです！」

ルーナの横から、マクゴナガル先生が大声を出した。観衆は大笑いだ。

ハリーは目を凝らしてスニッチを探したが、影も形もない。しばらくして、キャッドワラダーが得点した。マクラーゲンは、ジニーがクアッフルを奪われたことを大声で批判していて、自分の右耳のそばを大きな赤い球がかすめて飛んでいくのに気づかなかったのだ。

「マクラーゲン、自分のやるべきことに集中しろ。ほかの選手にかまうな！」

ハリーはくるりとキーパーのほうに向きなおってどなる。

「君こそいい模範を示せ！」マクラーゲンが真っ赤になってどなり返す。

「さて、今度はハリー・ポッターがキーパーと口論しています」

下で観戦しているハッフルパフ生やスリザリン生が、歓声を上げたり野次ったりする中、ルーナがのどかに解説する。

「それはハリー・ポッターがスニッチを見つける役には立たないと思うけど、でもきっと、賢い策略なのかもね……」

ハリーはかんかんになって悪態をつきながら、向きを変えてまた競技場を回りはじめ、羽の生えた金色の球の姿を求めて空に目を走らせた。

ジニーとデメルザが、それぞれ一回ゴールを決め、下にいる赤と金色のサポーターが歓声を上げる機会を作った。それからキャッドワラダーがまた点を入れ、スコアはタイになったが、ルーナはそれに気づかないようだ。点数なんていう俗なことにはまったく関心がない様子で、観衆の注意を形のおもしろい雲に向けたり、ザカリアス・スミスがクアッフルをそれまで一分以上持っていられなかったのは、「負け犬病」とかいう病気を患っている可能性があるという方向に持っていったりしている。

「七〇対四〇、ハッフルパフのリード」

マクゴナガル先生が、ルーナのメガフォンに向かって大声を出す。

「もうそんなに？」ルーナが漠然と言う。「あら、見て！　グリフィンドールのキーパーが、ビーターの棍棒を一本つかんでいます」

ハリーは空中でくるりと向きを変えた。たしかに、マクラーゲンが、どんな理由かはマクラーゲンのみぞ知るだが、ピークスの棍棒を取り上げ、突っ込んでくるキャッドワラダーに、どうやってブラッジャーを打ち込むかをやって見せているらしい。

「棍棒を返してゴールポストにもどれ！」

ハリーがマクラーゲンに向かって突進しながら吠えるのと、マクラーゲンがブラッジャーに獰猛な一撃を加えるのとが同時だった。ばか当たりの一撃。

目がくらみ、激烈な痛み……閃光……遠くで悲鳴が聞こえる……長いトンネルを落ちていく感じ……。

気がついたときには、ハリーはすばらしく暖かい快適なベッドに横たわり、薄暗い天井に金色の光の輪を描いているランプを見上げていた。ハリーはぎこちなく頭を持ち上げる。左側に、見慣れた赤毛のそばかす顔があった。

「立ち寄ってくれて、ありがと」ロンがにやにやしている。

ハリーは目を瞬いてまわりを見回す。まぎれもない。ハリーは病棟にいる。外は真っ赤な縞模様の藍色の空だ。試合は何時間も前に終わったにちがいない……マルフォイを追い詰める望みも同じくついえた。頭が変に重たい。手で触ると、包帯で固くターバン巻きにされている。

「どうなったんだ?」

「頭蓋骨骨折です」

マダム・ポンフリーがあわてて出てきて、ハリーを枕に押しもどしながら言う。

「心配いりません。わたしがすぐに治しました。でも一晩ここに泊めます。数時間はむりしてはいけません」

「一晩ここに泊まっていたくありません」

体を起こし、掛け布団を跳ね退けて、ハリーがいきりたつ。

「マクラーゲンを見つけ出して殺してやる」

「残念ながら、それは『むりする』の分類に入ります」

マダム・ポンフリーがハリーをしっかりとベッドに押しもどし、脅すように杖を上げた。

「私が退院を許可するまで、ポッター、あなたはここに泊まるのです。さもないと校長先生を呼びますよ」

マダム・ポンフリーは忙しなく医務室にもどっていき、ハリーは憤慨して枕に沈み込んだ。

「何点差で負けたか知ってるか？」ハリーは歯軋りしながらロンに聞く。

「ああ、まあね」ロンが申しわけなさそうに答える。「最終スコアは三二〇対六〇だよ」

「すごいじゃないか」ハリーはかんかんになる。「まったくすごい！　マクラーゲンのやつ、捕まえたらただじゃ――」

「捕まえないほうがいいぜ。あいつはトロール並だ」

ロンがまっとうな意見を述べる。

「僕個人としては、プリンスの爪伸ばし呪いをかけてやる価値、大いにありだな。どっちにしろ、君が退院する前に、ほかの選手があいつを片付けちまってるかもしれない。みんなおもしろくないからな……」

ロンの声はうれしさを隠し切れていない。マクラーゲンがとんでもないヘマをやったことでロンがまちがいなくわくわくしているのが、ハリーにはわかる。ハリーは天井の灯りの輪を見つめながら横たわっていた。治療を受けたばかりの頭蓋骨は、たしかに疼きはしないが、ぐるぐる巻きの包帯の下で少し過敏になっているようだ。

「ここから試合の解説が聞こえたんだ」ロンが言う。声が笑いで震えている。「これからはずっとルーナに解説して欲しいよ……『負け犬病』か……」

ハリーは腹の虫が治まらず、ユーモアなど感じるどころではない。しばらくすると、ロンの吹き出し笑いも収まった。

「君が意識を失ってるときに、ジニーが見舞いにきたよ」

しばらく黙ったあとで、ロンが言う。

ハリーの妄想が「むりする」レベルにまでふくれ上がる。たちまち、ぐったりした自分の体に取りすがって、ジニーがよよと泣く姿を想像した。ハリーに対する深い愛情を告白し、ロンが二人を祝福する……。

「君が試合ぎりぎりに到着したって言ってた。どうしたんだ？　ここを出たときは十分時間があったのに」

「ああ……」心象風景がパチンと内部崩壊する。

「うん……それは、いやいや一緒にいるみたいな女の子を二人連れて、マルフォイがこそこそ動き回ってるのを見たからなんだ。ほかの生徒がクィディッチ競技場に行ってるのに、わざわざあいつが行かなかったのは、これで二度目だ。この前の試合にもこなかった。覚えてるか？」ハリーはため息をつく。

「試合がこんな惨敗なら、あいつを追跡していればよかったって、いまではそう思ってるよ」

「ばか言うな」ロンが厳しい声を出す。

「マルフォイを追っけるためにクィディッチ試合を抜けるなんて、できるはずないじゃないか。君はキャプテンだ！」

「マルフォイがなにを企んでるのか知りたいんだ」ハリーが言う。

「それに、僕の勝手な想像だなんて言うな。マルフォイとスネイプの会話を聞いてしまった以上……」

「君の勝手な想像だなんて言ったことないぞ」

今度はロンが片肘をついて体を起こし、ハリーを睨む。

「だけど、この城でなにか企むことができるのは、一時に一人だけだなんてルールはない！　君はちょっとマルフォイにこだわりすぎだぞ。ハリー、あいつを追っけるのにクィディッチの試合を放棄するなんて考えるのは……」

「あいつの現場を押さえたいんだ！」ハリーが焦れったそうに言う。「だって、地図から消えてるとき、あいつはどこに行ってるんだ？」

「さあな……ホグズミードか？」ロンがあくび交じりに答える。

「あいつが、秘密の通路を通っていくところなんか、一度も地図で見たことがない。それに、そういう通路は、どうせいま、みんな見張られてるだろう？」

「さあ、そんなら、わかんないな」ロンが切り上げた。

二人とも黙り込んだ。ハリーは天井のランプの灯りを見つめながら、じっと考えた……。

ルーファス・スクリムジョールほどの権力があれば、マルフォイに尾行をつけられるだろうが、残念ながらハリーが意のままにできる「闇祓い」が大勢いる局などない……。ＤＡを使ってなにか作り上げようかとちらりと考えたが、結局ＤＡのメンバーの大部分は、やはり時間割がぎっしり詰まっているので、だれかが授業を休まなければならないという問題が出てくる……。

ロンのベッドから、グーグーと低いいびきが聞こえてくる。しばらくして、マダム・ポンフリーが、今度は分厚い部屋着を着て医務室から出てきた。狸寝入りするのが一番簡単だったので、ハリーはごろりと横を向き、マダム・ポンフリーの杖でカーテンが全部閉まっていく音を聞いていた。ランプが暗くなり、マダム・ポンフリーが病棟を出ていく。その背後でドアがカチリと閉まる音が聞こえ、マダム・ポンフリーが医務室に向かうのがわかった。

　クィディッチのけがで入院したのはこれで三度目だと、暗闇の中でハリーは考えにふける。前回は、吸魂鬼が競技場に現れたせいで、箒(ほうき)から落ちた。その前は、どうしようもない無能なロックハート先生のおかげで片腕の骨が全部なくなった……あのときが一番痛かった……一晩で片腕全部の骨を再生する苦しみを、ハリーは思い出す。あの不快感を一段と悪化させたのは、なんと言っても夜中に予期せぬ訪問者がやってきたことで――。

　ハリーはがばっと起き上がった。心臓がどきどきして、ターバン巻き包帯が横にずれている。ついに解決法を見つけた。マルフォイを尾行する方法が、あった――どうして忘れていたのだろう？　どうしてもっと早く思いつかなかったのだろう？

　しかし、どうやったら呼び出せるのか？　どうやるんだったっけ？　ハリーは低い声で、遠慮がちに、暗闇に向かって話しかけた。

「クリーチャー？」

　バチンと大きな音がして、静かな部屋が、ガサゴソ動き回る音とキーキー声で一杯になる。ロンがぎゃっとさけんで目を覚ます。

「なんだぁ――？」

ハリーは急いで医務室に杖を向け、「マフリアート！　耳塞ぎ！」と唱えて、マダム・ポンフリーが飛んでこないようにした。それから、何事が起こっているかをよく見ようと、急いでベッドの足側に移動する。

「屋敷しもべ妖精」が二人、病室の真ん中の床を転げ回っている。一人は縮んだ栗色のセーターを着て、毛糸の帽子をいくつもかぶっている。もう一人は汚らしいボロを腰布のように巻きつけている。そこへもう一つ大きな音がして、ポルターガイストのピーブズが、取っ組み合っているしもべ妖精の頭上に現れた。

「ポッティ！　おれが見物してたんだぞ！」

けんかを指さしながら、ピーブズが怒ったように言った。それからクアックアッと高笑いする。

「ババッチイやつらがつかみ合い。パックンバックン、ポックンボックン――」

「クリーチャーはドビーの前でハリー・ポッターを侮辱しないのです。絶対にしないのです。さもないと、ドビーは、クリーチャーめの口を封じてやるのです！」

ドビーがキーキー声でさけぶ。

「――ケッポレ、カッポレ！」

ピーブズが、今度はチョーク弾丸を投げつけて、しもべ妖精をあおりたてている。

「ヒッパレ、ツッパレ！」

「クリーチャーは、自分のご主人様のことをなんとでも言うのです。ああ、そうです。なんというご主人様だろう。汚らわしい『穢れた血』の仲間だ。ああ、クリーチャーの哀れな女主人様は、なんと仰せられるだろう――？」

クリーチャーの女主人様がなんと仰せられたやら、正確には聞けずじまいになった。なにしろそのとたんに、ドビーがごつごつした小さな拳骨をクリーチャーの口に深々とお見舞いし、歯を半分も吹っ飛ばしてしまった。ハリーもロンも、ベッドから飛び出し、二人のしもべ妖精を引き離す。しかし二人とも、ピーブズにあおられて、互いに蹴ったりパンチを繰り出そうとしたりし続けている。ピーブズは、襲いかかるようにランプのまわりを飛び回りながら、ギャアギャアわめき立てている。

「鼻に指を突っ込め、鼻血出させろ、耳を引っぱれ――」

ハリーはピーブズに杖を向けて唱えた。

「ラングロック！　舌縛り！」

ピーブズは喉を押さえ、息を詰まらせて、部屋からスーッと消えていった。指で卑猥な仕草をしたものの、上顎に舌が貼りついていて、なにも言えなくなっている。

「いいぞ」

ドビーを高く持ち上げて、じたばたする手足がクリーチャーに届かないようにしながら、ロンが感心したように言う。

「そいつもプリンスの呪いなんだろう？」

「うん」

ハリーは、クリーチャーの萎びた腕を羽交締めに締め上げながら言う。

「よし——二人ともけんかすることを禁じる！　さあ、クリーチャー、おまえはドビーと戦うことを禁じられている。ドビー、君には命令が出せないって、わかっているけど——」

「ドビーは自由な屋敷しもべ妖精なのです。だからだれでも自分の好きな人に従うことができます。そしてドビーは、ハリー・ポッターがやって欲しいということならなんでもやるのです！」

ドビーの萎びた小さな顔を伝う涙が、いまやセーターに滴っている。

「オッケー、それなら」

ハリーとロンがしもべ妖精を放すと、二人とも床に落ちたが、けんかを続けはしなかった。

「ご主人様はお呼びになりましたか？」

クリーチャーはしわがれ声でそう言うと、ハリーが痛い思いをして死ねばいいとあからさまに願う目つきをしながらも、深々とお辞儀をする。

「ああ、呼んだ」

ハリーは「マフリアート」の呪文がまだ効いているかどうかを確かめようと、マダム・ポンフリーの医務室のドアにちらりと目を走らせながら言った。騒ぎが聞こえた形跡はまったくない。

「おまえに仕事をしてもらう」

「クリーチャーはご主人様がお望みならなんでもいたします」

クリーチャーは、節くれだった足の指に唇がほとんど触れるぐらい深々とお辞儀をする。

「クリーチャーは選択できないからです。しかしクリーチャーはこんなご主人を持って恥ずかしい。そうですとも――」

「ドビーがやります。ハリー・ポッター！」

ドビーがキーキー言い募る。テニスボールほどある目玉はまだ涙に濡れている。

「ドビーは、ハリー・ポッターのお手伝いするのが光栄なのです」

「考えてみると、二人いたほうがいいだろう」そう判断してハリーが二人に指示を出す。「オッケー、それじゃ……二人とも、ドラコ・マルフォイを尾行して欲しい」

ロンが驚いたような、呆れたような顔をするのを無視して、ハリーは言葉を続けた。

「あいつがどこに行って、だれに会って、なにをしているのかを知りたいんだ。あいつを二十四時間尾行して欲しい」

「はい。ハリー・ポッター！」

ドビーが興奮に大きな目を輝かせて、即座に返事する。

「そして、ドビーが失敗したら、ドビーは、一番高い塔から身を投げます。ハリー・ポッター！」

「そんな必要はないよ」ハリーがあわてて制した。

「ご主人様は、クリーチャーに、マルフォイ家の一番お若い方を追けろとおっしゃるのですか？」クリーチャーがしわがれ声で問う。

「ご主人様がスパイしろとおっしゃるのは、クリーチャーの昔の女主人様の姪御様の、純血のご子息ですか？」

「そいつのことだよ」

ハリーは、予想される大きな危険を、いますぐに封じておこうと決意した。

「それに、クリーチャー、おまえがやろうとしていることを、あいつに知らせたり、示したりすることを禁じる。あいつと話すことも、手紙を書くことも、それから……それからどんな方法でも、あいつと接触することを禁じる。わかったか？」

与えられたばかりの命令の抜け穴を探そうと、クリーチャーがもがいているのが、ハリーには見えるような気がする。ハリーは待った。ややあって、ハリーにとっては大満足だったが、クリーチャーがふたたび深くお辞儀をし、恨みを込めて苦々しくもこう返事をした。

「ご主人様はあらゆることをお考えです。そしてクリーチャーはご主人様に従わねばなりません。たとえクリーチャーがあのマルフォイ家の坊ちゃまの召使いになるほうがずっといいと思ってもです。ああ、そうですとも……」

「それじゃ、決まった」ハリーが指示を出す。

「定期的に報告してくれ。ただし、現れるときは、僕のまわりにだれもいないのを確かめること。ロンとハーマイオニーはかまわない。それから、おまえたちがやっていることを、だれにも言うな。二枚のイボ取り絆創膏(ばんそうこう)みたいに、マルフォイにぴったり貼りついているんだぞ」

本書は単行本二〇〇六年五月（静山社刊）、
携帯版二〇一〇年三月（静山社刊）を
三分冊にした「2」です。

装画　おとないちあき
装丁　坂川事務所

ハリー・ポッター文庫15
ハリー・ポッターと謎のプリンス〈新装版〉6-2

2022年10月6日　第1刷発行

作者　J.K.ローリング
訳者　松岡佑子
発行者　松岡佑子
発行所　株式会社静山社
〒102-0073　東京都千代田区九段北1-15-15
電話 03-5210-7221
https://www.sayzansha.com
印刷・製本　中央精版印刷株式会社

ISBN978-4-86389-694-9 Printed in Japan
Published by Say-zan-sha Publications Ltd.

新装版

ハリー・ポッター

シリーズ7巻　全11冊

J.K. ローリング　松岡佑子＝訳　佐竹美保＝装画

1	ハリー・ポッターと賢者の石	1,980円
2	ハリー・ポッターと秘密の部屋	2,035円
3	ハリー・ポッターとアズカバンの囚人	2,145円
4-上	ハリー・ポッターと炎のゴブレット	2,090円
4-下	ハリー・ポッターと炎のゴブレット	2,090円
5-上	ハリー・ポッターと不死鳥の騎士団	2,145円
5-下	ハリー・ポッターと不死鳥の騎士団	2,200円
6-上	ハリー・ポッターと謎のプリンス	2,035円
6-下	ハリー・ポッターと謎のプリンス	2,035円
7-上	ハリー・ポッターと死の秘宝	2,090円
7-下	ハリー・ポッターと死の秘宝	2,090円

※定価は 10％税込